Aroma de guerra y café

Aroma de guerra y café

Emilio Calderón

Penguin
Random House
Grupo Editorial

Primera edición: junio de 2024

© 2024, Emilio Calderón
Derechos cedidos a través de Bookbank Agencia Literaria
© 2024, Penguin Random House Grupo Editorial, S. A. U.
Travessera de Gràcia, 47-49. 08021 Barcelona

Printed in Spain – Impreso en España

ISBN: 978-84-666-7889-6
Depósito legal: B-7.081-2024

Compuesto en Llibresimes, S. L.

Impreso en Rotoprint by Domingo, S. L.
Castellar del Vallès (Barcelona)

BS 7 8 8 9 6

Para Mari Luz, solo para ella

Eran tiempos de muerte. Igual que un prolongado diluvio, la guerra descargaba su locura colectiva, que tras invadir el cielo, los bosques y las calles, había penetrado en las personas para inundar hasta los más recónditos recovecos de sus sentimientos.

KENZABURŌ ŌE

PRIMERA PARTE

Aroma de guerra y café

Hay familias que viajan bajo la protección de las estampitas de los santos de su devoción; la nuestra, en cambio, lo hacía con una foto del general Franco y otra de José Antonio Primo de Rivera, fundador de la Falange Española, de la que mi padre era militante.

La empresa de mi progenitor, Jacinto Casares S. L., tenía como actividad principal la importación de café de Java, donde la familia de mi madre —los De Groot, de origen neerlandés— poseía varias haciendas cafeteras; al menos así fue hasta que, tras declararse España país no beligerante durante la Segunda Guerra Mundial, nuestro gobierno tuvo que hacerse cargo de la representación diplomática de los ciudadanos japoneses en Estados Unidos, y también en otros países del Caribe y Sudamérica, tales como Cuba, Colombia o Brasil, lo que obligó a crear la Oficina Central de Protecciones, dependiente del Ministerio de Asuntos Exteriores, en enero de 1942.

El trabajo de los diplomáticos españoles, por tanto, se multiplicó, y sus agendas se llenaron con viajes a los campos de internamiento y reclamaciones de toda índole a las autoridades estadounidenses, sobre todo en lo referente a la reagrupación familiar de los detenidos. Por no mencionar que los funcionarios se convirtieron en el vehículo de comunicación entre los prisioneros japoneses y su gobierno.

La prematura muerte de mi madre durante la guerra civil española —en realidad, la causa de su fallecimiento fue la tuberculosis— terminó por radicalizar a mi padre, que se convirtió en un activista de la causa falangista; para colmo, el hecho de que a nuestra guerra le siguiera la Segunda Guerra Mundial casi sin solución de continuidad —la primera terminó el 1 abril de 1939 y la otra comenzó cinco meses más tarde, el 1 de septiembre de ese mismo año— puso en jaque nuestro negocio, «nuestro medio de vida», como solía repetir él, ya que el café escaseaba y el que se consumía procedía casi todo del estraperlo. Este cruzaba la frontera hispano-portuguesa sobre las espaldas de los llamados «mochileros» y «mochileras», cuadrillas de contrabandistas de los que se decía que se alimentaban a base de *sopa do café* con un cuarto de pan migado en el plato. La frontera con Portugal era tan extensa, y la necesidad de la gente tanta, que ni siquiera la presión que mi padre trató de ejercer sobre las autoridades del nuevo régimen pudo frenar el avance de aquel comercio.

—La *Guardiña* tiene orden de perseguir a esos malhechores, pero la *Guardiña* no es falangista, sino portuguesa. Y si nosotros les ofrecemos un duro a los guardias por contrabandista capturado, los delincuentes les ofrecen dos por hacer la vista gorda —se quejaba.

Yo, por mi parte, había averiguado lo que mi padre no me contó de aquella historia: muchas de las mochileras que cruzaban el café desde Portugal hasta España eran esposas e hijas de rojos ejecutados o encarcelados.

Pero siendo ese un gran obstáculo para nuestro negocio, no era el mayor de nuestros problemas.

En 1940, el gobierno brasileño encabezado por Getúlio Vargas regaló seiscientas toneladas de café al Estado español. Dicha donación fue transferida —en realidad vendida por siete millones y medio de pesetas— por el propio Franco a la Comisaría General de Abastecimientos y Transportes del Ministerio de Industria y Comercio para su distribución. El encargado de supervisar la entrega fue el primo del caudillo, Francisco Franco Salgado-Araujo, quien repartió el café por los distintos gobiernos civiles, que empezaron a comercializarlo a 12,48 pesetas el kilo. Gracias a esta operación, muchos funcionarios e intermediarios se llenaron los bolsillos. Incluso algún miembro del cuerpo diplomático no dejó pasar la oportunidad para enriquecerse.

La cuestión era que mi padre se quejaba siempre de las mochileras y los mochileros que operaban en la Raya hispano-portuguesa, cuya extensión superaba los mil doscientos kilómetros; pero jamás mencionaba la Operación

Café organizada por el propio caudillo, verdadero baldón para nuestro apellido y nuestro negocio.

Así las cosas, y a propuesta de su amigo Ramón Serrano Suñer, entonces ministro de Asuntos Exteriores y cuñado de Franco, mi padre aceptó abrir una sucursal de su compañía en Tokio; una oficina comercial que, haciendo las veces de tapadera, sirviera para canalizar la ayuda financiera que los ciudadanos japoneses atrapados en Estados Unidos y en otros países del continente americano precisaban.

—Es de gran importancia que todo se lleve a cabo con la máxima discreción, Casares, ya que los norteamericanos nos han cortado el suministro de petróleo para presionarnos, y el caudillo quiere recuperarlo cuanto antes. Bastante dañada ha quedado la economía con nuestra guerra, por lo que no podemos permitirnos un tropiezo que empeore las cosas aún más. Es hora de levantar el país, así que no hay lugar para errores —advirtió el ministro Serrano.

Conociendo a mi padre como lo conocía, yo sabía que su propósito no solo pasaba por organizar una estructura estable para que el flujo de dinero llegara desde Tokio a las distintas legaciones españolas responsables del cuidado de tantos ciudadanos japoneses confinados en campos de internamiento, tal y como exigía el gobierno nipón, sino también reflotar el negocio cafetero de los De Groot, fuente a la postre de nuestro bienestar.

—Ahora que ha finalizado con éxito la cruzada nacional, hemos de pensar en nosotros, en la cruzada personal. Creo que colaborando con los japoneses podremos enderezar el negocio de la familia. De esa manera nos salvaremos nosotros y también ayudaremos a los De Groot. Ramón Serrano Suñer, además, me ha asegurado que contamos con todo el apoyo del Ministerio de Asuntos Exteriores y de la Falange en Asia.

Con esas palabras, mi padre me comunicó su decisión de embarcarnos en aquella aventura, cuyos riesgos eran sin duda mayores que los que hubiéramos corrido de habernos unido a esos contrabandistas que cruzaban el café en mochilas a través de la frontera hispano-lusa.

—Da la impresión de que excluyéndonos de la Operación Café nos han empujado a aceptar la misión en Japón —sugerí.

—Es posible, hija. Pero el destino reparte sus cartas de manera caprichosa, sobre todo si la baraja está en manos del caudillo. Pase lo que pase, María, nosotros nunca nos alimentaremos de *sopa do café*, ni tampoco doblaremos las espaldas para ganarnos el pan, porque pertenecemos a la gran familia falangista, cuyos miembros están repartidos por todo el mundo civilizado y su destino es gobernarlo. Saldremos adelante, te lo prometo, aquí o en la Conchinchina.

—Papá, espero que tengas razón, y que no seamos las ovejas negras de la gran familia falangista, como tú la llamas.

El problema era que poco o nada sabíamos nosotros sobre Japón, sobre sus gentes o su cultura, salvo esa cancioncilla que rezaba:

Al chino le gusta el vino.
Al chino le gusta el pan.
Al chino le gusta todo
menos trabajar.

Claro que la letra abarcaba a todas las razas de ojos rasgados; aunque, gracias a su capacidad de superación, Japón se había convertido en el «chino bueno», por así decir. Al menos eso era lo que defendía la prensa del movimiento y el propio Serrano Suñer, quien aseguraba que el harakiri, el ritual de suicidio mediante desentrañamiento que los japoneses practicaban, era comparable al grito de «¡Viva la muerte!» de la Legión española.

Lo cierto era que yo había pasado largas temporadas de mi infancia y mi juventud en la isla de Java, donde residía parte de mi familia materna, por lo que era conocedora de la distorsión que en Occidente se tenía de las culturas orientales. Quiero decir que *Madama Butterfly* era solo una hermosa ópera escrita por el compositor italiano Giacomo Puccini, quien a su vez se había inspirado en *Madame Chrysanthème*, la novela del francés Pierre Loti. ¿Acaso un novelista cuya vocación era la de marinero y un compositor nacido en la pequeña ciudad de Lucca podían enseñarnos algo del verdadero Japón?

La respuesta parecía clara: no.

Arrastrados por aquella precariedad que amenazaba nuestro futuro inmediato, pues, llegamos a Tokio el 28 de febrero de 1942, tras muchas semanas de difíciles y peligrosas travesías.

No llevábamos en el equipaje ninguna certeza del éxito de nuestra empresa, pero sí una esperanza, puesto que el 8 de diciembre de 1941 el gobierno neerlandés en el exilio declaró la guerra a Japón, y el ejército del Imperio del Sol Naciente se lanzó vorazmente a conquistar las llamadas Indias Orientales Neerlandesas, la actual Indonesia, con la isla de Java como principal reclamo.

Más allá de la gran ola

En Tokio nos recibió el coronel Eduardo Herrera de la Rosa, amigo de papá y representante de la Falange Exterior en Japón.

—Tú debes de ser María —me dijo nada más verme.

Sin dejar que le respondiera, y tras efectuar el «saludo íbero», como lo llamaban los propios falangistas, añadió con efusividad:

—¡Ven a mis brazos, Jacinto!

—¡Qué alegría saber que vamos a contar con una cara amiga en un país tan lejano como este! —exclamó mi padre con alivio.

Me sorprendió el gran parecido entre aquel hombre y mi padre, que compartían el grueso bigote, amostachado; la frente amplia, despejada, y el cabello encanecido pegado a la base del cráneo. Era como presenciar el reencuentro de dos compañeros del ejército prusiano que se escrutan mutuamente para comprobar que el otro sigue de una pieza tras haber superado numerosos avatares. Ambos, además, habían comenzado a desarrollar esa robustez que es propia de los hombres que han sido fuertes, pero que ya han sobrepasado la barrera de los cincuenta.

—¿Cuánto hacía que no nos veíamos, Jacinto? ¿Tres, cuatro años? —planteó Eduardo, sabedor de la buena memoria de mi padre para los detalles.

—Desde el nombramiento del camarada Manuel Calderón Santillán como delegado provincial de Administración de la Falange de Córdoba, el 18 de julio de 1937. Justo en el primer aniversario del alzamiento. Ese día el calor era tan intenso que estuvo a punto de conseguir lo que no lograban los rojos: acabar con nosotros.

—Sí, recuerdo que se extendió el chascarrillo de que en Córdoba peleábamos contra los rojos y contra el calor, que era mucho más fiero. ¿Qué habrá sido de Manolo? ¿Sabes algo de él? Las comunicaciones aquí son muy complicadas, porque no puedo realizarlas directamente desde nuestra embajada de Tokio, sino a través de la legación de Berlín, que gracias a Dios está controlada por falangistas. De modo que son ellos los que envían mis informes a Madrid, directamente a Ramón Serrano Suñer.

—Manolito está estupendamente. Sigue siendo el director del Banco de España en Córdoba. ¿Qué diablos pasa con la embajada?

—Con la embajada, nada. Es cosa del embajador, pero no quiero arruinar este feliz momento hablando de ese individuo. Digamos que los falangistas y los diplomáticos, mucho más conservadores a la hora de actuar, tenemos distintos puntos de vista sobre cómo cumplir con el compromiso que el caudillo ha adquirido con el gobierno japonés. En Japón mandan los militares, que dependen directamente del emperador, de ahí que para entenderse con ellos se necesite a alguien como yo, que he sido agregado militar de la embajada desde tiempos de Alfonso XIII, y no a un tecnócrata como Méndez de Vigo, el actual responsable de la legación. Entre tú y yo, los diplomáticos quieren dejarle una gatera al caudillo por la que escapar en el supuesto de que los norteamericanos ganen la guerra. Los diplomáticos tienen mentalidad de oficinistas y comportamiento de gallinas. Deberían entregárselos a Hitler, para que aprendan lo que es bueno. Este es mi coche.

—¿Un automóvil con el volante a la izquierda? —preguntó mi padre, sorprendido.

—Aquí conducen por la izquierda. Yo siempre les digo de broma a los japoneses que es porque nunca fueron invadidos por Napoleón Bonaparte, que fue quien impuso la circulación de vehículos por el lado derecho de la calzada en gran parte de Europa; pero en realidad se debe a que montaban a caballo por la izquierda desde la época medieval, así que ahora lo siguen haciendo con sus coches. En cualquier caso, notaréis que las costumbres locales no se parecen en nada a las nuestras, y eso es porque, como decimos los occidentales que llevamos viviendo muchos años aquí, «los japoneses piensan al revés» —explicó Eduardo.

—¿Un ejemplo? —me atreví a hablar por fin.

—¿Un ejemplo, María, de por qué los japoneses piensan al revés? Te pondré uno, ya lo creo. El vestido nacional de los japoneses es el kimono, lo utilizan hombres y mujeres, y su nombre significa algo así como «lo que uno usa» o «lo que uno porta sobre los hombros», tanto da. Se trata de una túnica de una sola pieza, extremadamente simple en su estructura. Sin embargo, pese a su simplicidad, es muy difícil ponérsela de manera correcta. Por el contrario, nuestras indumentarias occidentales son complejas en su corte y confección, pero resultan muy fáciles de poner y llevar. Por si no te basta, te pondré otro ejemplo: los japoneses, como es natural, tienen nombre y apellido como nosotros; sin embargo, anteponen el apellido al nombre. O sea, que entre ellos es frecuente que se llamen por el apellido y no por el nombre, que queda relegado a la hora de tratar con un tercero. A cosas como esta me refiero cuando digo que los japoneses piensan al revés.

—Comprendo —dije.

Eduardo se puso al volante y mi padre tomó asiento en la parte delantera, donde volvieron a abrazarse como una pareja de enamorados que se reencuentran después de mucho tiempo; mientras, yo me acomodé en la parte trasera.

En nuestro trayecto desde el puerto de Yokohama hasta el Hotel Imperial, donde nos había reservado habitaciones, pude comprobar que, salvando la destrucción que habían causado los bombardeos en la capital de España, Tokio y Madrid guardaban cierto paralelismo: la actividad militar era visible en cada calle, en cada parque, en cada rincón, ya fuera a través de consignas propagandísticas o de grupos de soldados moviéndose raudos de un lugar a otro; también el aspecto famélico de los civiles que veía caminando por las calles de Tokio era similar al que todavía podía observarse en cualquier ciudad española, donde seguían vigentes las cartillas de racionamiento. Estaba claro que el hambre era el plato de cada día de aquellas gentes. Muchos de ellos, con independencia de que fueran hombres, mujeres o niños, simplemente semejaban esqueletos vivientes cubiertos de vestimentas que parecían movidas por la mano de un marionetista.

Como si nuestro anfitrión tuviera la capacidad de leer mi pensamiento, dijo a los pocos segundos:

—La ciudad de madera está poblada de termitas hambrientas.

—¿Qué quieres decir, Eduardo? —se interesó mi padre.

—Jacinto, el hambre es el principal condimento de toda guerra, y el que más sufrimiento y muertes causa. Las hambrunas llegaron a Japón cuando entró en guerra con los chinos, y ahora que el país también está en guerra con los norteamericanos y con buena parte del mundo, la situación se ha vuelto crítica. Falta de todo, hasta el arroz, que es lo mismo que si faltara el pan en nuestras ciudades. Han tenido que mandar a trescientos mil colonos a cultivar tierras en Manchuria, al nordeste de China, junto a la frontera rusa.

Conforme nos engullían las fauces de la ciudad de madera, como la había llamado Eduardo, comprobé que ciertas zonas habían comenzado a agonizar, manzanas enteras donde los edificios de hormigón crecían en altura como impenetrables muros, en detrimento de las casas tradicionales, muchas de ellas diminutas, que iban perdiendo protagonismo. Incluso nos adentramos por algún bulevar de estética netamente europea donde el único vestigio del viejo Japón eran los característicos ideogramas que, enmarcados dentro de cartelas o con forma de estandartes, nombraban negocios u oficinas.

—¿Veis esa pancarta que cuelga de lado a lado de la calle? Dice: «Nuestra formación contra su superioridad numérica y nuestra carne contra su acero». Está presente en casi todas las avenidas importantes de la ciudad. Los japoneses creen que su espíritu combativo es suficiente para contrarrestar la superioridad armamentística de los norteamericanos. O sea, la victoria del espíritu sobre la materia —nos instruyó de nuevo Eduardo.

—Suena a que pretenden llevar a cabo una resistencia numantina —opinó mi padre.

—La orden es que ningún civil o soldado japonés se rinda ni después de muerto. Ni lo material ni lo individual tienen valor alguno para el soldado nipón, que cree que el espíritu supera el hecho físico de la muerte. ¿Veintidós años, María?

La pregunta de Eduardo me pilló de nuevo por sorpresa, mientras trataba de asimilar el contraste entre aquella arquitectura moderna que se abría paso a toda velocidad y el atuendo tradicional que vestían las mujeres, que, embutidas dentro de sus kimonos, caminaban más despacio que los hombres, como a cámara lenta. Muchas lo hacían sobre unas chancletas de madera cuyas suelas tenían dos dientes del mismo material. Algunas iban tan emperifolladas que parecían pequeños gusanos tejiendo en el interior de sus capullos de seda.

Vi que nuestro anfitrión me observaba a través del espejo retrovisor, a la espera de que confirmara o desmintiera si estaba en lo cierto.

—Veintiséis —respondí.

—¡Cómo pasa el tiempo! —exclamó impostando la voz para cargarla de nostalgia.

—¡Ya lo creo! —corroboró mi padre.

—Esas mujeres ¿cómo pueden caminar sobre esas chancletas de madera? —Ahora fui yo la que le preguntó a nuestro anfitrión—. Han de hacer equilibrios para mantenerse en pie.

—Es un calzado tradicional japonés, y se llaman *geta*. Digamos que son unos zuecos. No todas las calles de Tokio están asfaltadas, así que las mujeres los usan para evitar que el lodo y el agua de lluvia arruinen el dobladillo del kimono. Como esta calle está pavimentada, si bajas el cristal de la ventanilla oirás el «clac clac» que hacen los dientes de madera al morder la piedra.

Seguí la recomendación de Eduardo y, en efecto, además del frío invernal me alcanzó una melodía que recordaba un baile de claqué.

—¡Qué sonido más curioso! —exclamé.

—*Karankoron*, así llaman los japoneses al sonido que hacen las *geta* cuando golpean el suelo. María, ¿es verdad que hablas cuatro idiomas, además del castellano? —continuó Eduardo con el turno de preguntas.

—Sí. Domino el inglés, el francés, el neerlandés y el alemán. He estudiado para ser traductora.

—Entonces no creo que tengas muchos problemas con el japonés. Aunque ya te digo que es una lengua endiabladamente complicada.

—Bueno, tengo entendido que el japonés no tiene género gramatical, ni número ni artículos. Y los verbos tampoco han de concordar con el sujeto. Seguro que para mí es un reto —dije sin poder evitar cierta presunción, pero también con el propósito de que la conversación sobre mis capacidades no fuera a más.

—A mí nunca se me han dado bien del todo los idiomas, aunque el japonés he acabado por dominarlo a la fuerza. Bueno, digamos que lo hablo a trompicones. Aquí es típico un licor de arroz que se toma caliente, el sake. Si abusas de él puedes hablar en cualquier idioma del planeta, aunque no lo hayas estudiado.

—Ni María ni yo bebemos alcohol —apuntó mi padre.

—Has hecho un trabajo estupendo, Jacinto. Un trabajo de primera.

¿Se refería a mí? ¿Era yo ese buen trabajo al que aludía?

Eduardo volvió a examinarme a través del espejo retrovisor, como si buscara en mi rostro un recuerdo del pasado.

—Aunque el de la madre tampoco fue malo. Esos ojos

azules y ese cabello rubio son obra suya, ya lo creo. Ellen De Groot, la encantadora Ellen De Groot —completó su comentario—. Dios la tenga en su gloria.

Mi padre y yo guardamos silencio el resto del camino, con la mirada puesta en todo lo que acontecía a nuestro alrededor, un mundo extraño y lejano al mismo tiempo; pero conscientes —y orgullosos— de lo que aquel nombre significaba para ambos. Sin mi madre, o mejor dicho, sin ella y sin su familia, nunca habríamos llegado tan lejos. La cuestión era que también nuestro futuro estaba ligado al de los De Groot, a mis tíos, Alexander y Gerda, y a mi prima, Anke Bo, a la que cariñosamente llamábamos Bo, y a las plantaciones cafeteras que pertenecían a la familia desde 1842, cuando uno de mis antepasados por parte materna emigró desde los Países Bajos a Java en busca de fortuna.

Un hotel americano en Tokio

El Hotel Imperial era uno de esos edificios modernos que estaban proliferando por todas las grandes capitales del mundo, aunque su arquitectura poseía una marcada personalidad propia: líneas rectas horizontales y verticales; revestimiento de ladrillo dorado, acompañado de una piedra gris pálido de origen volcánico llamada oya —según nos contó Eduardo—; torreones cuadrados con tejados a cuatro aguas de color verde, casi esmeralda; dos largos pabellones de habitaciones, no demasiado altos, que flanqueaban el cuerpo central del edificio, de mayor altura; y un gigantesco estanque en el que flotaban flores de loto, cuya finalidad era proporcionar armonía y serenidad a los huéspedes en su bienvenida.

—El Imperial es el hotel más seguro de Tokio, tanto que se contoneó como una bailarina durante el terremoto que asoló la ciudad en el año 23, y a pesar de todo quedó intacto. El temblor fue de tal magnitud y tan devastador que, por primera vez, los japoneses se plantearon cambiar el emplazamiento de la capital. Seiscientas mil casas se vinieron abajo como castillos de naipes, ya que hubo más de cincuenta y cinco réplicas en las horas posteriores, y hasta se originó un gran tornado de fuego que acabó con la vida de treinta y seis mil tokiotas en pocos minutos. La mayoría de las legaciones extranjeras tuvieron que instalarse provisionalmente en este hotel. Parece ser que el secreto del edificio está en el hormigón y el acero de los cimientos. El único inconveniente que tiene es que es obra de un arquitecto americano, un tipo llamado Frank Lloyd Wright, que ya no estamos en 1923 sino en 1942, que Japón y Estados Unidos se han declarado la guerra y que ambos sois occidentales —observó Eduardo.

—Si Japón está en guerra con Estados Unidos, este es el hotel de un norteamericano y nosotros somos occidentales, como bien dices, pueden tomarnos por yanquis, ¿no es así? No parece un problema menor —elucubró mi padre.

—Sin duda, el cabello rubio de María, el color de sus ojos y hasta su altura pueden dar lugar a confusión. ¿Cuánto mide la señorita?

De nuevo la mirada de Eduardo se clavó en mí a través del espejo.

—Un metro y setenta y tres centímetros —respondí.

—Aquí las mujeres suelen ser bastante más bajas. Perdonad el ejemplo, pero es como si una jirafa decidiera salir a pasear por la calle. No pasaría desapercibida.

—No entiendo qué quieres o qué pretendes de nosotros exactamente, Eduardo. Por ahora solo has conseguido infundirnos temor —interpeló mi padre.

—Pasemos al vestíbulo y os contaré las reglas del juego que estáis a punto de comenzar.

Así lo hicimos, una vez que detuvo el automóvil e hizo entrega de las llaves al aparcacoches, un hombrecillo vestido de uniforme al que, por la ornamentación de sus charreteras, yo le hubiera otorgado el rango de general.

Tras atravesar una entrada baja y relativamente oscura, donde se encontraba el mostrador de la recepción, desembocamos a través de una escalera de pocos peldaños en un enorme y deslumbrante recibidor, cuyo suelo estaba cubierto por una gigantesca moqueta o tapete de color burdeos, y donde el ladrillo dorado y los bloques de piedra porosa, dispuestos en líneas tanto horizontales como verticales, idénticos a los del exterior del edificio, tenían gran protagonismo. Al tratarse de una piedra ígnea, la oya era al parecer fácil de tallar, por lo que abundaban los labrados y los festoneados en los voladizos de las terrazas de las plantas superiores, de las que colgaba en cascada una exuberante vegetación. Era indudable el aroma de la cultura maya que desprendía aquel espacio. Una luz cobriza, irradiada por los tenues rayos de sol que entraban por las ventanas, creaba un ambiente apacible. Digamos que el efecto que se perseguía era el de lograr un espacio abierto, ligero, sin obstáculos, pero a la vez cargado de simbolismo a base de dibujos geométricos y filigranas. En cierto sentido, el hotel tenía el aspecto y la monumentalidad serena de un templo entre mesoamericano y oriental. Nunca en mi vida había visto un edificio como aquel.

—Para los japoneses, seguidores del budismo zen, el vacío puede contenerlo todo. Esa es la filosofía que siguió Lloyd Wright para crear este espacio. Otro ejemplo más de por qué los japoneses piensan al revés —volvió a aleccionarnos nuestro anfitrión.

—No entiendo una higa, Eduardo. El vacío es el vacío, y punto; lo demás suena a filosofía barata. Y si ellos les dan la vuelta a los calcetines, como tú afirmas, yo voy a seguir poniéndomelos del derecho —se desmarcó mi padre.

Yo, en cambio, seguía asombrada por aquel inusual empleo del vacío, capaz de llenarlo todo, incluso los sentidos, lo que chocaba de frente con mi forma de interpretar el mundo hasta ese instante.

A los lados del enorme hall había varias butacas de piel de color rojo en torno a unas mesas, donde tomamos asiento en tanto comprobaban nuestra documentación y preparaban nuestras habitaciones.

—La situación es la siguiente —arrancó a hablar Eduardo mientras se atusaba el bigote prusiano—: los japoneses son algo más que nuestros aliados, hasta el punto de que nuestro gobierno es responsable del bienestar de sus connacionales en Estados Unidos y otros países, como ya sabéis. Nuestra exigencia, por lo tanto, es máxima. Mis relaciones con los militares, como responsable de la Falange Exterior, son excelentes; hago y deshago lo que quiero, siempre dentro de un orden. Sin embargo, los nipones apenas distinguen la nacionalidad de los occidentales, por lo que nadie está exento de sufrir algún inconveniente. No voy a negar que ha habido incidentes. Incluso la mujer de un funcionario rumano de la legación de ese país ha sido abofeteada por su chófer. También se rumorea que el mismo hombre intentó asesinar al marido. Hay embajadores que han sido detenidos o llevan meses retenidos. El de Brasil, por ejemplo. Incluso yo he sido objeto de un registro de mi domicilio, y he sufrido el control de mis cuentas bancarias y la censura de mi correspondencia y mis llamadas telefónicas.

—Eduardo, si la situación es tal y como la cuentas, ¿qué demonios hacemos María y yo aquí? ¿Por qué no se nos informó de todo esto en Madrid? —planteó mi padre.

Las palabras de Eduardo y las objeciones de mi padre hicieron que el vacío de aquel espacio se transformara en vértigo.

—Porque nuestro deber pasa por cumplir con el pacto que hemos firmado con el gobierno nipón, con independencia de cómo nos traten sus ciudadanos. Estáis aquí para hacer de intermediarios, para lograr que los fondos que el gobierno japonés ponga en nuestras manos lleguen a nuestras embajadas de Washington y otras capitales de América del Sur y el Caribe. Es la única manera de ayudar a los prisioneros japoneses. Si no somos capaces de cumplir con nuestra parte del trato, el fracaso podría menoscabar la confianza que Hitler y Mussolini tienen depositada en el caudillo, y el nuevo régimen que acabamos de fundar quedaría en entredicho.

—Pero si los japoneses nos odian... —Mi padre recalcó aquella frase que, al parecer, tenía categoría de axioma.

—Digamos que el odio es algo circunstancial, pero como a la vez se trata de un elemento imprevisible, he llegado a un acuerdo con los militares para que os brinden protección. Por otro lado, como en este país la cultura del té es la que está implantada y el café carece de arraigo social, vais a incorporaros a la empresa Mitsui, que es la que representa a los exportadores de potasa españoles en Japón.

—Pero, Eduardo, nosotros solo entendemos de café. Nada sabemos de la potasa y de quienes la exportan —se quejó mi padre, al tiempo que apretaba mi mano derecha con su izquierda, en un claro signo de que, pasara lo que pasase, superaríamos juntos cualquier contratiempo que surgiera.

—Jacinto, es evidente que se trata de un ardid; la potasa es una mera excusa, pero por ahora no os puedo adelantar nada más. El plan lo estamos terminando de pergeñar los militares japoneses y yo mismo, en representación de Ramón Serrano Suñer; aunque en última instancia son ellos quienes tienen que dar el visto bueno y marcar las directrices. Confía en mí, Jacinto. Confiad en mí los dos. Y ya que estamos, de quien tenéis que desconfiar es del embajador español en Tokio, Méndez de Vigo. No es miembro de la Falange Española y, para colmo, mantiene una estrecha amistad con los norteamericanos. Cuando os reciba dentro de unos días, le diréis que trabajáis para la empresa Minas de Potasa, que es con la que comercia la Mitsui en España. Exportadores de potasa y de magnesita, eso es lo que le diréis que sois. ¿Comprendido? Ahora subid a vuestras habitaciones a descansar. Y procurad no salir a la calle hasta que yo regrese.

Las noticias recibidas por parte de nuestro anfitrión, más el cambio horario, nos sumió a mi padre y a mí en un extraño letargo que duró las siguientes treinta y seis horas. En ese tiempo, él visitó mi habitación en cuatro ocasiones, y yo hice lo propio otras tantas, pero ni siquiera nos dejamos ver por el vestíbulo del hotel. El único contacto que tuvimos con el exterior fue a través de las ventanas de nuestras habitaciones, por donde una luz sobria dejaba a la vista un cielo nuboso. Por instantes, temía que todos los cielos venideros de Tokio fueran plomizos y asfixiantes como el de aquel día; hasta que yo misma me convencí de que aquella desazón era consecuencia directa de la añoranza, que nada tenían que ver las nubes cambiantes del cielo tokiota. El problema era que resultaba difícil de digerir que hubiera empezado a añorar el pasado que tanto sufrimiento y esfuerzo me había costado dejar atrás. No sé si a mi padre le sucedía lo mismo, pero la sensación de sentirme desplazada, de haber perdido mis raíces, me causaba el temor de que nunca más encontraría un lugar al que volver, al que sentir como mi hogar. Supongo que mi padre, dada su madurez y experiencia, tenía las cosas más claras, aunque de ser así tampoco se reflejaba en su ánimo. La incertidumbre por el futuro inmediato además nos quitó el apetito, por lo que apenas probamos bocado.

Gracias a mi dominio del inglés, conseguí al fin que nos subieran un arroz glutinoso y un poco de sopa caliente a las habitaciones.

Como disponíamos de estancias contiguas, en mis idas y venidas pude comprobar que mi padre estaba más inquieto que de costumbre, hasta el punto de que, además de exhibir los retratos de Franco y de José Antonio sobre la mesita de noche, como tenía por costumbre, había extendido su camisa azul de la Falange sobre la cama, a la vista, en una clara muestra de que necesitaba una buena dosis de símbolos familiares como amuletos de la suerte.

—¿Quieres que te cuelgue la camisa? —me ofrecí.

—No, gracias. Tenerla a la vista me insufla valor. Es como tener un as en la manga —reconoció—. Por primera vez, he comprendido por qué las llaman «camisas salvavidas».

—Vamos, papá, si en España han prohibido la venta de tejido azul ha sido precisamente para que la camisa azul no se convirtiera en un «salvavidas» de los arribistas, de los que se ven obligados a limpiar su pasado para poder prosperar en el nuevo régimen. Ahora todos quieren vestir la camisa azul, como si fueran falangistas de toda la vida. Tú, en cambio, sí eres un auténtico «camisa vieja». Así que nada de pensar que necesitas una «camisa salvavidas», porque no eres un oportunista.

—Para serte sincero, María, un poco oportunista sí que me siento. Hemos pasado tantas calamidades en los últimos años: la guerra, la muerte de tu madre, la falta de suministro de café de Java, la proliferación del estraperlo, el golpe que nos asestó la Operación Café dirigida por el mismísimo caudillo... En más de una ocasión he tenido que convencerme a mí mismo de que venir a Japón era la mejor oportunidad que nos brindaba el futuro. Espero no haberme equivocado.

Tras colgar por fin su camisa azul de la Falange en el armario, cuyo uso en España había quedado limitado a los actos oficiales por el abuso que hacían de ella ciertos personajes de dudosa catadura moral, le dije que almorzara conmigo en mi habitación.

No tardó en encontrar otro motivo de queja:

—Estas sillas de respaldo redondo parecen diseñadas por el diablo para un diácono. Ni siquiera te recogen los riñones.

No pude evitar sonreír.

—A mí me gustan. Eduardo dice que se llaman sillas «pavo real», y que la figura del respaldo se repite en el techo y las cornisas del hotel. Al parecer, la geometría es muy importante en la cultura japonesa.

—Eduardo sabe muchas cosas sobre Japón, sin duda, pero eso no lo ha librado de tener problemas con los japoneses. Ya oíste lo que dijo. Lo vigilan. Incluso escuchan sus conversaciones. ¿Qué clase de comida es esta? La sopa tiene un sabor desabrido, y el arroz se te queda pegado a las muelas. Parece el rancho que se les da a los soldados en el frente de guerra —volvió a quejarse mi padre.

—Papá, Japón es un país en guerra. Tampoco en España sobran los alimentos, y eso que la guerra terminó hace casi tres años —dije con el propósito de rebajar la sensación de decepción que se había apoderado de él.

—Lo sé, hija, pero Eduardo podía habernos adelantado el asunto del café cuando aún estábamos en España, y yo lo hubiera hablado con Ramón Serrano Suñer, que además de buen amigo es el cuñado del caudillo. Digo yo que algo se podría haber hecho. Importamos y exportamos café desde que me casé con tu madre hace veintiocho años. Una clase de café que tiene un siglo de historia. Lo han bebido incluso los reyes de España. A eso nos dedicamos, y no a otra cosa. En mi fuero interno, siempre me he preguntado por qué no nos dejaron un bocado de la Operación Café. Con eso hubiera bastado para salir adelante durante unos cuantos años. Pero la palabra del caudillo es la palabra de Dios. ¡Que el Señor me perdone la blasfemia! No, no tiene ni pies ni cabeza que nos hayan hecho venir a un país donde se consume té para que nos hagamos pasar por exportadores de no sé qué mineral.

—Potasa.

—Pues eso, potasa. ¿Qué sabemos nosotros de la potasa? Nada.

—Creo que se trata de un fertilizante.

—De café robusta y arábica, de eso sé yo, de eso sabemos los dos. ¡Fertilizantes! ¡Malditos fertilizantes!

—Bueno, ya encontraremos la forma de darle la vuelta a este entuerto.

—Dios te oiga. ¿Cómo era el nombre de esa empresa para la que supuestamente trabajamos?

—Minas de Potasa.

—Eso es, Minas de Potasa. Ya te digo que me siento como un maldito oportunista.

—En este punto, no nos queda otra que confiar en Eduardo y, en última instancia, cumplir con lo que los japoneses nos pidan.

—Importadores de café en un país donde beben té y donde piensan al revés. ¡El apellido va antes que el nombre! ¡Qué ocurrencia! ¡Nos han engañado, María, nos han engañado! O tal vez hemos pecado de ingenuos. Ya no sé qué pensar.

Mundo flotante

Caía la tarde de nuestro tercer día en Tokio —mucho más frío y nebuloso que los dos primeros— cuando Eduardo nos convocó de nuevo en el vestíbulo del hotel.

Venía acompañado por un japonés que vestía al estilo occidental, un hombre dos o tres centímetros más alto que yo, cuyo rostro presentaba facciones de una belleza rasgada y angulosa. Por un instante, se me ocurrió establecer un paralelismo entre su físico y el Hotel Imperial. Había en él algo moderno, actual, diríase casi cubista, distinto de lo que resulta convencional; pero al mismo tiempo también era poseedor de la esencia de lo tradicional, de lo genuino: gesto hierático; ojos levemente hundidos y mirada profunda, como si sus pupilas flotaran en el interior de un pozo insondable; forma de caminar pausada; movimientos a cámara lenta —semejantes a los de las mujeres encorsetadas en sus kimonos y subidas sobre las *geta* que habíamos visto el día de nuestra llegada—, que en su caso transmitían serenidad.

—María, Jacinto, os presento al señor Hokusai Juro, pero para nosotros que somos españoles es Juro Hokusai.

—¿Señora o señorita? Señor. ¡Encantado! ¡Bienvenidos a Japón! —dijo el señor Hokusai en un castellano más que aceptable, en el que las eses y las erres sonaban a lo que tenían que sonar. Un segundo después efectuó una inclinación protocolaria con la cabeza.

—¿Habla usted nuestro idioma? —preguntó mi padre sin ocultar su sorpresa.

—Lo intento. Lo estudié en Salamanca y en Madrid durante algo más de un año y medio, poco después de que se proclamara su República.

Que mencionara la República ante dos fervientes falangistas que la habían combatido con uñas y dientes hizo que mi padre le pidiera una explicación a Eduardo con la mirada.

—Tranquilo, Jacinto. El señor Hokusai es coronel de la Kempeitai, el servicio de inteligencia de la policía militar. Formó parte de la legación japonesa en nuestro país durante la infausta Segunda República, así que vivió en primera persona la desintegración de los más elementales valores de nuestra patria. Estaba en Madrid cuando los republicanos quemaron iglesias, conventos y la biblioteca de los jesuitas, que era la segunda en importancia después de la Biblioteca Nacional. Él será el responsable de vuestra seguridad; también se encargará de organizar y dar forma a la ayuda que nos hemos comprometido a prestarle al pueblo japonés.

El señor Hokusai asintió para dar conformidad a las palabras de Eduardo.

—¿Puedo hacerle una pregunta directa, señor Hokusai? —se descolgó mi padre.

—Por supuesto —respondió el militar japonés.

—¿Usted también nos odia?

Su atrevimiento provocó que yo saltara.

—¡Papá, por favor! —exclamé—. ¿Qué clase de pregunta es esa? ¿Dónde está tu educación?

—No les odio, señor Casares; todo lo contrario, siento una profunda simpatía por el hecho de que se hayan prestado a venir hasta Japón para ayudar a aquellos compatriotas que están retenidos en países enemigos. Soy consciente de que corren muchos riesgos.

La respuesta del señor Hokusai satisfizo a medias a mi padre, pero solo a medias.

—¿A qué riesgos se refiere?

—A los que implica estar en un país en guerra y que tiene numerosos enemigos, naturalmente. A los que conlleva colaborar directamente con una nación que está en el punto de mira de muchos países que desean su destrucción. Los peligros que se derivan de esas circunstancias, señor Casares, no los podemos evitar, porque forman parte de la esencia de la guerra misma: que mañana caiga una bomba sobre nuestras cabezas, por ejemplo, no está en nuestra mano evitarlo; tampoco que seamos víctimas de atentados o sabotajes; sin embargo, hay otros riesgos que podemos minimizar siguiendo unas simples recomendaciones.

—¿Qué clase de recomendaciones? ¿Ir armados por la calle para que un chófer no nos abofetee o trate de asesinarnos por razón de nuestra raza? —preguntó ahora mi padre.

Miré a Eduardo en busca de ayuda. Quería que interviniera para rebajar la tensión de aquel diálogo, pero un gesto suyo con la mano me dio a entender que era necesario que el río que estaba a punto de desbordarse siguiera su curso y desembocara en el mar.

—Veo que el señor Herrera de la Rosa les ha puesto sobre aviso. No, no me refiero a recomendaciones tan drásticas como las de portar armas, señor Casares. Eso complicaría las cosas. Sin embargo, sería de gran ayuda que la señora, o señorita, cubriera su cabello con un pañuelo, y que para salir a la calle usara unas gafas de sol que ocultaran el color de sus ojos.

La mirada de los tres hombres cayó sobre mí como una de esas posibles bombas de las que había hablado el señor Hokusai, si bien la que estalló fui yo en mi condición de aludida.

—Señorita María, María Casares. ¿Quiere que me corte también las piernas para pasar desapercibida? En ese caso seguiría teniendo los brazos demasiado largos, ¿no le parece? ¿Se le ocurre una solución para ese problema?

—Bueno, calmémonos todos —intervino por fin Eduardo, que no se esperaba aquella deriva.

—¿Tan peligrosa es la situación de los occidentales en esta ciudad? —volvió a incidir mi padre en aquella cuestión que se antojaba crucial.

—No, siempre y cuando mantengan ciertas medidas de precaución. El pañuelo y las gafas de sol pueden ser de utilidad, pero una estrecha vigilancia también ayudará. Yo mismo me encargaré de acompañarles siempre que pueda o sea estrictamente necesario; cuando no me sea posible estar presente, lo hará alguno de mis hombres.

—Francamente, coronel Hokusai, usted mismo viste al estilo occidental, casi podría pasar por uno de nosotros. No creo que usted solo pueda evitar que, llegado el momento, una turbamulta nos linche —elucubró mi padre.

—Bueno, es cierto que visto traje de chaqueta y corbata, pero porto una insignia que sirve para que todo el mundo en Japón sepa quién soy y la autoridad que detento.

Dicho lo cual, el señor Hokusai nos mostró una flor de crisantemo dorada que llevaba bordada en el interior de la solapa de su chaqueta.

—El crisantemo es el símbolo de los miembros de los servicios secretos japoneses, la Kempeitai, organización de la que depende la seguridad exterior de este país. Ese crisantemo convierte al coronel Hokusai en alguien muy respetado, intocable —puntualizó Eduardo—. Por si esto no fuera suficiente, el coronel Hokusai es lo que en Japón llaman un *jinzai*, un hombre de talento. Es descendiente del pintor Hokusai Katsushika, para nosotros Katsushika Hokusai, el maestro más destacado de la escuela conocida como «pinturas del mundo flotante»; él también es pintor.

—Usted sabe que no es más que una afición, señor Herrera de la Rosa. No puedo compararme con mi antepasado; sería un atrevimiento —puntualizó el señor Hokusai.

—También sé que es usted un hombre humilde.

—¿Qué son las «pinturas del mundo flotante», señor Hokusai? —me interesé.

—Son estampas simples y dinámicas que representan temas cotidianos. La expresión «mundo flotante» se empleaba hace más de ciento cincuenta años para referirse a algunos divertimentos de la sociedad japonesa y de la vida en general. Hoy podríamos llamarlo «mundo frívolo» o «mundo intrascendente» —me respondió.

—Por favor, coronel, cuénteles cómo se hicieron mundialmente famosas esas estampas —le animó Eduardo.

—No quisiera aburrir a la señorita y al señor Casares.

—Con el nombre tan evocador de esas pinturas, seguro que se trata de una buena historia —dije.

—De acuerdo. En aquella época, las estampas del «mundo flotante» eran meros anuncios comerciales y carecían de valor artístico. Por ese motivo, se empezaron a utilizar como envoltorio de la cerámica que Japón exportaba. Fue así como las «pinturas del mundo flotante» llegaron a Occidente. Una vez en Francia y otros países de gran tradición artística, esas imágenes se hicieron muy populares, tanto que llamaron la atención de los pintores impresionistas. Claude Monet, Edgar Degas o Van Gogh se inspiraron en los temas, la perspectiva y la composición de las estampas japonesas que llegaban como simples envoltorios de la cerámica. Es más, en 1872, año en que Claude Monet da inicio al impresionismo con su obra *Impresión, sol naciente*, el crítico de arte Philippe Burty acuñó el término *japonismo*, que hace referencia a la influencia del arte japonés en Occidente.

Oír hablar de esas estampas al señor Hokusai me hizo cambiar de opinión sobre él. Debajo de su coraza de militar habitaba alguien sensible, un pintor amante de su oficio y sus ramificaciones. Incluso empecé a sentir cierta curiosidad por aquel hombre de belleza diáfana y singular que hablaba de un mundo completamente desconocido para mí.

—¿Ve como se trataba de una bonita historia? —dije—. ¿También pinta usted estampas del «mundo flotante» como su antepasado?

—Ya no. Desde que comenzó la guerra soy un pintor de batallas. Es una manera de decir que, en realidad, la musa de la inspiración me ha abandonado.

—¡Qué lástima! Recuerdo que cuando empezó la guerra en España, le pregunté a mi madre si no había otra forma de detener aquel baño de sangre que tanto sufrimiento estaba causando; me respondió que sí la había, que a los enemigos los destruías cuando los convertías en tus amigos.

—¡María, esa es la versión libre de tu madre de una frase de Abraham Lincoln, un presidente de Estados Unidos! —exclamó mi padre al tiempo que me fulminaba con la mirada—. ¿Has olvidado que Japón está en guerra con los norteamericanos? ¿Acaso pretendes ofender al señor Hokusai?

No, no lo había olvidado, como tampoco podía soslayar

que mi madre fuera eso que mi padre acababa de mencionar: un espíritu libre y poco convencional dentro de un mundo uniforme, estrecho de miras, de pensamiento único.

—No me siento ofendido, señor Casares —se desmarcó el señor Hokusai—. A mí tampoco me gusta la guerra, pero, como decimos en Japón, hay que aceptar las cosas tal como son. Ahora, si no les importa, dejemos de hablar de mí. Me gustaría que me acompañaran hasta las instalaciones de la empresa Mitsui.

—Lamento comunicarle, coronel Hokusai, que en mi equipaje no he traído un pañuelo para la cabeza ni tampoco unas gafas de sol —solté sin poder evitar cierto tono de resquemor. No obstante, mi reproche ocultaba un intencionado interés por aquel hombre, al que había decidido poner a prueba.

—No se preocupe por eso, señorita María. Tokio es una ciudad donde todos los problemas tienen solución.

La flor del crisantemo

Una amplia y reluciente berlina de color negro con un chófer uniformado y enguantado al volante nos condujo al señor Hokusai, a mi padre y a mí desde el Hotel Imperial hasta los almacenes Matsuya, un edificio colosal cuya entrada desembocaba en un atrio aún más asombroso, del que partían escaleras a derecha e izquierda que alcanzaban las cinco o seis plantas que tenía. De inmediato me vino el recuerdo de los almacenes Madrid-París de la madrileña avenida Pi y Margall, que yo visitaba con frecuencia en compañía de mi madre, y que habían cerrado en 1934. Ahora su lugar lo ocupaba una sucursal de los almacenes Sepu, que no podían compararse en magnificencia y lujo con el interior del edificio Matsuya.

Acordamos que mi padre permaneciera en el coche, para no llamar la atención más de la cuenta.

—Mejor no salga del coche, señor Casares. El chófer se ocupará de que nada le ocurra. Es muy competente en materia de defensa personal. Señorita María, en estos almacenes encontrará un pañuelo para cubrirse la cabeza, y unas gafas de sol. También todo lo que crea necesitar —dijo el señor Hokusai.

«Entremos y rebusquemos por toda la tienda, hasta el último rincón», resonó la voz de mi madre en mi cabeza. ¡La echaba tanto de menos! Digamos que tras su muerte, acaecida en diciembre de 1938, la guerra se había tornado un asunto si cabe más masculino de lo que ya era de por sí: uniformes militares, voces imperativas, intransigencia a raudales, estrategia, engaño, enemistad, armas, estruendo, violencia, sufrimiento, términos todos acuñados con la impronta de lo masculino, y que visitaban el hogar familiar como asiduos invitados, de la mano de mi padre y sus impetuosos acompañantes. El resultado de aquellas veladas era una densa niebla de humo de cigarro con aroma a licor que todo lo impregnaba, que todo lo ocultaba, hasta aturdirnos.

Ni siquiera la evidente falta de mercancías me echó para atrás.

—No sabría por dónde empezar —reconocí.

—Si me lo permite, yo la ayudaré; además de servirle como traductor —se ofreció el señor Hokusai.

—No quisiera ponerle en una situación incómoda.

—¿Por qué habría de sentirme incómodo? En cierto modo, soy su anfitrión. Créame, para mí es un honor, además de una obligación, prestarle mi ayuda.

Esta vez me dio la impresión de que no solo yo estaba

jugando a poner a prueba al otro; que también el coronel Hokusai tenía interés en averiguar qué había debajo de mi apariencia.

Tras preguntar en su idioma a uno de los dependientes de la planta baja, dimos por fin con la sección de pañuelos, donde de inmediato sufrí el escrutinio del empleado del departamento, que me dedicó una mirada destemplada. La ignoré, tal y como me hubiera dicho mi madre que hiciera, y rebusqué entre los pañuelos expuestos sobre un mostrador hasta que encontré uno de mi agrado. Curiosamente, tenía un estampado de crisantemos de color rosa palo.

Al ir a pagar la prenda, cosa que traté de hacer mediante un gesto amable para llamar la atención del empleado, este me ignoró, como si yo no existiera.

Al instante, el coronel Hokusai se acercó a él con discreción y le mostró la flor de crisantemo que llevaba bordada en el reverso de la solapa, lo que convirtió el desprecio del dependiente en inmediata solicitud. Al menos así fue como interpreté la inclinación de su cuerpo hacia mi persona, en un gesto casi reverencial.

Tuvo que ser asimismo mi anfitrión quien me ayudara a desentrañar el galimatías de los yenes que Eduardo se había encargado de cambiar en nuestro nombre. Un fajo de billetes incomprensibles para mí.

—Aquí tiene su cambio. Este es un billete de un yen; este otro es de cinco, y también hay otro de veinte. Las monedas se llaman sen, y aquí le entrego dos de diez y una de cincuenta —me instruyó.

Cuando encontramos las gafas de sol y dimos por finalizadas las compras, el señor Hokusai dijo:

—Me alegro de que haya elegido la flor más representativa de Japón para cubrir su cabeza. Aunque en nuestra cultura el crisantemo rosa simboliza la fragilidad de una relación amorosa.

Me pilló por completo desprevenida.

—No tengo novio, y tampoco me considero una mujer frágil. De hecho, puedo asegurarle que soy cualquier cosa menos una mujer de tallo frágil, si es a eso a lo que se refiere —reaccioné.

¿Acaso no pretendía que yo manifestara mi situación sentimental con ese comentario?

—Le pido disculpas si se ha sentido aludida, no me refería a usted en particular. Cada color del *kiku*, que es como llamamos al crisantemo, tiene un significado; de ahí la importancia que tiene elegir un color u otro —dijo a continuación—. El blanco, por ejemplo, representa la pureza; en tanto que el azul alude a la apatía. El crisantemo es también la flor de la familia imperial, por eso decimos que nuestro emperador se sienta en el trono del crisantemo. Y es la razón de que los empleados de cierto rango que trabajamos para el emperador llevemos bordada esa flor.

—Supongo que no un crisantemo rosa, como el que he elegido yo —bromeé para rebajar la tensión a que había dado lugar su primer comentario.

Por primera vez, el señor Hokusai sonrió, con timidez, pero dejando entrever el color amarfilado de su dentadura.

—No, uno rosa no, desde luego. Mejor uno dorado.

—Si tuviera que identificarme con una planta sería con el cafeto, un arbusto perenne, siempre verde, que puede alcanzar hasta los tres metros de altura —confesé.

—Alto y resistente, como usted, sin duda. Del café ya tendremos tiempo de hablar un poco más adelante, en nuestra próxima parada.

Una vez que nos acomodamos de nuevo en el coche, y tras revisar mis compras, mi padre se dirigió al coronel Hokusai:

—Bueno, María ya tiene su pañuelo y sus gafas de sol. ¿No hay nada con lo que yo pueda proteger mi integridad?

—Tome esta cajetilla de cigarrillos —le ofreció el militar.

—No fumo, gracias.

—No son cigarrillos para fumar, señor Casares. Los Onshino Tabako son especiales. Cada pitillo tiene impreso un crisantemo dorado de dieciséis pétalos, y el carácter japonés que ve en el exterior de la cajetilla significa «Regalo de un hombre noble». Los Onshino Tabako no se venden en el mercado. Se fabrican con carácter exclusivo para la Casa Imperial, y esta los regala a aquellas personas relevantes: militares condecorados, sirvientes imperiales, guardias de seguridad o miembros de la Agencia Imperial, ilustres visitantes, etcétera. La Casa Imperial lleva regalándolos desde la rebelión de Satsuma de 1877, en la era Meiji. Si se ve en una situación comprometida, muéstrelos. Pueden sacarle de un apuro —expuso Juro.

—¿Me está diciendo que enseñar estos cigarrillos puede salvarme la vida? —preguntó mi padre, incrédulo.

—Si alguien se mete con usted o se muestra hostil, muestre esa cajetilla de Onshino Tabako. Aunque no lo crea, eso desactivará cualquier intento de animadversión hacia su persona.

—Coronel Hokusai, ustedes los japoneses son la repanocha.

—Tenga en cuenta que nuestro emperador es un Dios para nuestro pueblo, y portar un regalo de la Agencia Imperial implica que es usted una persona valiosa, digna del mayor de los respetos. Sí debo pedirle que no alardee del obsequio delante del señor Herrera de la Rosa, ya que ni siquiera él posee una cajetilla de cigarrillos imperiales Crisantemo. Solo muéstrelos en caso de verdadera necesidad.

—De modo que para ustedes somos más importantes que el propio delegado de la Falange Exterior —dedujo mi padre al tiempo que examinaba con atención la cajetilla que ya obraba en su poder.

—Sin duda, señor Casares. Ahora mismo son ustedes los extranjeros más importantes de Japón.

La primavera y la hecatombe

Eduardo nos había contado que la Mitsui formaba parte de lo que en Japón llamaban el *zaibatsu*, un conglomerado de grupos empresariales con intereses tanto en el sector financiero como en el industrial.

En el caso de la Mitsui, el responsable era el barón Takakimi Mitsui, cabeza visible de la familia del mismo nombre, que era la más grande y rica de Japón. Junto con la Mitsubishi y la Sumitomo, la Mitsui almacenaba la mitad de las mercancías existentes en el archipiélago. Un tercio del carbón del país también estaba en sus manos; otro tanto ocurría con los depósitos bancarios; por no mencionar la gran flota de buques mercantes de su propiedad.

En cuanto vislumbramos el edificio que albergaba las oficinas de la Mitsui, justo encima de la estación de tren Tobu-Asakusa, entendimos que algo extraño pasaba.

El interior, un enjambre de oficinas vacías e impersonales la mayoría de ellas, terminó por reforzar esa impresión.

En nuestro camino hacia las entrañas del edificio no nos encontramos con más de cuatro o cinco empleados que, eso sí, saludaron al coronel Hokusai con gran respeto. Todos vestían al modo occidental, y cada uno portaba un brazalete con la flor del crisantemo en la manga derecha.

—¿Quiere hacernos creer que estas son las oficinas de uno de los conglomerados empresariales más grandes del planeta, señor Hokusai? —preguntó mi padre.

—¿No les contó el señor Herrera de la Rosa que utilizaremos el nombre de la Mitsui como tapadera? —respondió con otra pregunta.

—Sí, lo insinuó. Pero seguimos sin entender qué hacemos aquí y cuál es nuestro papel. El señor Herrera de la Rosa también nos dijo que no podía adelantarnos nada sobre nuestra actividad por motivos de seguridad.

—Verán, la Mitsui es una de las empresas más importantes de Japón, y la que se encarga de la comercialización de ciertas materias primas que traemos desde su país. Sin embargo, lleva tiempo manteniendo un comportamiento, digamos, poco patriótico con respecto al ejército japonés. Por ejemplo, nos consta que vendió miles de metros de alambre de espino a los chinos; el mismo alambre de espino que nuestros soldados han tenido que sortear con no poco sufrimiento para poder avanzar por el interior de aquel país. Por otra parte, también sabemos que la Mitsui ha amasado enormes sumas de activos en dólares estadounidenses desde que Japón abandonó el patrón internacional del oro hace unos años. No creo que sea necesario abundar en más detalles que no son relevantes para su misión. La cuestión es que si para el ejército japonés la Mitsui es una empresa sospechosa, para su embajador, el señor Méndez de Vigo, en cambio, es todo lo contrario. De ahí que tengan que simular que trabajan para la Mitsui, compañía que en cualquier caso mantiene una estrecha relación comercial con la empresa española Minas de Potasio.

—O sea, hemos de fingir que trabajamos para esa empresa con el fin de que Méndez de Vigo crea que no tenemos relación con el ejército japonés —dedujo mi padre en voz alta.

—Así es. Sabemos que Méndez de Vigo dispone de una estación de radio en la embajada y que, en compañía de un funcionario de la legación argentina, emiten un boletín de noticias de los aliados. En España están al tanto, pero si actuamos ahora en contra de su embajador, los aliados sabrán al instante que tramamos algo relacionado con la ayuda que pensamos dispensar a los japoneses prisioneros en campos de internamiento a través de ustedes. De ahí que su misión sea secreta, en especial para Méndez de Vigo.

—Sin embargo, trabajaremos para el ejército japonés, ¿no es así? —quiso corroborar mi padre.

—Codo con codo. Trabajarán para nosotros, claro está, pero con la Falange Exterior como enlace, tanto en Madrid como en las embajadas afectadas. Ahora, síganme, por favor.

Obedecimos.

Tras sortear otros dos largos y amplios pasillos, primero a la derecha y luego a la izquierda, llegamos a una especie de sala de reuniones cuyas paredes estaban llenas de recortes de prensa y mapas, entre los que sobresalía uno de gran tamaño de Estados Unidos.

—Este será nuestro cuartel general —indicó el señor Hokusai.

Hice un recorrido visual de la estancia y leí algunas de las notas en inglés que empapelaban las paredes.

Uno de aquellos recortes reproducía las declaraciones del gobernador de Idaho, un tal señor Chase Clark: «Los "japos" viven como ratas y actúan como ratas. Aquí no los queremos».

Otro aludía a la tala de los dos mil cerezos *sakura* que los ciudadanos de Tokio habían donado a los norteamericanos en 1912. Después de lo de Pearl Harbor, los yanquis no habían dejado ni uno en pie.

Un tercero era un póster con la bandera militar nipona, sobre la que sobresalía el dibujo de un roedor de ojos rasgados, uniforme militar nipón y orejas enormes. A sus pies, un texto rezaba: «*Don't talk. Rats have BIG ears*»; o sea, «No hable. Las ratas tienen grandes orejas».

En cuanto el señor Hokusai nos invitó a tomar asiento en torno a la mesa redonda que ocupaba el centro de la sala, mi padre ya no pudo ocultar su impaciencia:

—Ya es hora de que vaya al grano, ¿no le parece? ¿Qué diablos quiere que hagamos por ustedes?

—Diamantes, gemas y café, por ese orden —respondió el señor Hokusai de manera escueta, sin modificar su característico tono neutro.

—Diamantes, gemas y café —repitió mi padre—. ¿Ha dicho café?

—Sí, he dicho café.

—¡Vaya! ¡Es la primera alegría que me llevo en este país! —Y aprovechando otro silencio del militar, añadió—: No tendrá a mano una taza de café, ¿verdad? Daría mi brazo derecho por beber una buena taza de café javanés.

El coronel Hokusai ignoró su petición. A continuación, dijo a modo de arenga:

—Japón es la luz de Asia, señor y señorita Casares. Hemos liberado Manchuria y gran parte de China; hemos llegado a acuerdos con el gobierno francés de Vichy para que nos permita actuar en Indochina; Malasia, Siam y también la Indias Orientales Neerlandesas serán pronto miembros de una federación que regiremos nosotros, puesto que la nuestra es la civilización más desarrollada de la zona. Sin embargo, este plan, el mismo que han llevado a cabo naciones tan respetables en el concierto internacional como lo son Gran Bretaña o Francia para levantar y sostener sus imperios, ha provocado rechazo en Occidente. Han estrangulado nuestra economía, nos han negado el acceso al petróleo y otras materias primas que son necesarias para nuestro pueblo; todo porque no quieren que sigamos el camino que ellos mismos, ingleses y franceses, abrieron; en consecuencia, no nos han dejado más opción que la guerra. Para colmo, decenas de miles de japoneses que vivían en Estados Unidos y otros países de Sudamérica han sido encerrados en campos de internamiento. En resumen, las gemas y los diamantes que vamos a confiscar son para garantizar la supervivencia de estos prisioneros.

—¿Y el café? ¿Qué pinta el café en todo esto? —quiso saber mi padre.

—El café servirá para ocultar las gemas y los diamantes, naturalmente. Introduciremos el botín que obtengamos en sacos de café —aclaró el señor Hokusai.

—Diamantes, gemas y café —repitió mi padre como si estuviera contando monedas de oro.

—Diamantes, gemas y café, eso es.

—De modo que su plan consiste en enviar piedras preciosas dentro de sacos de café. ¿Desde dónde saldrán y cuál será su destino? —continuó mi padre con el interrogatorio.

—Desde Java hasta Lisboa, y desde la capital portuguesa hasta Madrid. Una vez allí, la mercancía será remitida a las distintas embajadas implicadas a través de la valija diplomática de los agregados militares de dichas legaciones, la mayoría falangistas como ustedes nombrados por el propio Serrano Suñer.

—De modo que desde el principio querían nuestro café javanés —dejó caer mi padre.

—Digamos que es algo más complejo. Pero el hecho de que Java esté ahora en nuestras manos facilita las cosas.

—Supongo que estará al tanto de que los cultivadores de la familia, los De Groot, están en Java. ¿Sabe algo de ellos?

—Tengo entendido que el señor Alexander De Groot es miembro del Movimiento Nacional Socialista en los Países

Bajos, un partido de ideología fascista afín a los países que componemos el Eje.

La información del señor Hokusai era cierta. El tío Alexander había sido uno de los fundadores de dicho movimiento en 1931, en la ciudad de Utrecht.

—Sí, Alexander es un buen fascista, así que estará encantado de colaborar con ustedes, seguro. ¿Disponen ya de las gemas y los diamantes que pretenden enviar a Madrid?

—Estamos dando los primeros pasos. Acabamos de crear el Cuartel de la Colección Urgente de Diamantes. El nombre es un eufemismo, claro está. Se trata de una empresa cuya única actividad es la confiscación de las piedras preciosas y las joyas de aquellos ciudadanos de países enemigos que están bajo nuestra custodia, ya sea en China, en Indochina o en las Indias Orientales Neerlandesas —respondió el señor Hokusai.

—A ver si lo he entendido bien. ¿Pretenden inyectar dinero a los japoneses prisioneros en el extranjero con los bienes incautados a los prisioneros de los países que les han declarado la guerra a ustedes?

—Digamos que es una especie de *quid pro quo*. Los norteamericanos han hecho lo mismo, han congelado las cuentas de los ciudadanos de origen japonés, y los han obligado a malvender sus negocios y sus propiedades, para luego encerrarlos en campos de internamiento. Así que sufragaremos a nuestros compatriotas prisioneros con el dinero de los ciudadanos cuyos países están tomando represalias contra los nuestros.

—Comprendo.

—¿Ven ese mapa de ahí? En él están señalados todos los campos de internamiento de japoneses que hay en Estados Unidos. Ahí tienen sus nombres: Manzanar, Tula Lake, Gila River, Topaz, Minidoka, Granada, etcétera. Son más de cien mil los prisioneros encerrados en esos campos, la mayoría en condiciones inhumanas. Por ejemplo, en el recinto de Manzanar, un erial en la Sierra Nevada de California, las temperaturas son extremas todo el año: bajo cero en invierno y rondando los cincuenta grados en verano. El viento huracanado es constante, muchos internos se levantan cubiertos de polvo de la cabeza a los pies. Viven en barracones de tela asfáltica y duermen sobre fardos de paja. Más de la mitad son ancianos, mujeres y niños.

—¿Y quién se hará cargo de transportar tan valioso cargamento? —pregunté a continuación.

—Usted, señorita María. Su pasaporte es de un país no beligerante, y encima es medio holandesa.

—¡Me niego en redondo! —gritó mi padre con el rostro demudado—. Lo que propone es que mi hija ponga su vida en peligro. ¡Me niego en redondo! Yo me haré cargo de los envíos.

—Me temo que eso no será posible, señor Casares.

—¿Puede saberse por qué?

Los decibelios de la voz de mi padre evidenciaron su rotunda disconformidad; en cuanto a mí, sentía una enorme curiosidad por escuchar los argumentos que el coronel Hokusai pudiera esgrimir.

—Primero, porque es usted un falangista con vínculos de amistad con el ministro de Asuntos Exteriores de su país, quien además es cuñado de Franco. Segundo, porque en el equipaje de una dama o incluso en su vestimenta se pueden coser o bordar piedras preciosas que pasarían desapercibidas. Tercero, porque, como ya le he dicho, su pasaporte y su condición de medio holandesa convierten a su hija en la persona idónea. Cuarto, porque el embajador Méndez de Vigo sospechará si usted desaparece de Japón durante unos meses dejando aquí sola a la señorita María. Recuerde que posee una estación de radio en la embajada, y que podría poner sobre aviso a los aliados si conociera el verdadero motivo que les ha traído a Tokio. Por tanto, es imperativo que sea la señorita María quien tome las riendas y que usted permanezca en segunda fila, contentando y confundiendo al señor Méndez de Vigo. Le proporcionaremos vino, coñac y la carne que tanto demanda su embajador, así se ganará su confianza.

—¿Vino, carne y coñac?

—Vino, coñac y carne, por ese orden. Méndez de Vigo le reclama lo mismo a todo el mundo.

—¿Y si nos negamos? —sugirió mi padre.

Había llegado la hora de que yo me pronunciara.

—Yo no me niego —intervine—. Piensa en los De Groot. En mis tíos, tus cuñados, en la prima Bo, tu sobrina. Echarnos atrás será lo mismo que condenarlos a vivir como esclavos, ¿no estoy en lo cierto, señor Hokusai?

—Sin la colaboración de ambos, la vida de sus familiares en Java sería mucho más difícil, sin duda —confirmó el militar.

—Pero es que lo que me pide, señor Hokusai, es demasiado para un padre. María es lo único que tengo en el mundo. Ella es toda mi vida. Si algo le pasara..., no podría perdonármelo.

—Papá, hemos llegado hasta aquí. Mira a tu alrededor, estamos en Japón. Ya no hay marcha atrás. Es demasiado tarde. Además, en mayo cumpliré veintisiete años. Sabré cuidarme —intervine de nuevo.

—Señor Casares, le recuerdo que fue el ministro Serrano Suñer en persona quien cerró el acuerdo con nuestro ministro, el señor Tojo. Y fue su nombre el que se puso sobre la mesa, ya que usted, al parecer, estaba de acuerdo.

—¡Tiene razón y no la tiene! —volvió a exclamar mi padre.

—¿Qué quiere decir?

—Que Serrano Suñer, en efecto, nos propuso colaborar con ustedes. También es cierto que aceptamos con todas las consecuencias. La cuestión es que siempre pensé que se trataría de un trabajo más técnico, más burocrático.

—¿Quizá se imaginó que podría enviar los diamantes en sobres, a través del correo ordinario? Para eso nos hubiera bastado con utilizar la valija diplomática del embajador Méndez de Vigo; pero al tratarse de un aliadófilo, no es posible —ironizó el señor Hokusai.

—Nunca imaginé que el trabajo consistiera en camuflar joyas dentro de sacos de café, sino en enviar dinero a través de entidades bancarias. Por ejemplo, ¿por qué no realizar transferencias desde el Yokohama Specie Bank?

—Por desgracia, el Yokohama Specie Bank solo puede operar a pleno rendimiento con China, donde gobernamos nosotros y, en consecuencia, donde no hay prisioneros japoneses.

—Entiendo. En cualquier caso, sigo estando en desacuerdo con el papel que quiere que María juegue en este delicado asunto. Es solo una joven sin experiencia... ¡Si ni siquiera puede tener una cuenta bancaria propia sin mi autorización!

El comentario de mi padre me dolió, tanto que no hizo sino reafirmarme en la idea de que había llegado el momento de volar por mi cuenta. Algo que, por otra parte, llevaba deseando desde hacía algún tiempo.

—En las próximas semanas perfilaremos los detalles de la operación. Puedo garantizarle que María contará en todo momento con nuestro apoyo logístico, con nuestra protección. No la dejaremos sola, puesto que del éxito de su misión depende la supervivencia de miles de nuestros compatriotas —dijo el señor Hokusai con la intención de terminar aquella reunión.

Spain-zaka
La cuesta de España

Mi padre y yo enfilamos la pendiente que conducía hasta la legación española con cierto recelo, por todo lo que habíamos oído hablar de nuestro embajador.

Nos sorprendió que el edificio fuera un viejo caserón de estilo vasco encajonado en una parcela del concurrido barrio de Roppongi, en Minato, donde se encontraban la mayoría de las sedes diplomáticas extranjeras, incluida la embajada de los Estados Unidos de América.

—¿A quién se le habrá ocurrido construir un caserío de las Vascongadas en el centro de Tokio? —preguntó mi padre en voz alta.

—*La princesse est modeste* —respondí yo en francés, en alusión al humilde aspecto de la construcción que, sin duda, había vivido tiempos mejores.

Tuvimos que sortear varios controles antes de que, por fin, un funcionario nos condujera hasta una sala donde abundaba la piedra y la madera, y cuyo centro focal era una gran chimenea de aspecto rústico, delante de la cual había una mesa de recia madera.

—El señor embajador vendrá en unos instantes —se limitó a decir.

Además de Eduardo, el propio ministro Serrano Suñer nos había prevenido contra el embajador de España en Japón, un aristócrata llamado Santiago Méndez de Vigo, el cual no solo era gran amigo del embajador de Estados Unidos, el señor Grew, sino que estaba casado con una estadounidense de apellido judío, Victoria Löwenstein Harris. Al parecer, la noche previa al ataque de Pearl Harbor por parte de la aviación japonesa, la había pasado el señor Grew tomando copas con nuestro embajador. No era este el único desliz del diplomático, ya que, por error, había tachado de «barco pirata» ante las autoridades japonesas al Almirante Cervera, el principal buque de los sublevados contra la República. Luego se supo que la nota la había firmado el segundo de la legación y mano derecha de Méndez de Vigo, un tipo apellidado Gómez de Molina y Elío, lo que puso de manifiesto una vez más el gusto por ausentarse de nuestro embajador, del que ya corrían chismes en Madrid mucho antes de nuestra llegada a Japón.

Cuando Méndez de Vigo entró en la estancia, pensé que se trataba de una persona que no engañaba a nadie, lo que suponía que los muchos inconvenientes que sus decisiones estaban generando se debían a las altas expectativas que los demás ponían en él. Hombre de rostro afilado, nariz aguileña, aspecto pulcro y modales refinados, y algo displicente en su manera de observar al prójimo, como si contemplara el mundo desde la atalaya de los años vividos y la experiencia, parecía claro que, una vez entrado en la recta final de su carrera, su única preocupación era mantener su estilo de vida. Antes incluso de saludarnos, sus primeras palabras pusieron de manifiesto que no andábamos errados:

—¿Han traído alguna reserva de vino o de coñac?

Nos preguntó lo que el señor Hokusai nos había indicado que nos preguntaría.

—No, lo sentimos —respondió mi padre.

—Pronto, con este frío, echarán de menos una buena copa de coñac.

—Ninguno de los dos bebemos.

—Un occidental en Japón tiene que beber para mantener la cordura... Así que vienen a trabajar para la Mitsui. Supongo que sabrán que sus dueños son los Rothschild de Japón. Para ellos, la potasa española es un grano dentro de un granero rebosante. Aunque no voy a negar la importancia que ese mineral tiene para la industria agrícola como nutriente para las plantas. En mi opinión, el negocio que este país está demandando es la sal. La industria de salazones en Japón es incomparable con cualquier otra. ¿Jacinto, no? ¿Puedo llamarlo Jacinto, señor Casares?

—Por supuesto, embajador.

—Llámame Santiago. Tú eres María, ¿verdad?

—Sí. Encantada, embajador.

—Santiago. Llámame Santiago, por favor. Corrígeme

si estoy equivocado, ¿no te dedicas a la importación de café, Jacinto?

La pregunta puso de manifiesto que Méndez de Vigo también había hecho sus deberes.

—Así es. Desgraciadamente, el estraperlo ha arruinado mi negocio, de ahí que me haya visto obligado a aceptar el puesto de coordinador de las exportaciones que Minas de Potasa le vende a la Mitsui —improvisó mi padre.

Gracias a Dios, no había olvidado el nombre.

—Comprendo. Vivir una guerra mundial después de haber sufrido una guerra civil no ha hecho sino complicar las cosas aún más. Todo escasea, desde los alimentos hasta las buenas intenciones. En mi opinión, con la Primera Guerra Mundial se acabó la esperanza de que el ser humano tomara la senda de la bondad. Pero no hurguemos más en la herida. Como se suele decir, en el pecado está la penitencia. Además de daros la bienvenida a Japón, puesto que se han producido ciertos incidentes en los que se han visto involucrados ciudadanos occidentales, incluso de nacionalidad italiana y alemana, pese a que forman parte del llamado Eje con Japón, y por tanto deberían ser tratados como los aliados que son, es mi obligación recomendaros que toméis todas las medidas de precaución que estén a vuestro alcance. En caso de que os sintáis en peligro, tenéis que poneros en contacto de inmediato con esta embajada, que es también vuestra casa. Y hablando de viviendas, ¿sabéis dónde vais a vivir?

—Aún no. Por ahora nos hospedamos en el Hotel Imperial —respondió mi padre.

—El mejor hotel de Tokio, sin ningún género de duda, aunque el más odiado por los tokiotas. Os recomiendo que busquéis casa en la zona de Ginza, en pleno centro. Tiene incluso mejores edificios que Madrid. No os metáis en uno de esos barrios de casas de madera que parecen postales. No seríais bien recibidos. Allí es donde se concentra y se esconde el odio.

—Lo tendremos en cuenta.

—Veo, María, que llevas un pañuelo para cubrirte la cabeza, y también unas gafas de sol. Haces pero que muy bien. Unos ojos tan hermosos como los tuyos son un peligro en una ciudad tan crispada como Tokio.

—Desde el primer momento sentí que la gente me miraba con reserva —solté lo primero que se me ocurrió para salir del paso.

—¿Habéis entrado en contacto con alguien de la comunidad española? —se interesó Méndez de Vigo.

Mi padre y yo nos miramos.

—No. Andamos todavía deshaciendo las maletas, como quien dice —mentí.

—Bueno, somos una pequeña familia. Unos ciento sesenta religiosos y unos treinta y cinco seglares. Doscientas almas más o menos. La mayoría de los civiles se dedican al comercio, como vosotros; también tenemos a dos profesores de lengua española, a un músico y a un escultor. Si os parece, podríamos organizar un encuentro para que os conozcáis —sugirió el embajador.

—Sería estupendo —dijo mi padre.

—Una última cosa, Jacinto, te ruego encarecidamente que en el próximo envío de potasa desde España incluyas un surtido de vino, coñac y carne congelada. Ya descubriréis cuál es la situación alimentaria del país, con la diferencia de que los japoneses están educados en el estoicismo y nosotros no. Ya me entiendes, Casares.

De las palabras de Méndez de Vigo se desprendía que él no había pasado necesidades durante nuestra guerra. ¿Acaso los españoles no habían padecido hambre, del primero al último?

Una vez que alcanzamos el pasillo que conducía a la salida, fuimos interceptados por una mujer con la que me identifiqué de inmediato por sus rasgos físicos. Sin duda, se trataba de Victoria Löwenstein Harris, la esposa de Méndez de Vigo: una dama de belleza impactante que, a pesar de la edad, conservaba la mirada limpia y directa de quien no elude el enfrentamiento, y el gesto elegante de quien se desenvuelve de forma natural y sin esfuerzo en todo momento y bajo cualquier circunstancia.

—Usted es la chica holandesa, ¿verdad? Solo hay que mirar esos ojos y ese cabello, y ese pañuelo que cuelga del asa de su bolso. Yo también uso uno, pese a que soy la mujer del embajador del país *más amigo* del gobierno nipón. Supongo que, si no lo ha hecho ya, pronto les contactará el señor Eduardo Herrera de la Rosa, el máximo representante de la Falange Exterior en Japón, para contarles que, además de divorciada, le he dado largas a su ocurrencia de poner en marcha la Sección Femenina aquí en Tokio. Es cierto. No lo apruebo porque me parece una pérdida de tiempo y de recursos. Prefiero que sepan los chismes de mi boca, así al menos cuando se los cuenten, y lo harán, no les quepa duda, conocerán de antemano mi versión de los hechos.

Me aferré al brazo de mi padre y ejercí una presión inusitada, como cuando pisas el pedal del freno en un automóvil. Yo sabía que aquel menosprecio a la Falange y sus obras le habían tenido que provocar un profundo malestar, máxime cuando mi madre había sido una activa colaboradora de la Sección Femenina desde su fundación hasta su muerte, por lo que tuve que detener un posible desplante por su parte que nos hubiera puesto a los dos en aprietos.

—Díganle también al señor Eduardo Herrera de la Rosa que la ceremonia de mi primer matrimonio tuvo lugar en Holanda, pero que luego, cuando conocí a Santiago, abracé el cristianismo, y que soy una mujer piadosa como la que más, pero también comprometida con mi tiempo —continuó su arenga.

Sin saber muy bien por qué, sentí cierta empatía con aquella dama que se había casado en primeras nupcias en mi querida Holanda. Que una mujer declarara públicamente estar comprometida con su tiempo la convertía, en mi mundo —al menos en el que me desenvolvía—, en sospechosa de republicanismo y de feminismo. Su negativa a crear la Sección Femenina tampoco ayudaba a limpiar su imagen de mujer divorciada y conversa.

En mi fuero interno, yo también me sentía comprometida con mi tiempo, aunque no sabía exactamente qué significaba identificarme con aquel discurso. Sea como fuere, escuchar a Victoria Löwenstein fue lo mismo que respirar un poco de brisa fresca. No le dije nada a mi padre, pues estaba segura de que me respondería desde su falta de conocimiento del mundo femenino, y, como siempre que algo me removía por dentro, extrañé la presencia de mi madre, la única persona que de verdad se había preocupado por mí en el plano emocional.

De entre las sombras del pasillo donde nos encontrábamos emergió la figura de Méndez de Vigo, quien, tras situarse justo detrás de su esposa, la sujetó del talle como lo hubiera hecho un violonchelista con su instrumento, con suma delicadeza.

—No te esperaba tan pronto, querida —dijo el embajador.

—Aún no me he ido. He preferido quedarme para saludar a nuestros nuevos amigos. Supongo que les habrás advertido de los peligros que corren en Tokio por el mero hecho de ser occidentales.

Pensé que parecían dos piezas de un rompecabezas que encajaban la una en la otra a la perfección. Por alguna extraña razón, me reconfortó aquella simple muestra de cariño, tal vez debido a que el mundo en general se empeñaba en pelearse, en darse la espalda.

—Lo he hecho, querida. Incluso les he recomendado que alquilen una casa en Ginza, aunque quizá la Mitsui tenga otros planes para ellos.

—Planes de guerra, ese es el único proyecto que se puede tener en Tokio con garantía de éxito —concluyó Victoria Löwenstein al tiempo que su boca dibujaba una sonrisa de expresión triste.

De pronto, creí encontrar una explicación a por qué esa pareja necesitaba la bebida. Tanto el vino como el coñac eran el vehículo que ambos utilizaban para convertir el mundo —ese de fondo oscuro y aristas incómodas en el que todos nos desenvolvíamos— en algo que no era. El vino les servía para maquillar la realidad, para convertirla en una difusa sombra durante el tiempo que duraran sus efluvios.

De vuelta en la cuesta que unía la legación con el centro de la ciudad, mi padre dijo:

—No me fío de ellos. Méndez de Vigo es un desahogado, y su esposa... Bueno, francamente, no sabría dar una opinión de una mujer tan compleja sin excederme. De hecho, no son pocos los misioneros que han protestado por su presencia en Japón, aduciendo su condición de divorciada y de protestante. Está claro que lo único que les importa a ambos de esta maldita guerra es tener la despensa llena de vino, coñac y carne congelada. ¿Imaginas dónde estaban Méndez de Vigo y su esposa el día de la sublevación del caudillo? De vacaciones, en un balneario japonés. Y no regresó hasta bien entrado el mes de agosto. Me lo contó el propio Serrano Suñer. También fue Méndez de Vigo quien comunicó al embajador estadounidense que su país había sido atacado en Pearl Harbor.

—Lo sé, papá, ya me lo has contado. Y Eduardo, también.

—Sí, Méndez de Vigo es un *bon vivant*, y encima tiene una radio desde la que emite noticias de los aliados. No cabe la menor duda de que tiene credencial de aliadófilo. Eduardo y Serrano Suñer tenían razón: no es un hombre de fiar. En cuanto a ella...

—*La princesse est modeste* —dije, la misma frase que me vino a la cabeza frente a la embajada.

El camino del té

Mientras mi padre buscaba una vivienda adecuada en compañía de Eduardo, yo le pedí al señor Hokusai permiso para estirar las piernas y tomar un poco de aire fresco en uno de los parques de la ciudad. Por una parte, estaba preocupada en extremo por el giro que habían dado los acontecimientos y el papel protagonista que el señor Hokusai me había asignado en sus planes; por otra, quería dar la sensación de normalidad delante de mi padre, pues seguía pensando que convertirme a mí en custodio de aquel tesoro de gemas y diamantes era peligroso y descabellado a partes iguales.

—¡Estos japoneses han debido de creerse que eres Mata Hari, que también era neerlandesa! —exclamaba enfurecido cada cierto tiempo.

Pese a que sugerí que algún subordinado me vigilara desde la distancia mientras paseaba, el señor Hokusai se ofreció a acompañarme, y he de reconocer que eso me satisfizo.

—Yo la llevaré. Ahora mismo es usted tan valiosa como cualquiera de nuestras flores nacionales —me dijo.

Que me comparara con una flor me sorprendió, ya que volvía a poner en evidencia que su lado más sensible luchaba por abrirse paso entre las costuras de su uniforme militar.

—Solo quiero tomar un poco de aire fresco. Aclarar mis ideas.

—Y yo solo pretendo que lo haga con plenas garantías de seguridad.

Eligió el parque de Ueno, al nordeste de Tokio.

—Este parque fue donado por el emperador Taishō a la ciudad de Tokio en 1924, aunque abrió sus puertas mucho antes, en 1873. Aquí es donde los tokiotas venimos a contemplar los cerezos en flor, en abril. Si me permite, me gustaría llevarla hasta el templo Kiyomizu, desde donde se disfruta de una vista espléndida del millar de cerezos que hay repartidos por el parque. Si lo desea, puede quitarse las gafas de sol.

Así lo hice.

—El pañuelo, en cambio, me lo voy a dejar puesto. Hace demasiado frío para ser marzo —dije.

Pese a las sugerentes palabras de señor Hokusai, lo que predominaba a derecha e izquierda del camino que tomamos era una infinita sucesión de árboles desnudos y famélicos, despojados de sus hojas. En cierto sentido, recordaban a la población hambrienta que deambulaba por la ciudad. Todo el mundo —incluidos aquellos árboles— necesitaba la llegada de la primavera de manera imperiosa; una catarsis que se materializara en una explosión de vida y color.

Tras pasar junto a una hermosa pagoda que recordaba a una época pasada, la sensación de soledad se hizo aún mayor, como si estuviéramos adentrándonos en un lugar remoto, no hollado por el ser humano, donde lo primordial era la naturaleza y su significado.

Cuando por fin remontamos la pendiente que conducía hasta el templo Kiyomizu y nos asomamos a su balcón de madera centenaria y fragante, mi imaginación llenó de flores de cerezo cada árbol, hasta componer un paisaje de un blanco níveo.

—Es un lugar hermosísimo —me dije a mí misma en voz alta, como si el señor Hokusai no estuviera presente, ya que tuvo la delicadeza de quedarse dos pasos detrás de mí, en un segundo plano.

—El templo de Kioto en el que está inspirado este es aún más hermoso. Si hay algo que me preocupa de la guerra es que toda esta belleza pueda desaparecer —dijo el señor Hokusai, sacando a relucir de nuevo al artista que habitaba en su interior.

—Coronel, vengo de vivir una guerra y le puedo asegurar que el poder destructivo de los hombres no tiene límites.

—Lo sé. Por favor, llámeme Juro.

—¿Juro? ¿Quiere que le llame Juro?

—Es mi nombre de pila. Significa que soy el décimo de diez hermanos.

La confesión del coronel Hokusai me pilló por sorpresa.

—¡Vaya! Yo soy hija única. Mi madre tuvo un problema en el útero cuando yo nací. Ya no pudo tener más hijos —continué con el turno de confesiones.

—«Mil árboles que crecen hacen menos ruido que un árbol que se derrumba».

—¿Qué quiere decir?

—No es más que un proverbio. Mi madre solía venir a este templo cuando quería quedarse embarazada. Kiyomizu es el templo de la maternidad. Siempre que mi abuela le reprochaba que tuviera tantos hijos, le respondía que si se le moría uno seguiría teniendo un bosque que contemplar y no un yermo páramo. De hecho, dos de mis hermanos murieron siendo niños. A pesar de eso, mi madre nunca tuvo tiempo para la nostalgia, porque seguía teniendo un bosque que contemplar.

—Siento lo de sus hermanos. Mi madre murió durante la guerra.

—Para esa clase de pérdida no hay proverbio que sirva de consuelo.

—Se suele creer que en una guerra la gente muere por el efecto de las armas, por la explosión de las bombas; sin embargo, nada mata más que el hambre y las enfermedades para las que no hay medicinas. Mi madre, por ejemplo, falleció de tuberculosis. La destrucción de la red hospitalaria no ayudó para que pudiera salvarse. Así es la verdadera guerra, la que todo lo arrebata.

—En efecto, así es la guerra; por eso es tan importante que el pueblo japonés alimente su esperanza, aunque no tenga con qué llenar sus estómagos. Es mejor viajar lleno de esperanza que el hecho mismo de llegar, eso decimos los japoneses, sobre todo ahora que no sabemos cuál es el destino del viaje que hemos emprendido. En unos pocos días estos cerezos florecerán, y Japón volverá a contemplar otro de sus símbolos nacionales: la flor del cerezo. Entre el 28 de marzo y el 5 de abril, decenas de miles de personas vendrán a este parque a celebrar el *hanami*, la floración del *sakura*. Será lo mismo que un nuevo renacimiento, un nuevo acto de emancipación, este año más necesario que nunca. No obstante, Tokio tiene otra flor propia, autóctona: el fuego, ya que la ciudad florece tras cada incendio.

—Eduardo nos presentó a Tokio como la ciudad de madera.

—Sin duda, la madera es la flor más delicada de todas, porque no se marchita poco a poco, sino que arde a la vez que se consume. Su destrucción es instantánea. En ese sentido, Tokio es la flor más frágil de todas.

Después anduvimos un rato más por el parque Ueno, bordeando un estanque donde una fina capa de hielo provocaba brillos iridiscentes en el agua.

—Cuando la primavera se apodere del parque, estas aguas se llenarán de flores de loto. Entonces pasaremos de nuevo de la nada al todo.

—Supongo que el problema surge cuando se pasa del todo a la nada —reflexioné.

—Así es, señorita María. Tiene toda la razón.

—Llámeme María, Juro.

¿En qué situación nos encontrábamos, en el tránsito de la nada al todo o en el del todo a la nada?, me pregunté.

Luego mantuvimos un largo silencio en el que solo se oían nuestras respiraciones, como si fuéramos los únicos seres vivos en aquel parque.

—Me gustaría enseñarle el camino del té —se ofreció.

—¿Está aquí, en el parque Ueno?

—¡Oh, no! —exclamó al tiempo que sonreía—. El camino del té está en todos lados; es la forma que los japoneses tenemos de enfrentarnos a la vida. Lo llamamos así porque canalizamos parte de nuestra filosofía a través de la ceremonia del té. Una práctica que busca aunar la armonía, la pureza, el respeto y la tranquilidad.

—Suena bien en los tiempos convulsos que corren —observé.

—Mi hermana mayor, Aiko, posee el título *menjo*, necesario para llevar a cabo la ceremonia del té. Le costó varios años obtenerlo. Si no tiene inconveniente, me gustaría que la visitáramos a comienzos de la semana que viene. Así tendrá la oportunidad de conocer mejor a quienes va a ayudar. No hablo de Aiko, ni siquiera de mí, sino de aquellos que permanecen retenidos en campos de internamiento, tanto en Estados Unidos como en otros países e islas de América del Sur y del Caribe. Dado su grado de responsabilidad, no puede permitirse odiar al pueblo japonés, aunque el pueblo japonés dé muestras de despreciarla.

—De modo que quiere que empatice con su pueblo a través de su cultura; y que haga el esfuerzo de pasar por alto la aversión que su pueblo siente hacia mi persona.

—Así es. Solo podrá realizar su misión desde el entendimiento. Si no sabe por qué y para qué hace una cosa, no tendrá éxito al llevarla a cabo. Y nadie puede comprender al prójimo desde el odio.

—Supongo que todos tenemos que cumplir con nuestro deber; que la guerra nos otorga un papel a cada uno de nosotros. Estaré encantada de visitar a su hermana.

—Gracias. Lo organizaré todo.

Un apartamento en Ginza

Encontré a papá contemplando una habitación vacía, en cuyo suelo había un sencillo edredón. Eduardo, entre risas, trataba de instruirlo.

—«Futón», Jacinto, se llama «futón», y es la cama japonesa.

—¿Lo estás viendo, María? No hay tabiques sólidos entre las habitaciones, el suelo es una alfombrilla, «tatami», lo llama Eduardo, la cama parece un saco de campaña, de hecho es una colchoneta con un cobertor encima, y ni siquiera hay una mesilla sobre la que desplegar las fotos del caudillo y de José Antonio. Por no hablar de la mesa de comedor, que no es más que una mesita de café sin sillas. ¡Estos japoneses viven todo el día doblados, cuando no reptando! —se quejó mi padre amargamente.

—Os acostumbraréis, Jacinto, os lo aseguro. Con el

buen gusto de María, dentro de poco este pisito se parecerá a una de las suites del Hotel Imperial.

—Olvidas que dentro de poco María estará repartiendo diamantes por medio mundo.

El comentario de mi padre sonó seco y cortante.

—Me tendrás a mí, Jacinto. Me ayudarás a darle un nuevo impulso a la Falange Exterior aquí en Tokio, ya que Méndez de Vigo solo nos pone zancadillas. El señor Hokusai se encargará de que nada le ocurra a María. Quédate tranquilo.

—El señor Hokusai... El señor Hokusai y su «mundo flotante»...

—Bueno, papá, nos apañaremos bien —intervine.

—¡Pero, hija, si no hay paredes de ladrillo que impidan la propagación de ventosidades y flatulencias! Este apartamento se desmonta a base de puertas correderas.

Eduardo soltó ahora una risotada.

—Jacinto, la casa tiene un buen baño donde encerrar al genio escatológico.

Lo cierto era que ver a aquellos dos viejos soldados de aspecto prusiano discutiendo de fisiología en aquel espacio minimalista, donde lo más grueso eran unas cuantas celosías de madera con papel fino, tenía algo de cómico.

—El problema no es el baño, Eduardo, sino la comida. Ingieren el pescado crudo, como uno supondría que hacen los caníbales faltos de civilización, y a mí me gusta la carne muy hecha. En cuanto a la costumbre de comer algas, también soy de los que las apartan de un puntapié cuando las encuentro en la orilla del mar. Me temo que ya ni sueño con mi pobre esposa, que Dios la tenga en su gloria, sino con las garrafas de aceite de oliva virgen extra de Priego que Manolito Calderón me enviaba desde Córdoba. ¡Daría mi brazo derecho por un buen trozo de pan bañado en aceite!

—Manco como Millán-Astray por un trozo de pan con aceite. ¿Así es como te gustaría que te recordaran? ¡No digas más sandeces, Jacinto!

—No digo sandeces, Eduardo. Lo que ocurre es que tengo brazos y piernas, pero quieres que a partir de ahora viva arrastrándome.

—Solo digo que procures adaptarte a las costumbres de este país. Como dice el refrán: «Donde fueres, haz lo que vieres».

—¿No habéis encontrado un piso más occidental? —pregunté después de valorar lo que le iba costar a mi padre vivir en un espacio tan singular.

—¡Claro que sí! Pero Eduardo asegura que mientras más nos alejemos del modo de vida japonés, peor nos irán las cosas.

—Jacinto, la situación es la que es, y lo que los japoneses demandan de los occidentales en estos momentos es que su comportamiento y su modo de vida sea lo menos occidental posible. Si incordias, te incordiarán; si llamas la atención, te llamarán la atención.

—¡Pero si acabas de decir que María podía transformar este apartamento en una suite del Hotel Imperial! ¡En el

Hotel Imperial hay camas como Dios manda, y sillas, y mesas...! —saltó mi padre.

—Sois libres de hacer lo que os dé la gana, por descontado, Jacinto, pero mi obligación es advertiros. A mayores comodidades dentro, más incomodidades fuera. Cuando he dicho que María podía cambiar este pisito, me refería a que puede dotarlo de pequeñas notas de calidez, pero siguiendo las costumbres locales. Para los japoneses, la decoración de la casa forma parte de su filosofía de vida, asociada a la paz y la tranquilidad.

—¡Pues Japón está en guerra con medio mundo!

Estaba claro que mi padre se había empeñado en llevarle la contraria a Eduardo, en sacarle punta a todos sus comentarios.

—Tú lo acabas de expresar muy bien. Japón está en guerra, pero los japoneses no se llevan el conflicto a sus casas, porque entonces el estrés provocaría que tomaran las decisiones equivocadas. Como ya te señalé, el materialismo y el individualismo son ajenos a la cultura japonesa, y eso es algo que se refleja en la decoración de sus viviendas.

—¿Acaso tú duermes sobre un futón o como diablos se llame esa colchoneta?

—Jacinto, entre idas y venidas, llevo en Japón casi treinta años. Soy medio japonés. Bueno, no tanto. ¡Pero un cuarto sí que soy! ¡Claro que duermo en un futón! ¡Hasta mi bigote prusiano lo hace!

—Papá, si duermes en el suelo seguro que mejoran tus

dolores de espalda —dije tratando de extraer algo positivo de la nueva situación.

—Prefiero que me duela la espalda y dormir en una cama como Dios manda.

—No creo que este asunto dé para más. Tengo que irme —dijo Eduardo—. Te dejo con la fiera, María, a ver si tú eres capaz de domarla.

—No te preocupes, Eduardo. Es solo una rabieta. Haré que entre en razón. Gracias por todo.

—¿Acaso pensáis que soy un niño caprichoso? —se revolvió mi padre, esta vez contra los dos—. Bastante he tenido con el trato que me ha dispensado el señor Mundo Flotante.

—¿Qué quieres decir? —se interesó Eduardo desde el umbral de la puerta.

—Que el coronel Hokusai me ha tratado como si yo fuera un mueble viejo e inservible. El típico jarrón que uno no sabe dónde poner, porque en todos lados molesta y desluce. Y ahora, para colmo, para darme la puntilla, me encierras en una casa donde tengo que vivir arrodillado.

—Jacinto, había olvidado tu gusto por el melodrama. Nadie piensa que no seas apto para el servicio; la cuestión es que cada misión requiere que la lleve a cabo la persona indicada.

—Palabrería.

—Además, María nos necesitará aquí, en Tokio. ¿Desde dónde crees que se va a dirigir su viaje? Pero no quiero seguir discutiendo. Si no estás conforme con el plan, si quieres echarte atrás, ponle un mensaje a Serrano Suñer y yo se lo haré llegar a través de la embajada de Berlín. Ahora tengo que marcharme.

—Tal vez lo haga. Incluso puede que lo llame directamente.

Yo sabía cuánto le había afectado a mi padre el asunto de mi próxima marcha. Ninguna casa, grande o pequeña, llena de muebles o vacía, hubiera servido para ahuyentar el desasosiego que lo consumía por dentro, su preocupación por lo que pudiera pasarme; no en vano, era la primera vez que lo apartaban de una decisión que afectaba a mi vida, a mi futuro.

La primera noche no resultó fácil, como cabía esperar, pues mi padre se estuvo agitando dentro del edredón como un potro al que han cambiado de establo de repente. No paraba de moverse de un lado a otro, al tiempo que mascullaba quejas que a mí me llegaban convertidas en murmullos lastimeros. Era como escuchar el eco de un fantasma, que aquellas finas paredes proyectaban —al igual que lo hacían con la luz— con nítida transparencia.

En un momento dado —tal vez fueran las dos o las tres de la madrugada—, percibí que de su garganta brotaba un sentido gimoteo, lo que provocó que el corazón se me encogiera. Era el mismo llanto contenido que se apoderó de él cuando nos comunicaron que mi madre había muerto.

Acto seguido, me cuestioné si aquel viaje había merecido la pena, si no hubiera resultado más fácil reclutar a unos cuantos mochileros de los que cruzaban el café de contrabando entre Portugal y España y enriquecernos con el estraperlo, tal y como habían hecho otros honrados falangistas. Tal vez el problema radicaba en la desmedida ambición de mi padre, en el orgullo que la adornaba, en su convicción de que estaba destinado a hacer grandes cosas.

En mi opinión, aquella necesidad de destacar era la consecuencia sobrevenida de la muerte de mi madre, de la que se sentía responsable.

Ahora, conmigo a punto de partir no se sabía muy bien a dónde, y condenado a jugar un papel secundario sobre el que no tenía ningún control, había descubierto que para alcanzar cualquier meta de las que se había propuesto tenía que ponerse de rodillas.

Treinta y seis vistas del monte Fuji

De camino a la prefectura de Yamanashi, donde al parecer tenía su casa la hermana del señor Hokusai, nos dimos de bruces con la imponente figura del monte Fuji, cuya cumbre vestía un traje de nubes de algodón aquella mañana.

Conforme nos íbamos acercando a nuestro destino, más grandiosa se iba haciendo la figura de la montaña. En un momento dado, las nubes se desplazaron hacia la ladera izquierda, dejando a la vista el manto de nieve que cubría la cima. Había algo de irreal en el paisaje, como si el maestro Hokusai hubiera resucitado de entre los muertos y utilizado sus habilidades como pintor para elaborar un dibujo de finos trazos, composición original y vivos colores.

Esta vez fue Juro el que conectó de alguna manera con mi pensamiento.

—Hokusai pintó esta montaña más de cien veces, una y otra vez, hasta interiorizarla, hasta hacerla suya. Sus estampas se hicieron tan famosas que el pueblo japonés terminó por apropiarse también del monte Fuji; otro tanto sucedió en el extranjero. El mundo entero acabó reconociendo el monte Fuji gracias a los dibujos de mi antepasado. Ni siquiera hace falta viajar a Japón para saber que tal lugar existe. Si mi hermana ha decidido vivir aquí es por él. Todos los miembros de la familia intentamos conocer por dentro a Hokusai a través de sus xilografías, de sus trabajos; pero como la montaña, los dibujos de mi tatarabuelo están vivos.

Nuestro destino se encontraba a las afueras de la ciudad de Fujikawaguchiko, junto al lago Kawaguchi.

La belleza natural de la zona era tanta que hacía pasar desapercibida la esbeltez de la casa de la hermana del señor Hokusai, una construcción de una sola planta rodeada de una terraza en voladizo llamada La Mansión del Ciruelo.

La forma dramática de los aleros, extendidos como alas de un sombrero, de la techumbre de la vivienda principal contrastaba con la sencillez de una cabaña levantada en uno de los extremos del jardín, al final de un estrecho sendero de piedras: techo de paja, tablones lisos de madera y ramas de bambú; además de una modesta pérgola exterior. Pero, más incluso que la cabaña, lo que llamaba la atención era la docena de ciruelos de flores rosadas que la flanqueaban tal que fieles guardianes.

—Es allí donde nos espera Aiko. Esa es la casa del té —me indicó el señor Hokusai señalando hacia la cabaña.

—Es realmente pequeña —observé.

—Es humilde. Ni siquiera cabría usted de pie.

—¿Cómo voy a entrar entonces?

—Doblando las rodillas, naturalmente.

—¿Doblando las rodillas?

—No hay otra forma. Es la manera de dejar el orgullo fuera.

—No me importaría quedarme fuera contemplando las flores de los ciruelos.

—La flor del ciruelo predice la primavera, pero no la trae consigo. Es la primera en florecer, antes incluso de que termine el invierno. Pero su actitud, su deseo de quedarse contemplando la belleza de estas flores, encaja a la perfección con la filosofía que se esconde tras el camino del té. Se trata de disfrutar de cada momento como un preciado bien, ya que no volverá a repetirse.

—En Occidente lo llamamos *carpe diem*.

—Me temo que ustedes asocian esa expresión con la sociedad de consumo. Nosotros abogamos más por el disfrute que nace desde el espíritu hacia el exterior. Se trata de una práctica transformadora.

—Comprendo.

La Mansión del Ciruelo

Aiko era una mujer de mediana estatura y cuerpo espigado, cuya belleza era pareja a la hermosura del kimono que vestía: una prenda sobria de *chirimen* —un algodón liviano con textura de crepé— y lino, teñida de color rosa palo, con los *tabi* o calcetines y el cuello blancos. No llevaba accesorios o joyas. Como los de su hermano, sus movimientos eran lentos, medidos y armoniosos. Toda ella, por dentro y por fuera, transmitía equilibrio, en perfecta consonancia con aquella pequeña cabaña y el jardín que la rodeaba.

—Señorita María, sea usted bienvenida a la casa del gusto refinado —dijo Juro haciendo las veces de traductor de su hermana.

La voz de Aiko sonaba tan tenue como el dulce rumor del agua.

Luego, tras algún que otro acto protocolario en el zaguán bajo la pequeña pérgola, entramos por fin en la cabaña. Como había pronosticado Juro, lo hicimos a gatas, después de vestir nuestros pies con unos *tabi* blancos como los de nuestra anfitriona.

La estancia principal, diáfana y austera, estaba adornada por unas flores de ciruelo dentro de un florero que reposaba en una hornacina y por un rollo desplegado escrito con una bellísima caligrafía.

Mientras Aiko se situaba frente a los utensilios que iba a necesitar para llevar a cabo la ceremonia —había un hueco entre el tatami y el suelo donde calentar la marmita—, Juro me leyó lo que contenía aquel rollo:

—Es un poema de Michizane, un político y poeta que impulsó la emancipación de nuestra cultura con respecto de la china. Dice algo así: «Cuando el viento del este sopla hasta aquí, / oh, flores de ciruelo, / ¡enviadme vuestra fragancia! / Estad siempre pendientes de la primavera, / aunque vuestro dueño ya no esté con vosotros». La caligrafía es obra de Aiko. Antes de que estallara la guerra, ya se estaba haciendo un nombre como gran caligrafista.

Hice un recorrido visual del conjunto, de la estancia, la decoración, la figura de Aiko rodeada de objetos delicados y preciosos.

—Veo que todo conduce hacia la búsqueda de la belleza —observé.

—Digamos que se trata de reconocer la belleza de lo que ya existe, más que de su búsqueda. Buscar algo que ya se tiene delante de los ojos resulta demasiado confuso, ¿no le parece?

Las palabras de Juro me hicieron reflexionar.

A continuación, nos adentramos en un estado de calma concentrada, que Aiko aprovechó para dar comienzo a la ceremonia.

Todo se volvió entonces más sutil, más ligero e íntimo.

El brillo del carbón vegetal, el borboteo del agua hirviendo, el aroma amargo del té espeso, la serena belleza de la porcelana, la delicada destreza de Aiko, el refinado movimiento de su mano al usar el batidor de bambú, los cucharones del mismo material, las bandejas, el abanico plegable, las telas de seda con las que envolver y secar los cuencos, los dulces secos japoneses, las tazas compartidas, el sonido de los sorbos, la preparación de una segunda taza de té, más líquido que el primero, todo conducía hacia un mismo lugar: la transformación de lo cotidiano en un acto pleno de belleza, de armonía, en sintonía con la naturaleza que nos rodeaba.

—Parece todo tan sencillo pero a la vez tan complejo —dije sin ocultar mi asombro por el ritual que estaba contemplando.

Juro le trasladó mi comentario a Aiko; luego hizo lo propio con la respuesta de nuestra anfitriona.

—Digamos que el camino del té forma parte de la propia vida, donde lo importante es el proceso de aprender a pensar primero en los demás, siempre y en todo momento.

—Pensar en los demás, claro. Tiene sentido —admití.

Juro volvió a ejercer de traductor en ambas direcciones.

—Aunque pueda parecer extraño, la mayor riqueza se encuentra siempre en la desolación y la pobreza. Es el descubrimiento que hacemos cuando dejamos atrás lo material y miramos hacia nuestro interior —trasladó al castellano las palabras de Aiko.

La idea me resultaba tan difícil de comprender que acabé recordando cuando Eduardo aseguró que los japoneses pensaban al revés.

—¿Puedo hacerles una pregunta? —dije.

—Por supuesto.

—Si la desolación y la pobreza son la mayor riqueza, ¿dónde encaja la guerra? ¿Es también una riqueza?

Juro le trasladó mi pregunta a nuestra anfitriona, aunque fue él quien me respondió:

—La guerra, María, tiene su propio camino. No solo existe el camino del té; también está el camino de las flores, el *ikebana*; el camino del dibujo o la pintura; el camino de la energía y la armonía; el camino del arte de la caligrafía; y también el camino del guerrero, que emplea el código del *bushido* y, por tanto, es el que rige todo lo relacionado con la guerra.

—Da la impresión de que resulta difícil encontrar el camino adecuado en cada momento.

—Lo es. Ser humilde y pensar en los demás antes que en uno mismo ayuda a elegir el camino correcto.

—Juro, desconozco cómo hacen ustedes la guerra, pero en la que a mí me ha tocado vivir les aseguro que no había nadie humilde ni que pensara en los demás. Ni siquiera los que la ganaron. En nuestra guerra, cada uno fue a lo suyo, y eso pasaba por causarle el mayor daño al enemigo. Prométame que no le dirá nada de lo que hemos hablado a mi padre.

—Se lo prometo.

—Prométame también que tampoco usted me lo tendrá en cuenta.

—Que piense que la guerra es contraria a la humildad y a la empatía no es un pecado; todo lo contrario. Usted no está obligada a seguir el camino del guerrero. No voy a reprocharle nada, precisamente porque he aprendido a ponerme en la piel del prójimo.

—Y su hermana, ¿qué piensa, cómo ve la guerra?

Juro le trasladó mi pregunta a Aiko, cuya voz volvió a brotar como el susurro del agua desde su garganta.

—Aiko dice que ella es un pedazo de Japón y que, en consecuencia, su sufrimiento corre parejo al del país.

Traté de escrutar su mirada, por si escondiera un mensaje distinto al de sus palabras, pero de nuevo Aiko se reveló hermética, como si sus ojos formaran parte de una máscara impenetrable.

—Dele las gracias de mi parte, y dígale que nunca olvidaré la experiencia que me ha regalado. Ahora, si no supone una ofensa para su hermana o para usted, me gustaría que nos marcháramos. Hace veinte minutos que me duelen mucho las piernas, como si las hubiera metido dentro de un hormiguero.

Juro me sonrió.

—El dolor de piernas se debe a la falta de costumbre —dijo—. Ahora mismo nos vamos, no se preocupe. El objetivo de esta visita era que conociera un poco mejor nuestra forma de pensar, nuestras costumbres, y creo que lo ha logrado.

Antes de marcharnos, Aiko le dijo algo a Juro, quien de nuevo me lo tradujo:

—Mi hermana asegura que es usted una *bijin*, una mujer hermosa.

Asentí agradecida a la vez que sonreía.

—Dígale que para mí ella es mucho más que una mujer hermosa —dije a modo de despedida.

Conforme salíamos de la pequeña cabaña, pensé en la posibilidad de que Juro compartiera la opinión de su hermana. Al menos, ese era mi deseo. Sea como fuere, mi corazón comenzó a cabalgar dentro de mi pecho.

Mientras desandábamos el camino de piedra, me topé de nuevo con la figura del monte Fuji, enmarcada esta vez por las ramas de los ciruelos en flor. Una imagen tan perfecta que no parecía de este mundo, y aún menos de uno en guerra.

De regreso en Tokio, antes de apearme del coche, Juro me hizo entrega de un libro de pequeño formato cuyo título era *The Book of Tea*.

—Se trata de un obsequio que le ayudará a comprender mejor el trasfondo de lo que ha vivido hoy en la cabaña de Aiko.

—*El libro del té* —leí en voz alta.

—Así es. El autor es Kakuzō Okakura, un filósofo y escritor japonés, director de la Escuela de Bellas Artes de

Tokio. La obra se publicó en 1906, y la escribió en inglés para desmontar los prejuicios que los occidentales suelen tener sobre las sociedades asiáticas y nuestra forma de vida. En cualquier caso, como acabo de decirle, tiene que ver con lo que ha vivido esta tarde en casa de mi hermana.

—Gracias por todo, Juro.

El sueño de la esposa del pescador

Encontré a papá contemplando una botella de vino sobre la mesita de café, sentado en un pequeño taburete que habíamos adquirido en una tienda y que le daba un aire cómico, casi ridículo.

—¿De dónde has sacado esa botella de vino y qué haces mirándola como si contuviera un secreto en su interior? —le pregunté.

—Forma parte del botín que los japoneses me han proporcionado a través de Eduardo para que mantenga entretenido a Méndez de Vigo —me respondió.

—¿Y bien?

—He estado con él.

—¿Con quién? ¿Con Eduardo o con Méndez de Vigo?

—Con Méndez de Vigo, naturalmente. He seguido las instrucciones de Eduardo, y le he dicho que las botellas de vino eran un obsequio que me había hecho la Mitsui con motivo de mi llegada, por la buena relación que mantiene con nuestra empresa, o sea Minas de Potasa, desde hace años, y que como ni tú ni yo bebíamos alcohol, me había acordado de su petición.

Me extrañó que Eduardo y los militares japoneses hubiesen actuado tan rápido.

—¿Y qué te ha dicho?

—Se ha puesto contentísimo. Eran botellas de vino francés. Buenas añadas del mejor burdeos, según aseguró mientras las examinaba. No tardó en descorchar una, pese a que eran las doce y media de la mañana. «A esta hora los japoneses ya están comiendo», puso como excusa. Tras apurar la segunda copa, ya casi me tenía por su nuevo mejor amigo. Tras la cuarta, me convirtió en su confidente. Llegados a este punto, me contó que tenía un gabinete secreto en la misma legación. Una habitación donde guardaba lo que llamó sus «colecciones japonesas». Es un hombre peor de lo que imaginaba. Un depravado.

—¿Un depravado, en qué sentido?

—Tiene una colección de estampas pornográficas.

Por alguna razón, la revelación de mi padre no me sorprendió, como si mi subconsciente lo hubiera intuido de antemano.

—¿Te las ha enseñado? —pregunté a continuación sin ocultar mi curiosidad.

—De la primera a la última. Y eso no es todo. ¿Sabes de quién era la estampa más perturbadora?

No voy a negar que la intriga iba en aumento.

—¿De quién?

—Del antepasado del señor Hokusai. Una que se titulaba *El sueño de la esposa del pescador.* ¿Te imaginas a una mujer siendo poseída por dos cefalópodos? Pues eso exactamente reproducía el dibujo. El primero, el pulpo más grande, hacía por poseer a la dama; el segundo, de menor tamaño, le besaba los labios con su pico. El resto eran tentáculos entrelazando el cuerpo níveo de la esposa del pescador. La explícita representación de una violación, en pocas palabras. Evidentemente, le afeé a Méndez de Vigo que pudiera siquiera contemplar aquella imagen.

—¿Y qué te dijo?

—Que el significado de la estampa era otro; que el título en japonés era *El pulpo y la buceadora*; y que el texto que adornaba el dibujo demostraba que se trataba de una relación consentida.

—¿Entre el pulpo y la buceadora?

—Así es. En esas, Méndez de Vigo comenzó a declamar frases absurdas, propias de alguien que ha bebido demasiado: «¡Pulpo odioso! Tu succión en la boca de mi vientre hace que mi respiración se entrecorte», o «El interior se ha hinchado, humedecido por las cálidas aguas de la lujuria».

—¡Vaya!

—Aquellos dislates, al parecer, formaban parte del texto caligráfico que acompañaba el dibujo. Y luego me dijo que el pulpo era un animal tan inteligente como el ser humano, y que es tan musculoso y flexible que puede esconderse en espacios diez veces más pequeños que su propio cuerpo. Para colmo, según él, los pulpos tienen tres corazones.

—¡Vaya! —exclamé de nuevo.

—Sí, vaya con el «mundo flotante» del señor Mundo Flotante —dejó caer mi padre.

—¿Qué hiciste a continuación? —proseguí con el interrogatorio.

—Pedirle que parara, por supuesto. Entonces me dijo que también el pulpo pequeño, el que besaba a la buceadora con su repugnante pico, reclamaba tomar parte activa en la posesión de la mujer. Tras aquel último comentario, me marché y lo dejé allí con las heces del vino, en su gabinete de estampas pornográficas.

—¿Y esa botella?

—Es del segundo lote que he de entregarle, dentro de unas semanas; pero he hablado con Eduardo y le he dicho que no pienso seguir jugando a este juego, que si estuviéramos en España, nuestro embajador sería expulsado de la carrera diplomática y encarcelado por ir en contra de los principios cristianos de nuestra cruzada.

—¿Y qué te ha contestado Eduardo?

—Pues me ha dicho que empiece a pensar al revés, como los japoneses; que ya soy lo suficientemente mayor como para escandalizarme por una estampa de un pulpo fornicando con una dama; que por ahora, y hasta nueva orden, mi papel en esta farsa pasa por surtir de vino y de coñac a nuestro embajador, de modo que Méndez de Vigo se deje vencer de una vez por todas por el hedonismo y se olvide de la guerra. No quieren que meta sus zarpas en nuestra operación, cueste lo que cueste.

La tempestad en una taza de té

Esa noche la pasé leyendo el libro que Juro me había regalado. Adentrarme en sus páginas fue lo mismo que hollar un nuevo continente, una tierra inexplorada donde todo estaba por descubrir, empezando por sus pobladores.

No fui inmune cuando leí sobre el *teísmo* —del que jamás había oído hablar—, culto basado en la adoración de lo bello en contraposición a la sórdida realidad de la vida cotidiana; ni sobre la existencia de personas «sin té», aquellas que son insensibles a la tragicomedia de la vida; y también de personas «con demasiado té», aquellas que, por el contrario, exageraban sus emociones.

El libro hablaba además de lo pequeña que era la copa del placer humano, de cuán rápido se colmaba con lágrimas, y lo pronto que la vaciábamos en pos de nuestra insaciable sed por lo infinito, por lo inalcanzable. ¿Por qué entonces menospreciar los placeres más simples? ¿Por qué denostar aquello que nos procuraba felicidad, aunque fuera de forma efímera?

Resultó una noche larga, plena de emociones y sensaciones, algunas de ellas de nuevo cuño. Como para la mayoría de los occidentales, siempre complacientes con nuestros puntos de vista, la ceremonia del té no era para mí más que una de tantas rarezas de Oriente.

Tenía que reconocerlo, yo había viajado desde España a Japón convencida de pertenecer a una sociedad superior en el plano moral, y pensando que me dirigía a un lugar donde vivían en palafitos que se sostenían sobre estacas de madera por encima del agua, y comían insectos, o algo parecido. Un mundo, en definitiva, como decíamos en Europa, exótico, sin más trascendencia o profundidad.

Sí, cada página que pasaba tenía en mí el efecto de una bofetada.

Al menos, aquella paliza filosófica tuvo la benéfica consecuencia de despertarme, de hacerme sentir, ahora sí, y por primera vez, una persona humilde.

Me dormí con el libro abierto en el regazo, y Morfeo arrojó luz sobre mi oscuridad al susurrarme al oído que, en efecto, el reino de la humanidad moderna estaba gobernado por la lucha ciclópea de amasar riquezas y ganar —atesorar— poder. ¿Acaso la guerra en la que nos hallábamos inmersos no era una consecuencia de ese afán? ¿No era *El libro del té* un espejo donde leer la realidad de lo que estaba ocurriendo? Sí, se trataba de la obtención de riquezas y la detentación de poder, no había ningún interés superior detrás de tanta destrucción, de tanto sufrimiento.

«Sí, querida, alimentamos nuestra conciencia porque tenemos miedo a decir la verdad a los demás; nos refugiamos en el orgullo porque tememos decirnos la verdad a nosotros mismos», volvió Morfeo a susurrarme al oído.

Cuando la luz del sol me despertó, mi idea del mundo y de mí misma había cambiado por completo.

Una grulla en una taza de té

Ocho horas más tarde me encontraba en el asiento trasero del automóvil oficial de la legación española, correspondiendo a una invitación de Victoria Löwenstein Harris para tomar té, quien deseaba disculparse conmigo por el malentendido del día anterior. Al menos, eso era lo que decía la nota que me hizo llegar a través de su chófer. Me llamó la atención la inclinación de su letra afilada, como si escribiera al borde de un precipicio, como si sus frases fueran camino del derrumbadero.

Me recibió en sus dependencias privadas, mucho menos protocolarias en cuanto a la decoración se refería, más femeninas. Eran las estancias de una mujer coqueta y presumida, sin duda, que se dejaba llevar por cierto desorden. Al menos, eso dejaban entrever los vestidos dispuestos unos encima de los otros sobre un bonito tú y yo, y la media docena de pares de zapatos que había repartidos por el suelo, y los collares que colgaban de los lugares más insospechados, desde un aplique o una lamparita de mesa hasta del pomo de una puerta.

—Querida María, me temo que ayer su padre se dio de bruces con el «mundo flotante» de mi marido. Los artistas japoneses son tan sensibles y delicados como descarnados y explícitos. Santiago, mi pobre esposo, siente fascinación por cualquier escena que sea representada con crudeza, y ayer, tras ser agasajado por su padre, quiso corresponderle enseñándole una estampa subida de tono. Ya sabe, los hombres se comportan a veces como niños, se dejan llevar por impulsos primitivos. Pero para eso estamos nosotras, las mujeres, para poner las cosas en su sitio.

Ni siquiera podía hacerme la sorprendida, pero obvié cuán estrecha era nuestra relación con el «mundo flotante» a través del señor Hokusai; en cambio, contaba con el testimonio de mi padre sobre lo que vio para mostrarme tan cruda como una de esas escenas que, al parecer, tanto le gustaban a su marido.

—No hace falta que utilice eufemismos conmigo, Victoria. Mi padre me contó con pelos y señales lo que representaba la escena que su marido tuvo el mal gusto de enseñarle: un acto de zoofilia entre una mujer y dos pulpos —dije tomando el camino más directo.

—De acuerdo, mi joven amiga, hablemos sin tapujos. No voy a negar que el tono de esa estampa no es el más correcto, pero en ningún caso se trata de una escena de zoofilia, sino de una reivindicación del mundo femenino, ese que todas las culturas tratan siempre de ocultar. Iré más lejos, lo que mi marido ve en ese dibujo, o la interpretación que su padre pudo hacer del mismo, nada tiene que ver con la realidad, con el trasfondo de lo que representa. Aquí, como en todos lados, la mujer es víctima del hombre.

La arenga de Victoria Löwenstein me pilló con el paso cambiado.

—Ni he visto la estampa ni conozco el papel de la mujer en la cultura japonesa —reconocí, expectante.

—Ahora, cuando tomemos esta taza de té, le mostraré el dibujo. Está en la habitación de al lado. Así podrá darme su opinión.

—Mi padre me habló de un gabinete... —balbuceé antes de quedarme sin palabras.

—Sí, Santiago tiene su gabinete privado, una pequeña estancia donde guarda sus colecciones de artículos japoneses, desde catanas y armaduras hasta grabados y rollos de caligrafía. Pero la estampa de *El pulpo y la buceadora* es mía. Soy yo quien disfruta de su contemplación.

Bebí un largo trago de té procurando no atragantarme, lo que de inmediato me retrotrajo a la ceremonia del té que había vivido en la cabaña de Aiko, en compañía de Juro. Ni siquiera la bebida sabía igual en aquel mundo caótico y desordenado gobernado a golpes de impulso. Tampoco aquellos vestidos, zapatos y collares desperdigados por todas partes poseían el aura de la persona, como ocurría con el equilibrado kimono de Aiko.

—Si me permite decirlo, solo se puede opinar sobre algo

cuando se tiene conocimiento de causa, ¿no le parece? —añadió.

—¡Claro, claro! ¡Por supuesto! —exclamé.

—Termine su té y acompáñeme.

Esta vez miré el fondo de la taza como si pudiera ver en los posos mi destino, mi futuro. ¿Debía acompañarla? ¿Debía enfrentar mi supuesta inocencia a aquella imagen ajena a todo principio moral? Tal y como me planteé aquellas preguntas, me respondí al instante: «¡Sí!».

Apuré el último trago de té amargo, me levanté y seguí a Victoria hasta una salita contigua.

Sobre una mesa camilla, envuelta en papel de seda, se encontraba la famosa estampa, que fue deshojando con sumo cuidado, pétalo a pétalo, hasta que el dibujo quedó al descubierto.

La primera impresión que tuve fue brutal: tres figuras entrelazadas, dos cefalópodos y una mujer desnuda, de blanquísima piel, recostada sobre una mata de cabello negro ensortijado que le servía de apoyo a la espalda, tal y como me la había descrito mi padre. El animal de mayor tamaño le estaba practicando un cunnilingus a la mujer, de todo punto placentero a tenor de la contorsión del cuerpo y la expresión de su rostro; mientras que el segundo pulpo se precipitaba sobre su boca al tiempo que pellizcaba el pezón de su pecho izquierdo. Incluso el vello púbico de la mujer, una grisalla de finas pinceladas sobre el monte de Venus, parecía erizado.

—¿Qué le parece, querida?

—No tengo palabras. Nunca he visto nada parecido —admití.

¿Cómo hablar de lo que ni siquiera conocía? ¿Cómo expresar con palabras el sabor agridulce que se apoderó de mi gusto? ¿Cómo decirle a Victoria que la vergüenza y la curiosidad podían convivir en el mismo sentimiento?

—¿Reconoce la valentía de estas imágenes?

—No sé si llamarlo valentía o atrevimiento. Desde luego, jamás había visto un dibujo tan impactante como este; más allá de lo que muestra de manera explícita.

—Para mí, esta estampa representa el dominio de la mujer sobre su propio cuerpo, sin la injerencia del hombre. La buceadora es dueña de sí misma, y en consecuencia se aleja de cualquier estereotipo masculino. Por eso a los hombres les llama tanto la atención, por eso la imagen les resulta tan perturbadora, porque no pueden ejercer ningún control sobre lo que pasa. Al no aparecer un hombre en la composición, la buceadora les está mandando un mensaje claro y unívoco: no sois tan necesarios como creéis, y mi cuerpo y mi sexo solo me pertenecen a mí.

De pronto tuve la impresión de que la mujer que me instruía no era Victoria Löwenstein, una extraña en un país extraño, sino mi madre. Incluso llegué a preguntarme si la contemplación de aquella estampa, de brutal y explícito erotismo, no formaba parte de la transformación que había comenzado a experimentar desde que abandonara España rumbo a Japón.

—Uno de los momentos más cruciales en la vida de

una mujer se produce cuando descubre que es dueña de su cuerpo —prosiguió mi anfitriona—. Una vez que lo logra, lo demás sobreviene solo. Es el primer paso para alcanzar su independencia. Sí, querida, es hora de que nos desencadenemos.

—Ahora comprendo por qué no ha querido organizar la Sección Femenina.

—Con todos mis respetos, María, la Sección Femenina es el instrumento que ha creado el nuevo régimen para tener controlada a la mujer, relegándola a un papel secundario en la sociedad. La Sección Femenina es a todas luces una involución. Hemos de pelear por obtener lo que nos corresponde por derecho. Es inadmisible que tengamos que vivir tuteladas. En eso, la Segunda República fue mucho más valiente. «El niño mirará al mundo, la niña al hogar», esa es la consigna del nuevo régimen.

En vez de rechazo, sentía curiosidad por sus ideas.

—Según usted, ¿qué papel deberíamos jugar en la sociedad? —le pregunté.

—El mismo que los hombres, querida mía, el mismo. Por lo menos deberíamos poder votar y tener derecho a divorciarnos de nuestros maridos, no depender de la voluntad de terceros. La estampa de la buceadora pertenece al género *shunga* o «imágenes de primavera», cuyo tema principal es el sexo. En esa época, el término «primavera» se empleaba como una metáfora del acto sexual. Por desgracia, desde 1907, esta clase de representaciones están prohibidas por el Código Penal japonés. Sí, María, los hombres nos quieren sometidas a su imagen y semejanza, como si de verdad fuéramos la costilla de Adán. Los hombres solo son superiores a las mujeres porque así lo dicen ellos, porque son quienes han establecido el *statu quo*. Las jóvenes como tú sois el futuro de nuestro género, nuestra esperanza, de todas las mujeres. Por eso mismo, mientras existan instituciones como la Sección Femenina, las mujeres nunca alcanzaremos el equinoccio que separa el invierno de la primavera.

—De modo que las mujeres vivimos en un invierno que nunca cambia de estación, ¿no es así? —continué su razonamiento.

—En efecto, querida. Vivimos en un perpetuo invierno. En cierto sentido y en distinto grado, todas somos esclavas.

—¿Y qué hemos de hacer para cambiar las cosas?

—¿Para alcanzar la primavera? Ser las buceadoras, María, convertirnos en las dueñas de nuestro destino, de nuestro cuerpo, sin importarnos lo que piensen los hombres. ¿Sabes qué ocurre con el pulpo macho después de la cópula? Que muere. Así que es la hembra la que ha de encargarse de que la procreación salga adelante. Sí, querida, los hombres nos imponen su debilidad. En realidad, ellos son el sexo débil, y hay que darle la vuelta a la tortilla.

—No parece fácil.

—No lo es, María, menos aún en un país como España. Pero la palabra existe: «emancipación».

—No sé qué voy a contarle a mi padre cuando me pregunte de qué hemos hablado.

—Le dirás lo que quiere oír: que te he pedido perdón en nombre de mi marido; las disculpas de una mujer divorciada y protestante. Con eso será suficiente.

Imágenes de primavera

Esa noche soñé que Juro me poseía, que cabalgaba sobre mis caderas como un jinete diestro. Como en la estampa de la buceadora, Juro y yo realizábamos unas contorsiones imposibles con brazos y piernas, trabándolos, entrelazándolos, hasta el punto de que llegaban a confundirse. Un mismo ser con ocho extremidades, cuatro brazos y cuatro piernas. Al mismo tiempo, cada embate que Juro acometía en mi interior tal que un viento huracanado, ponía de relieve el desmesurado tamaño de su sexo: un mástil de recia madera capaz de sujetar cualquier vela.

Durante un buen rato, nos entregamos a la zozobra, entre los vaivenes de las olas que formaban nuestros movimientos.

El placer de mi cuerpo iba en aumento, estaba a punto de alcanzar el orgasmo, cuando el cuerpo de Juro se volatilizó, desapareció, se me escapó de entre los dedos.

Un instante más tarde descubrí que, como el pulpo que

es capaz de esconderse en una oquedad diez veces más pequeña que su propio cuerpo, Juro había reptado por el interior de mi vagina y comenzado a poseerme desde dentro, como si quisiera hacer de mi sexo su gruta. El placer que sentí entonces, indescriptible, me llevó al éxtasis.

Me desperté sin aliento, estremecida, boqueando como un pez al que acaban de sacar del agua.

Cuando mi corazón —por un momento creí poseer tres corazones como los animales de la estampa— comenzó a latir con normalidad, me acordé de Victoria Löwenstein y de nuestra conversación de la tarde anterior. Por algún motivo, quería que supiera que me había convertido en la buceadora de Hokusai.

Luego pensé en Juro, el protagonista de mi sueño. No sentí vergüenza ni arrepentimiento, sino esperanza. ¿En qué? No lo sabía.

—Acabas de realizar un viaje de la nada al todo —me dije a mí misma en voz alta.

Doblegando el pasado

Un suelo tapizado de pinocha fue el lugar elegido por Juro para pedirme que le hablara de mí. De nuevo nos encontrábamos en un jardín, en pleno distrito de Bunkyō, ya que, según él, en los espacios abiertos mi protección resultaba más fácil.

Detrás de los pinos había una arboleda de arces, y más allá una enorme lámpara de piedra que, tal que un faro anclado en el suelo, miraba desde su atalaya hacia un estanque intrincado, en cuyo centro emergían pequeñas islas de roca artificial. Como en muchos lugares de Tokio, el tiempo parecía detenido, congelado en una bella postal donde la naturaleza reivindicaba un papel protagonista.

—¿Quiere que le hable de mí? —dije sin ocultar mi sorpresa.

—Sí, se lo ruego.

—¿Por qué? ¿Qué quiere saber de mí?

Por un instante temí que aquella pregunta fuera la continuación de mi sueño, una vez terminada nuestra imaginaria relación sexual. ¿Acaso no era normal intimar en lo emocional después de haberlo hecho en el plano físico? ¿No eran unos actos consecuencia de otros?

—El otro día le dije que era necesario que conociera de primera mano nuestra cultura, nuestra forma de ser, para que sintiera empatía. En reciprocidad, es necesario que nosotros también sepamos quién es usted, en manos de qué persona ponemos el futuro de decenas de miles de compatriotas —me respondió.

No voy a negar que me sentí decepcionada, que no esperaba por su parte una respuesta tan prosaica; incluso incluía la primera persona del plural. Claro que no tenía motivos para esperar otra cosa. Mi sueño solo me pertenecía a mí. Era yo la que lo había ligado a la realidad de mis deseos. Pese a esto, decidí hacer visible mi recelo.

—¿Acaso el pueblo japonés no odia a los occidentales? ¿No me acompaña a casi todas partes por temor a que alguien me ataque por razón de mi raza?

Juro encajó mis dos preguntas con entereza, sin alterarse, como si todavía permaneciéramos arrodillados sobre el tatami de la cabaña de Aiko mientras ella nos preparaba el té.

—El pueblo japonés es libre de amar u odiar a quien quiera. Quienes deseamos saber más sobre usted somos las personas que la hemos elegido para esta misión, entre las que me encuentro. Digamos que soy su primer valedor —me respondió.

Que Juro no se acordara de que había pasado la noche

realizándome un cunnilingus y que su trato no se correspondiera con semejante acto íntimo, por mucho que todo fuera obra de mi imaginación, seguía teniendo efecto en mis respuestas:

—¿He de darle las gracias por eso?

—María, no ha de darme las gracias por nada. Esto no es una cadena de favores. Ha de entender que cuanto más sepamos las dos partes, más fluida resultará la relación y, en consecuencia, mayor será la probabilidad de que tengamos éxito.

«¿Por qué te irritas por algo que solo ha sucedido en tus sueños?», me reproché.

—Perdóneme, Juro —me disculpé.

—No tiene por qué pedirme perdón. Solo ha de confiar en nosotros, en mí; de la misma manera que yo confío en usted, María.

—Responder a su pregunta no me resulta fácil, porque a veces ni yo misma sé quién soy. Me gusta pensar que soy una holandesa errante.

—Pero también es usted española, por lo que entonces es una medio holandesa errante —razonó.

—Digamos que soy errante porque nací en Madrid, en 1915. Un año más tarde, viajé a Java con mi madre, donde permanecí en casa de mis tíos, los De Groot, hasta 1918, cuando finalizó la primera gran guerra. Mi padre no vino con nosotras, ya que se quedó en España para recibir y vender el café que la familia de mi madre le enviaba desde Java. De esos años que pasé en las Indias Orientales Neerlandesas apenas tengo recuerdos. Solo que aprendí a hablar neerlandés antes que español. De hecho, cuando volvimos a encontrarnos con mi padre en España, yo no sabía una palabra de español. Luego me crie entre Madrid, Valencia y Sevilla, según fueran las necesidades del negocio de mi padre en cada momento. Éramos una familia feliz, de clase media acomodada. Solía ir a visitar a mis tíos cada dos o tres años, coincidiendo con la cosecha de café. A mediados de 1935 regresé a Java, ya que la situación política en España estaba cada vez más enrarecida. Allí permanecí hasta julio de 1937, cuando el sur de España ya estaba en manos de los nacionales. Arribé al puerto de Málaga, donde me esperaban mi padre y mi madre. Pese a que traía conmigo un pequeño cargamento de café, con el que mejorar la situación económica de la familia, la felicidad del reencuentro se truncó cuando mi madre me confesó que había enfermado de tuberculosis. La guerra, que hasta entonces yo no había vivido en primera persona, se convirtió en sinónimo de enfermedad. Anduvimos de un lado a otro buscando un lugar donde curar a mi madre, pero las opciones eran escasas, con el país dividido y destruido. Luego, al cabo de unos meses, ella murió...

Un brote de llanto interrumpió mi narración.

—Tranquilícese, María. No llore. Cambiemos de tema. Hábleme de su padre —dijo Juro.

Tardé unos instantes en recobrar la compostura, mientras caminábamos desde la pinocha hasta el área de los arces, cuyas ramas habían comenzado a estirarse tras la poda de invierno.

—Me temo que hablar de mi padre es hacerlo también de mi madre.

—¿A qué se refiere?

—A que mi padre no volvió a ser el mismo desde que mi madre murió. No solo eso. Se echó la culpa, cargó con ella como el soldado que soporta sobre sus espaldas la impedimenta de un compañero caído en el frente. Ni siquiera puede mirar una foto suya, por vergüenza. No sabría cómo dialogar con ella si viera su rostro. Le resultaría demasiado doloroso. Al menos, es lo que creo. Y por eso se refugia tras la figura de los líderes políticos a los que admira, José Antonio Primo de Rivera y Francisco Franco. Viaja con sus retratos, como si formaran parte de la familia, del futuro. En mi opinión, el recuerdo de mi madre le produce miedo y hace de él un ser más vulnerable.

—Pero su única familia es usted, ¿no es así?

—Sí, solo me tiene a mí. Su hermano mayor, Ignacio, murió al principio de la guerra, en la sierra de Guadarrama de Madrid. Como él dice, gracias a Dios, ya se había quedado huérfano por entonces, porque de lo contrario la muerte de su hermano habría acabado con mi abuela, que siempre tuvo un corazón delicado. No obstante, mi padre y mi tío Ignacio apenas si se hablaban en vida. Discutieron, precisamente por la herencia de mis abuelos, y la cosa no terminó bien entre ellos.

—¿Y cómo definiría la relación con su padre?

—¿La que yo mantengo con mi padre? De excelente, claro. Aunque le cuesta entender que voy a cumplir veintisiete años. En España, a mi edad, las mujeres ya suelen estar casadas y a cargo de unos cuantos hijos. La vida nómada que hemos llevado y la guerra me han impedido hacer las cosas que hacen las mujeres a mi edad, incluso en el plano sentimental. Eso ha provocado que mi padre me siga tratando como a una niña. No es capaz de soltar el control sobre todo lo que tiene que ver conmigo. No comprende que ya podría haberle dado dos o tres nietos.

—En Japón consideramos que los hijos son un precioso préstamo que nos hace la vida, pero no somos sus propietarios. Como reza uno de nuestros proverbios: «Haz todo lo que puedas, lo demás déjaselo al destino». Eso es lo que ocurre con los hijos. Los padres han de cuidarlos, han de procurarles toda la ayuda posible, claro, hasta que el destino toma las riendas de sus vidas.

—¿Tiene usted hijos, Juro? —le pregunté.

—¡Oh, no, ni siquiera estoy casado! Tengo treinta y siete años, pero, al igual que usted, he llevado una vida demasiado agitada como para pensar en el matrimonio. La pintura primero y la guerra después han ocupado gran parte de mi tiempo.

Por primera vez, Juro me habló inclinando la mirada, como si tratar el asunto del matrimonio y los hijos le produjera cierto rubor; yo, por alguna razón que desconocía, pensé que los diez años de diferencia que había ente él y yo no suponían un abismo. Tal vez la raza y la cultura, la forma de pensar, sí lo fueran, pero no la edad.

«¿Qué pretendes pensando esta clase de cosas? ¿Adónde quieres llegar? ¿Acaso no has tenido suficiente con el sueño de la buceadora?», me reproché a mí misma.

Era evidente que no, que la presencia de Juro removía algo dentro de mí. De alguna manera, no me sentía como la buceadora de la estampa, pero sí como una nadadora que se adentra en el mar y es arrastrada por la corriente hacia un lugar incierto y peligroso.

—Y usted, ¿se siente preparada? —me preguntó de sopetón.

Estuve a punto de responderle afirmativamente, que estaba dispuesta a entregarme a ese mar proceloso que era él para mí, pero su pregunta iba en otro sentido.

—¿Preparada para qué?

—Para nuestra marcha. Partiremos el 17 de abril.

El corazón me dio un vuelco; mis piernas se convirtieron en inestables alambres. Incluso tuve problemas para que mis palabras atravesaran mi garganta y alcanzaran mi boca:

—Eso es menos de un mes. ¿Cómo viajaremos?

—En barco, en el Hakusan Maru, junto a soldados y funcionarios. Haremos escalas en Shanghái y Hanói. Tenemos previsto llegar a Batavia a mediados de mayo.

La información de Juro no hizo sino aumentar mi desconcierto.

—¿Tardaremos un mes en llegar a Java? ¿No es demasiado tiempo?

—Digamos que tanto en Shanghái como en Hanói tenemos que recoger mercancía.

—¿Joyas?

—En los próximos días comenzarán a confiscarlas. Se trata de un trabajo que requiere paciencia. A la gente no le gusta desprenderse de sus alhajas así porque sí, de modo que intentan esconderlas.

—Yo haría lo mismo.

—Todos haríamos lo mismo. Es la guerra la que nos hace diferentes.

Percibí disconformidad en el tono de voz de Juro, lo que no dejaba de resultar sorprendente dado su estatus.

—¿Han hablado ya con los De Groot? —quise saber.

—Su tío Alexander nos ha indicado que en los primeros días de junio empezarán a recoger la cosecha de café de este año. Los plazos encajan, no se preocupe.

La sensación de estar a punto de caer por un abismo me llevó a interesarme por mi futuro más allá de Java.

—¿Y cómo viajaré desde Java hasta Lisboa?

—En un mercante portugués. Hará escalas en Goa, Mozambique, Angola, Cabo Verde y, por último, Lisboa.

—Todas colonias portuguesas.

—Todas colonias de un país neutral. Es la Ruta de las Especias de Vasco da Gama, pero a la inversa.

—¿Y cómo regresaré?

—Por el mismo medio. Aunque tal vez tenga que quedarse en Lisboa un tiempo. No se preocupe por los detalles, María, también los japoneses somos capaces de improvisar llegado el momento.

Conspiraciones y confesiones

Eduardo tuvo la habilidad de presentarle a papá al padre Pedro Escursell, un religioso sin adscripción a orden alguna que pretendía ser nombrado agregado cultural o párroco de la legación española, indistintamente, a lo que Méndez de Vigo se negaba. Escursell, además de detestar a nuestro embajador tanto como mi padre, había metido la cabeza en la Asociación Hispano-Japonesa creada por el vizconde Naokatsu Naboshima, institución que se había convertido en el trampolín perfecto para catapultar la doctrina falangista por todo Japón. Al menos, de eso se ufanaban tanto el sacerdote como Eduardo.

Se vestían con la camisa azul, y tras cada oficio religioso, pues todo acto contaba con una misa o una bendición, se izaba la bandera de la Falange Española de las JONS; después de cada reunión, en *petit comité*, se conspiraba sobre cómo derrocar a ese odioso embajador casado con una norteamericana protestante y conversa, para que fuera la Falange Exterior la que tuviese el control de la legación.

Aquel coro formado por dos voces discordantes —la del padre Escursell y la de mi progenitor— era dirigido con mano firme por Eduardo, quien había recibido la orden de que mi padre se adhiriera a su presa, Méndez de Vigo, como una sanguijuela. Nunca antes habían llegado tantas botellas de vino y de coñac a la legación, siguiendo el deseo de Méndez de Vigo de aprovisionarse. Otro tanto ocurrió con la carne congelada, las vitaminas o algunas medicinas. De esa forma, mientras el embajador se emborrachaba y mi padre se convertía en su maná personal, los falangistas buscarían la forma de chuparle la sangre. La finalidad era, en última instancia, que Méndez de Vigo se fuera sintiendo cada vez más débil, que se desangrara dulcemente como el suicida que se corta las venas dentro de una bañera con agua caliente. Más tarde o más temprano, perdería la conciencia de lo que estaba ocurriendo a su alrededor. Llegado ese momento, Eduardo y el padre Escursell darían el golpe definitivo.

Para desgracia de todos ellos, nuestro embajador aguantaba bien el vino y aún mejor el coñac. En cuanto a la carne y las vitaminas, no hicieron sino aumentar su vigor físico y su destreza intelectual, tal y como quedó de manifiesto en los comunicados que emitía desde su emisora clandestina, en los que hacía apología de la causa aliada frente a las políticas de los países que formaban parte del Eje, al que España era afín. De hecho, si los militares japoneses no intervinieron tomando por asalto la embajada fue precisamente por no poner en peligro la misión que yo estaba a punto de emprender, dado el escaso alcance de las emisiones de Méndez de Vigo.

Siguiendo la doctrina de *El libro del té*, podía asegurarse que en aquella farsa mi padre representaba el papel de persona «sin té»; mientras que el padre Escursell era el personaje «con demasiado té».

Mi padre no entendía Japón, ni tampoco lo pretendía, sea dicho en su descargo; Escursell, en cambio, quería sacar provecho de la supuesta debilidad de Méndez de Vigo.

Quedaban cuatro o cinco días para mi partida cuando mi padre me soltó a bocajarro:

—Si algo te ocurre, mataré primero al señor Mundo Flotante, y luego a Méndez de Vigo por no haber puesto la embajada al servicio de la Falange Exterior.

Mi padre no alcanzaba a comprender que el botín que habíamos de mover hasta España no se encontraba en Japón, sino en los territorios ocupados por su ejército, de ahí que no sirviera la valija diplomática de nuestra embajada, incluso en el supuesto de que Méndez de Vigo hubiera estado de nuestra parte.

—Gracias a Dios, no tienes con qué matar a nadie —dejé caer.

—Tengo una bicicleta.

Me quedé de piedra, paralizada.

Con ese eufemismo se referían los falangistas a las pistolas, desde que en las fichas de filiación al partido preguntaban a los interesados si tenían o no una «bicicleta», es decir un arma propia.

—¿Tienes una pistola? ¿Quién te la ha dado?

—Eduardo, por supuesto.

—¡Maldito sea Eduardo! —exclamé—. ¿Te has vuelto loco, papá? ¿No te das cuenta de que te están utilizando para que seas tú quien dispare a Méndez de Vigo? Primero te hacen llenarle la bodega de vino y la despensa de carne, y luego te ponen una pistola en la mano. Cuando hayas apretado el gatillo, el padre Escursell se encargará de darte la bendición y limpiar tu conciencia. Ellos se irán de rositas, y tú cargarás con el muerto, nunca mejor dicho.

—No me temblaría el pulso si tuviera que hacerlo —aseguró ignorando mis palabras.

No podía creer que mi padre hablara de esa manera.

—¿De verdad matarías a Méndez de Vigo?

—Sin titubear.

—¿Por qué, papá? ¿Cuándo te has vuelto un asesino despiadado? ¿Cuándo? No te reconozco.

—¿Quieres saber por qué he cambiado? Porque él me ha matado por dentro al apartarte de mi lado. Si estuviera dispuesto a colaborar con los japoneses, no estaríamos en esta situación.

—¡Méndez de Vigo no tiene nada que ver con mi marcha! ¡Soy yo la que quiere irse! ¡Yo! —le espeté.

Un velo de tristeza cayó sobre la mirada de mi padre, quien terminó por cubrirse el rostro con las manos. Deseé no haber pronunciado aquellas palabras, ya que no hacían más que aumentar su desesperación, y lo último que yo pretendía era dejarlo en Tokio solo, exasperado y en posesión de un arma. ¿Y si en vez de matar a Méndez de Vigo le daba por suicidarse?

—¡Perdóname, papá, perdóname! ¡No he querido decir eso! —me excusé de inmediato.

—¿Sabes qué es lo peor de todo? Que acabas de hablar como tu madre.

¿A qué venía compararme con mi madre? ¿Qué tenía que ver ella con mi marcha, con sus planes de atentar contra nuestro embajador en el supuesto de que lo creyese necesario? Lo achaqué a su dependencia para con mi madre, que no había dejado de crecer desde que ella falleció.

—No te entiendo, papá. ¡Mamá está muerta, muerta, muerta! ¡Déjala descansar en paz de una vez! —me revolví.

—María, hija, yo no perdí a tu madre cuando murió; ocurrió mucho antes —soltó de pronto.

—¿De qué estás hablando, papá?

—Te estoy diciendo que tu madre había dejado de quererme; nuestro matrimonio era una fachada porque ella así lo dispuso.

Tuve que ingerir un buen trago de silencio antes de poder reaccionar.

—¿Una fachada? ¿Vuestro matrimonio era una mentira? ¿Te has vuelto loco o te has aficionado a la bebida ahora que te relacionas con Méndez de Vigo?

—No me he dado a la bebida, María. Ocurre más de lo que crees. Las personas dejan de quererse, se aburren de aspirar siempre a lo mismo, empiezan a ver el futuro desde perspectivas distintas. Lo que acarrea que dos personas, por mucho que se hayan amado, acaben desarrollando puntos de vista diferentes. Pero que tu madre no me quisiera no significa que yo no la amara; tampoco que perdiéramos el cariño o el respeto el uno por el otro.

—¿Por qué nadie me lo dijo? ¿Cómo pudisteis ocultarlo tan bien? —le pregunté, incrédula.

—Porque la labor de los padres es salvaguardar la salud de los hijos, no solo la física, sino también la emocional. Y porque en nuestro mundo no había espacio para los matrimonios fracasados. El matrimonio está íntimamente ligado a las relaciones sociales, de la misma manera que estas lo están a las creencias religiosas. Un matrimonio es una cadena con multitud de eslabones, de personas e instituciones implicadas que rodean a la pareja.

—Siempre pensé que no llevabas una foto de mamá porque te sentías culpable de su muerte. Pero ya veo que no —le reproché.

—Te aseguro que me siento responsable de su muerte, de no haber podido hacer más por salvar su vida; pero solo me siento culpable de que su amor hacia mí muriera mucho antes que ella. Tu madre era una idealista, así que no encajó bien mi filiación a la Falange Española. La caída de la Segunda República, el comienzo de la guerra, el odio que unos y otros nos mostrábamos, su mentalidad neerlandesa, su humanitarismo, todo fue restando en mi contra. Yo, en cambio, siempre mantuve intacto mi amor hacia ella. Si no llevo una fotografía suya es porque la veo en ti a todas horas. Al menos, la parte dulce y cariñosa que deseo recordar.

—Si mamá era una idealista y no le gustaba la Falange Española, ¿por qué colaboró con la Sección Femenina?

—Por una cuestión de conveniencia, de supervivencia; y porque, en su opinión, su idealismo cabía en todas partes. Pero estaba equivocada. Detrás de Franco siempre ha estado la figura de Hitler, la de Mussolini y hasta la del emperador de Japón. No, en la España actual no hay lugar para idealismos altruistas, por lo que tu madre tuvo que plegarse para no ponernos a todos en peligro. Además, estaba mi carrera dentro del partido y estabas tú. Hablamos del bienestar de la familia. ¡Sí, sé que estás deseando marcharte porque en el fondo eres como ella!

—Entonces lo que te molesta es que me parezca a ella, que tome mis propias decisiones sin tener en cuenta tu opinión —recapitulé.

—No, María, lo que me rompe el corazón es perderte para siempre, porque si te vas será para toda la vida, aunque regreses, incluso si algún día volvemos a vivir juntos. Una vez que tomes ese barco, ya no serás la misma persona.

Estuve a punto de decirle que llevaba tiempo sin ser la persona que él quería que fuese, que ahora me hacía preguntas y había encontrado respuestas distintas a las que él me ofrecía.

—Creo que esta conversación la deberíamos haber tenido hace unos años, ¿no te parece?

—Vuelves a hablar como ella. Así fue como empezó a

resquebrajarse nuestra relación. Siempre había que hablar de esto o lo otro, cuando en realidad eran las circunstancias las que tenían la última palabra. Tu madre no se resignaba a aceptar que era la situación general la que gobernaba nuestras vidas, la que nos obligaba a posicionarnos con unos y rechazar a otros. Ella siempre buscaba lo que los escritores y los románticos llaman «justicia poética». ¿De qué sirve anhelar «justicia poética» en un mundo en el que ni siquiera existe la justicia a secas? Es una pérdida de tiempo y de energía. Las cosas fluyen por el río de la vida, por eso el que nada a contracorriente acaba, más tarde o más temprano, ahogándose. Sí, eres como tu madre, ya lo creo.

—Pero no soy ella. Soy María, tu hija.

—Claro que eres María, pero también eres su vivo retrato, por dentro y por fuera. Sí, hija, eres una extensión de tu madre. La veo en el reflejo de tus ojos, en el color de tu cabello, en tu forma de mover las manos, de tomar los cubiertos, de caminar cargando la planta de ambos pies hacia dentro. Incluso la veo en tus sueños.

Aquel golpe de arrogancia terminó por exasperarme. Tanto que deseé que mi padre, ya puestos, hubiera contemplado mi sueño erótico con Juro, la profusión de nuestras caricias, las posturas imposibles de nuestros cuerpos, el desenfreno de nuestra pasión, pues aquel sueño simbolizaba la ruptura de su mundo con el mío. Luego recordé una frase de Rudyard Kipling que mi subconsciente había guardado desde mi adolescencia, y que ahora cobraba sentido: «La intuición de una mujer está mucho más cerca de la verdad que la certeza de un hombre».

—Prefiero ser una extensión de mi madre a ser el apéndice de un partido político.

Incluso a mí me sorprendió mi comentario.

—Eso que acabas de decir es injusto y me ha dolido.

—Tampoco yo estoy contenta; pero me enfadaré aún más si un día me llega la noticia de que le has disparado a Méndez de Vigo. Si cometes esa tontería, te prometo que entonces sí que lo perderás todo: el negocio de café y también a mí. Ódiame si eso te hace feliz, pero al menos no hagas una estupidez de la que tengas que arrepentirte el resto de tu vida.

—Te lo ruego, María, hija, no me hables así, no me hables como tu madre. No soporto que estés aquí cuando en realidad ya te has ido, tal y como hizo ella durante los últimos años de nuestro matrimonio. Ni siquiera imaginas cuánto daño me hizo, cuánto daño me haces.

A través del espejo

En cierta ocasión le pregunté a mi madre cuándo sabría que me había hecho mayor, que había cambiado. Siendo yo pequeña, no entendía cómo los hijos nos transformábamos primero en padres y más adelante en abuelos; cómo, en definitiva, una persona podía ser, en realidad, muchas personas distintas a lo largo de su existencia.

—Cuando te mires al espejo y no te reconozcas, entonces sabrás que has cambiado.

La respuesta de mi madre me pareció satisfactoria y llena de sabiduría, como casi todas las suyas, y durante años, incluso cuando ella ya no estaba entre nosotros, puse a prueba al espejo, lo miraba con atención, esperando descubrir algún cambio en mi aspecto, pero el azogue se resistía a devolverme una imagen que no fuera la de siempre.

Por alguna extraña razón, yo no cambiaba, hasta el punto de que con el transcurrir del tiempo, conforme la madurez se iba apoderando de mi cuerpo y de mi alma, llegué a la conclusión de que aquello que me dijo mi madre era tan solo un lugar común, una forma de salir del paso ante una pregunta que carecía de respuesta cierta.

Pero cuando aquella noche contemplé mi rostro en el espejo después de conversar con mi padre, no me reconocí.

Por fin, mi rostro había mutado, la expresión de mis facciones había adquirido un semblante nuevo, más seguro, más confiado. Algo inusual en mí.

Ya no veía a la hija única criada entre algodones, a la niña cándida, crédula y solícita que había sido siempre. Como le había anunciado a mi padre, era yo la que deseaba cambiar de aires, descubrir el mundo y vivir mi propia vida, la que fuese que me tocara, sin interferencias de nadie. Estaba cansada de vivir en una jaula de oro, incluso cuando la guerra, el hambre y la muerte nos acechaban.

La razón de esta mutación radicaba en que había comenzado a hacerme preguntas, a cuestionar las respuestas de mi progenitor para que mi opinión no dependiera de la suya; para que mi pensamiento no fuera una extensión del suyo. Hasta nuestra llegada a Tokio, nada de lo que mi padre dijera u ordenara era cuestionado por mí, pues había sido educada para no contradecirlo. No en vano él era el cabeza de familia, lo que —tras fallecer mi madre— equivalía a decir que lo era todo.

Sí, en efecto, el reflejo que ahora me devolvía el espejo era el de una mujer que se parecía cada vez más a mi madre, por fuera y por dentro. Mi padre tenía razón, por doloroso que resultara para ambos. En el nuevo escenario que se abría ante mí, yo estaba dispuesta a llegar más lejos que mi madre: iba a vivir mi vida, sin permitir injerencias, al margen de sus ideas y sus compromisos políticos.

Tenía claro que la figura del coronel Hokusai era clave en esta transformación. Nunca antes me había sentido tan atraída por un hombre, por alguien tan diferente a mí. Juro representaba el descubrimiento de un mundo nuevo, de un continente por explorar donde abundaban riquezas que yo ni siquiera imaginaba que existían.

Me vino a la memoria algo que me contaron en clase siendo yo una adolescente. Cuando las tres carabelas de Colón arribaron por primera vez al continente americano, al parecer, los indígenas tardaron un tiempo en verlas, ya que nunca antes habían visto barcos y, por lo tanto, sus cerebros no albergaban ese concepto, solo reconocían la estela que las naos iban dejando en su navegación. Con Juro me había pasado algo parecido. Había tardado unas semanas en entender su discurso, sus palabras, la intención de sus actos, por el simple hecho de que su forma de ver la vida y la mía eran diametralmente diferentes. Pasó, por tanto, de ser invisible para mí a convertirse en alguien indispensable.

Como se suele decir, los polos opuestos se atraen.

Sí, sin duda, yo era una persona incompleta, de ahí que la atracción que sentía hacia Juro fuera irrefrenable, como si solo a su lado pudiera encontrar la parte que me faltaba.

El vacío que todo lo contiene

La figura de mi padre se desvaneció tras la bruma matinal del puerto de Yokohama como un fantasma.

Antes, justo cuando estaba a punto de embarcar, le arranqué la promesa de que no iba a disparar contra nadie, que cumpliría con su cometido de llenar la bodega y la despensa de Méndez de Vigo. Le aseguré que volvería a reunirme con él en Tokio, que pediría a los japoneses inmunidad para los De Groot, y libertad para comerciar con el café de nuestras plantaciones de Java como contrapartida por los peligros que yo estaba dispuesta a asumir al prestarles mi ayuda. La idea, le dije, era utilizar la misma ruta comercial que los nipones habían establecido para trasladar las gemas desde Java hasta Lisboa. De esa manera, aprovecharíamos la neutralidad de Portugal y sus colonias para llevar nuestro café hasta la capital lusa, desde donde podríamos monopolizar el contrabando de café que cruzaba la frontera con España dada la buena calidad de nuestros productos. Eso significaba que los mochileros y las mochileras que habían arruinado nuestro negocio acabarían trabajando para nosotros.

—Nos haremos con el monopolio del estraperlo, te lo aseguro —afirmé.

—¿Y si los japoneses no acceden? —me planteó.

—Lo harán; no les queda más remedio si quieren que esos diamantes lleguen a su destino en condiciones. Son ellos quienes han propuesto que escondamos esas gemas en nuestros sacos de café. Es justo, por tanto, que obtengamos un beneficio. Recuerda que conozco bien el negocio gracias a que he aprendido del mejor —dije en alusión a él.

No sé si mis palabras fueron o no convincentes, pero al menos sirvieron para deshacer el nudo que apretaba la garganta de ambos.

—María, no voy a disparar contra nadie, quédate tranquila —me aseguró—. Pero prométeme que tampoco tú harás nada que pueda ponerte en peligro.

—Te lo prometo.

—Y dame noticias en cuanto puedas.

—Lo haré nada más desembarcar en Java.

—Da recuerdos a tus tíos y a tu prima.

—De tu parte.

—Y dile a tu tío que te cuide como a una hija.

—Siempre lo ha hecho, papá, ya lo sabes.

—Ya solo me falta pedirte perdón. El otro día hablaba desde el rencor. Tu madre era una mujer extraordinaria; y tú también lo eres. Soy yo el que desentona, lo sé; siempre me dejo gobernar por el orgullo. La cuestión es: ¿tengo motivos para sentirme orgulloso? Nunca me he contestado a esa pregunta por temor a que no me guste la respuesta. Así que se acabaron los reproches.

—Cada uno tiene su forma de ser y de pensar. Pero formamos una familia. Sin reproches, pues. ¿Llevas la cajetilla de cigarrillos Crisantemo que te regaló el coronel Hokusai?

—Sí, la llevo encima.

—Úsala si te ves en dificultades. Ya sabes, nada de pistolas, papá. Nada de violencia. Solo los cigarrillos de la Casa Imperial. Piensa en nuestro negocio; si las cosas salen como he planeado, pronto tendremos el control del café entre España y Portugal, desde Pontevedra hasta Huelva.

—Nada de pistolas. Solo los cigarrillos de la Casa Imperial. Ojalá las cosas salgan como dices. Ahora tienes que embarcar, no sea que pierdas el barco a última hora.

—No te preocupes, el barco no puede zarpar sin mí.

—Por cierto, me he enterado por Eduardo de que han relevado a la mano derecha de Serrano Suñer, Felipe Ximénez de Sandoval, y encumbrado a Ángel Alcázar de Velasco —dijo sin ocultar cierta inquietud.

Ximénez de Sandoval era el jefe del Servicio Exterior de Falange, quien acababa de publicar el libro *José Antonio (Biografía apasionada)*; que hubiera sido relevado de su cargo, por lo tanto, resultaba de lo más extraño.

—¿Y eso qué significa?

—No lo sé con seguridad, hija. Según Eduardo, han

acusado a Ximénez de Sandoval de maricón. Una acusación falsa, naturalmente. Lo cierto es que Alcázar de Velasco es un espía en toda regla, que llegó a infiltrarse en el Reino Unido y proporcionó información desde Londres a los alemanes. Lo han visto con el responsable de la embajada de Japón en Madrid, el ministro Yakichiro Suma, en el restaurante La Barraca. Supongo que fue en esa comida cuando los japoneses dieron el visto bueno a su nombramiento. En cualquier caso, la reputación de Alcázar de Velasco es dudosa. Intuyo más complicaciones y más peligros. Ten mucho cuidado, María —concluyó.

—Lo tendré, papá, descuida.

El soldado prusiano me dedicó un abrazo marcial, como si de esa forma quisiera reconocer el valor de la misión que estaba a punto de acometer. Me sorprendió que me despidiera como a un camarada, pues me hizo comprender que, pese a los esfuerzos que hacía por aceptar la nueva situación, seguía portando una armadura de prejuicios, más fuerte que cualquier propósito de enmienda. Al fin y al cabo, yo no solo era una mujer, sino también su hija.

En cuanto hube dado mis primeros pasos por la pasarela que conducía hasta las entrañas del Hakusan Maru, comenzó a sonar una música que unas furgonetas móviles con megáfonos reproducían a todas horas y por todos los rincones de Tokio. Una tonada patriótica llamada «Canción de campo», que comenzaba diciendo:

Triunfar y volver a casa. Es por lo que dejamos
nuestra patria...
Con arrojo a la victoria, tal como juramos al dejar
atrás nuestra tierra...
Cierro los ojos y veo las olas de banderas que nos
jalean para entrar en combate...
¿Qué nos deparará el mañana? ¿La vida o la muer-
te en la batalla?...

Fue Juro quien me tradujo algunos fragmentos de aquella canción que yo no entendía. Lo curioso era que lo hizo sin emoción, como quien rescata de su memoria un recuerdo del que no se siente orgulloso. También fue él quien me dijo que casi todos los navíos japoneses tenían el apellido Maru, término de buen augurio que significaba «círculo», pues de lo que se trataba era de completar la ida y la vuelta de la travesía.

—Obviamente, es una mera superstición, sobre todo ahora, en tiempos de guerra —añadió antes de sumirse en un silencio que no invitaba al optimismo.

Claro que por entonces yo no sabía medir con precisión las emociones de Juro; solo daba una cosa por cierta: que me sentía atraída por él. Una clase de fascinación tan difusa y a la vez tan real como la neblina que había engullido a mi padre hasta convertirlo en un fantasma.

Lluvia en el quinto mes

Apenas llevábamos veinticuatro horas de navegación cuando nos llegó la noticia de que Tokio y otras ciudades de Japón habían sido bombardeadas por la aviación norteamericana. La preocupación por mi padre me hizo buscar a Juro, a quien encontré junto con otros militares en la estación del radiotelegrafista desentrañando la información que llegaba del alto mando.

—Ahora no puedo atenderla, María.

Su voz me alcanzó con virulencia, como si acabara de pararme en seco con un escudo de metal.

Pude ver el nítido dibujo del odio en los semblantes que rodeaban a Juro. Una colección de rostros descompuestos por el aborrecimiento y la incredulidad. Mi piel blanca, mis ojos claros y mi cabello rubio eran una afrenta, como si yo misma formara parte del complot de quienes habían arrojado aquellas bombas sobre su país.

—Al menos, dígame si sabe algo de mi padre.

—Su padre está perfectamente. El bombardeo ha tenido un impacto mínimo en los suburbios de Tokio. Ha sido más un acto de propaganda que otra cosa. Un aviso, para que el pueblo japonés viva con miedo desde hoy. Ahora, si es tan amable, reúnase con el señor Hofer en su camarote. Los ánimos están bastantes crispados por aquí.

Se refería a Bruno Hofer, el comisionado suizo encargado de comprobar el estado de los prisioneros estadounidenses en Shanghái. Si Japón había elegido a España para representar a sus ciudadanos en Estados Unidos, los yanquis habían hecho lo propio con Suiza, país neutral a cuyos diplomáticos habían asignado la delicada misión de velar por sus nacionales en los territorios continentales controlados por los japoneses, entre los que se encontraba China.

Si yo no resultaba popular por mi aspecto, el señor Hofer, cuyos ojos semejaban dos esmeraldas verdes, lo era aún menos. El blanquísimo color de su piel, que parecía recién encalada, tampoco ayudaba.

Tuve que aporrear su puerta varias veces antes de que me abriera.

—¡Por Dios, es usted, qué susto me ha dado! ¡Creí que venía una jauría humana con el propósito de arrojarme por la borda! ¿Qué hace aquí sola? ¿Acaso no se ha enterado de lo que ha ocurrido?

—El coronel Hokusai me ha pedido que me reúna con usted en su camarote.

—El coronel Hokusai es muy considerado. Tal vez entre los dos podamos formar una barricada. El problema es que no tenemos con qué. Esos malditos yanquis lo han jodido todo —dijo.

—¿Qué quiere decir?

El Hakusan Maru cabeceó primero, para luego escorarse. Estuve a punto de ir a parar a los brazos de Hofer, quien respondió a los movimientos del barco agarrándose el estómago con fuerza, como si alguien le hubiera disparado a quemarropa.

Cuando logró enderezarse de nuevo, respondió a mi pregunta:

—Me refiero a que los diplomáticos de su país y los del mío estábamos organizando «barcos de intercambio», de manera que los japoneses en tierras norteamericanas fueran repatriados a Japón; y lo mismo con los ciudadanos estadounidenses que están en manos de los japoneses. Ese maldito bombardeo lo ha arruinado todo, y nos ha puesto en peligro a usted, a mí y a todos los «pieles blancas» que andamos por esta parte del mundo. Para los nipones, Japón es un templo, y los norteamericanos lo han profanado con sus bombas.

Pensé que en caso de hacerse realidad el asunto de los «barcos de intercambio» cabía la posibilidad de que mi trabajo no fuera necesario. ¿Por qué diablos habían tenido que bombardear Japón? ¿Acaso no les importaba lo que pudiera pasarles a los miles de prisioneros que estaban en manos de los japoneses? Claro que después de lo de Pearl Harbor solo cabía esperar una respuesta semejante.

—Si me disculpa, he de ir a vomitar —añadió Hofer con el rostro demudado.

Por encima de nuestras cabezas se oían pasos apresurados yendo y viniendo, y muchas voces alteradas, imperativas e intempestivas. Me pregunté si Hofer no tendría razón, si el siguiente paso de tantos japoneses enardecidos no sería venir a nuestro encuentro para lincharnos y arrojarnos por la borda.

El regreso de Hofer, cuyo rostro había empalidecido aún más, coincidió con la aparición de Juro y con un nuevo cabeceo del Hakusan Maru.

—¿Están bien? —nos preguntó.

—¿Estamos bien? Es usted quien tiene que responder a esa pregunta —replicó Hofer.

—No hay motivo para alarmarse —trató de tranquilizarnos Juro—. Lo único que ocurre es que ninguno de nosotros pensó jamás que los aviones norteamericanos fuesen a alcanzar las costas de Japón, menos aún a soltar una andanada de bombas. Temíamos que nos sobrevolaran en su huida, pero, al parecer, los que no han sido derribados han huido hacia Manchuria y el interior de China. Así que no corremos ningún peligro.

—¿Está seguro de que mi padre se encuentra bien? —insistí.

—Completamente, señorita María.

—¿Qué pasará ahora, coronel? —preguntó Hofer.

—Que Japón responderá, naturalmente.

—Me refiero a nuestros «barcos de intercambio».

—No tengo respuesta para esa pregunta, señor Hofer. No soy un político.

Otra sucesión de cabeceos y vaivenes me arrojó a los brazos de Juro, y a él a los de Hofer, lo que provocó una escena de lo más cómica. Yo le pedí disculpas a Juro, y este hizo lo propio con el diplomático suizo.

—¿Por qué no dejamos esta conversación para cuando el maldito mar esté en calma? —propuso Hofer.

La puesta de sol estuvo acompañada de una fina lluvia que nos alcanzó de lleno en la cubierta. Por algún motivo, ambos necesitábamos respirar el aire limpio y fresco que removía el mar de Japón con una furia contenida. Juro miraba hacia el horizonte, mientras que yo escrutaba su perfil lleno de ángulos que recordaba al de una hermosa montaña.

—Lluvia en el quinto mes —dijo de pronto.

—Abril es el cuarto mes, y estamos en abril —le hice ver.

—*Lluvia en el quinto mes* es el título de un grabado de Tomioka Eisen. Representa a una dama enmarcada entre dos paraguas. Un dibujo en apariencia sencillo, que yo he copiado decenas de veces, tantas que casi lo puedo recrear de memoria. Si lo he pintado en tantas ocasiones no es porque esté obsesionado con la obra en sí misma, sino porque la habilidad más grande que tiene que desarrollar un artista es la paciencia. El trazo que parece más fácil es el que más hay que practicar. Mi antepasado Hokusai decía que cuando cumpliese los ochenta años habría aprendido algo, pero que no lograría captar el significado más profundo del mundo hasta llegar a los noventa. Lo curioso es que pronunció estas palabras ya entrado en los setenta. La frase alude a la paciencia que todo artista ha de tener en tanto que siempre se es un aprendiz.

—¿A qué edad murió?

—A los ochenta y nueve años.

—Entonces casi logró su objetivo de encontrar el significado de lo que buscaba.

—Así es. Sin embargo, también dijo que hasta que no cumpliera los ciento diez años sus dibujos no poseerían vida propia. En el fondo, Hokusai murió siendo un eterno aprendiz, cuando para el mundo era un maestro.

—Por sus palabras, intuyo que hay algo más que le preocupa —dejé caer.

La montaña me miró de frente, dejando a la vista la gruta de su boca, las galerías de sus fosas nasales, la línea recta de su nariz y la protuberancia de sus párpados.

—No sé si tendré la paciencia necesaria para soportar esta guerra; ni siquiera estoy seguro de que el pueblo japonés sepa el alcance del sufrimiento al que será sometido. Si cualquiera de mis superiores me oyera hablar así me ajusticiaría de inmediato por alta traición. Mis palabras son contrarias a mi educación, a los principios que me han inculcado desde pequeño. Pero si no pasa por mi cabeza traicionar a mi patria, tampoco puedo darle la espalda a la verdad. Eso es algo que me ha enseñado el arte, la pintura. El bombardeo de hoy será el primero de muchos. Esta guerra va a ser larga, muy larga, y requerirá de aprendices con mucha paciencia; de aprendices capaces de convertirse en maestros.

Me dejé llevar por el instinto y arañé la mano de la montaña, me aferré a ella. Un segundo después, la tierra comenzó a temblar hasta que se produjo un desprendimiento.

Cuando quise darme cuenta, Juro había enterrado mi mano bajo la suya: una tierra fina y fría, húmeda por la lluvia del cuarto mes.

—¿Sabe que viajé a Europa en este barco? —soltó a continuación.

—¿En un barco militar? —le pregunté sorprendida.

—No, antes de la guerra era un barco de pasajeros que operaba la NYK, una empresa naviera. Fue requisado por la armada en septiembre de 1940, y convertido en lo que es ahora. Su misión no es viajar a Europa como antaño, sino navegar en las aguas del sur de China.

Esta vez fui yo la que apretó su mano.

—Vuelve a estar preocupado, Juro.

—Tiene razón de nuevo. Me preocupa añorar el pasado, y eso es lo que este barco me provoca. Incluso conservo bocetos de cada uno de sus rincones. Cuando la Mitsubishi lo construyó en sus astilleros lo hizo pensando en las comodidades de un mundo en paz. Así lo reflejé en mis dibujos. Japón era entonces una nación que buscaba abrirse al mundo, que había dado por concluido el feudalismo y comenzaba a industrializarse. Anhelábamos contagiarnos de la modernidad que había infectado a otras sociedades más eficaces.

Ambos miramos en derredor, unidos por cierta melancolía existencial, hasta que fijamos la vista en la chimenea del Hakusan Maru, que expulsaba tanto humo como un fumador de cigarros habanos.

—Entremos, empieza a hacer frío —concluyó.

Antes de seguir sus pasos, pensé en la vida miserable que, desde hacía algunos años, caminaba de la mano de la guerra, que lo destruía todo a su paso. Por alguna extraña razón que desconocía, la compañía de Juro atenuaba mi desazón, como si él pudiera garantizarme cierta seguridad.

Amantes

Recorrimos el estrecho pasillo que conducía hasta mi camarote como dos sombras silentes y tambaleantes, casi sin necesidad de pisar el suelo. Eran movimientos livianos que escondían la coreografía de dos cuerpos decididos a entregarse.

—No debemos hacerlo; pero ambos lo deseamos —me susurró al oído una vez que estuvimos a solas.

—No debemos hacerlo; pero ambos lo deseamos —le devolví el eco.

—Tal vez todo esto nos cueste la vida; pero fingiremos que no nos importa —dijo a continuación.

—Tal vez todo esto nos cueste la vida; pero fingiremos que no nos importa —repetí sus palabras por segunda vez.

Conforme nos fuimos desnudando, la luz blanca que emanaba de nuestras pieles iluminó la oscuridad del camarote, una pequeña caja de metal con un jergón suspendido de una de las paredes.

—Tu piel resplandece como una luciérnaga —musitó de nuevo.

Y lo continuó haciendo mientras me acariciaba con dedos de pincel, con extrema delicadeza.

—*Kita* (norte), *minami* (sur), *nishi* (oeste), *higashi* (este).

Aquel murmullo se coló por mis oídos hasta llenar mi cerebro de suaves reverberaciones.

Estremecida, le entregué mis labios como respuesta a sus palabras.

Resultó un beso cálido y prolongado, en el que nuestras lenguas llegaron a rozarse.

Juro rodeó mi cuello con su mano como si fuera un collar de finas perlas, y separó mi rostro del suyo para contemplarlo de nuevo.

Había temor en sus ojos, miedo a dar un paso irreversible; pero ya habíamos emprendido el camino, por lo que no había posibilidad de dar marcha atrás.

—Tal vez todo esto nos cueste la vida; pero fingiremos que no nos importa —repetí sus palabras por segunda vez.

Juro asintió con un suspiro entrecortado, como si hubiera aceptado la rendición.

Entonces tomé su sexo, que palpitó dentro de mi mano.

Por fin, su cuerpo tenso se posicionó sobre el mío, con cierta torpeza, como si una ráfaga de ventisca le frenara impidiéndole tomarme, hasta que la flexible fuerza de su miembro logró abrirse camino dentro de mí.

En esa posición permaneció durante dos o tres minutos, alimentando su pasión en el interior de mis entrañas, recogiendo mi calor, que terminó por abrasarlo.

Lo demás, lo que vino a continuación, fue lo mismo que tocar el cielo con los dedos.

Cuando me desperté un par de horas más tarde, lo encontré sentado a los pies del jergón que habíamos compartido, un lecho de rosas que volvía a recuperar la esencia de lo que en verdad era: una superficie dura e incómoda. Me miraba con arrobamiento y también con algo de melancolía.

—Buenos días, Juro. ¿Cuánto tiempo llevas ahí mirándome? —le pregunté mientras me desperezaba.

Una sonrisa contenida anticipó su respuesta.

—Supongo que toda la vida, María; supongo que llevo contemplándote toda la vida.

—Nadie me había dicho algo tan hermoso —reconocí.

—Es la verdad. Mientras te contemplaba, me he dado cuenta de que llevo toda la vida intentando pintarte, incluso cuando ni siquiera sabía que existías, desde el primer día que tomé un pincel.

—Nunca has dejado de ser el señor Mundo Flotante, ¿verdad?

—Uno no puede dejar de ser lo que es en esencia, jamás, pese a que las circunstancias cambien. Digamos que la guerra me ha dotado de una capa de barniz, me ha endurecido, mi piel se ha vuelto una cáscara coriácea, pero a poco que rasques en mi superficie, quien vive dentro de mí es un pintor, no de batallas, sino del «mundo flotante».

—Supongo que, como ayer, el desayuno será escaso. Te propongo como plato principal que nos comamos a besos —bromeé con el propósito de contrarrestar la solemnidad de sus palabras.

Juro volvió a sonreír, esta vez sin ninguna contención.

—Me temo que he ido a parar a los brazos de una mujer a la que le gusta tanto el «mundo flotante» como a mí.

—Tú lo has dicho: llevas esperándome toda la vida; otro tanto me ocurre a mí.

Antes de que la luz del día apagara el brillo de nuestras pieles, tocamos por segunda vez el cielo con la punta de los dedos.

—Es hora de desayunar, ¿qué quieres? —me preguntó.

—Café solo, tostadas con mantequilla y mermelada, y unos churros con abundante azúcar.

—Está bien, intentaré conseguirte un poco de caballa con arroz. Vístete para cuando regrese. Ya sabes, las apariencias.

—Claro, las apariencias. Nunca hay que olvidarse de ellas.

—Señorita Casares.

—Coronel.

La metrópoli del Gran Humo

El malecón del río Huangpu era un espectáculo en sí mismo. Tras la barrera flotante de embarcaciones, grandes, medianas y pequeñas, surgía sobre el dique otra marea humana formada por cientos de personas arracimadas, chinos la mayoría de ellos con sus sombreros con forma de concha de molusco, soldados japoneses con sus rifles de bayoneta calada y algún que otro europeo. La primera impresión que se tenía era que estaban allí esperando para poder huir, para embarcarse en el primer buque o sampán donde hubiera una plaza libre, sin importar el destino; pero al cabo una descubría que estaban en aquel puerto de río tratando de sobrevivir, simplemente, ya fuera como vendedores, porteadores o mendigos. En cualquier caso, todos, como en Tokio, tenían una característica común: vestían el traje del hambre.

Más allá de esta marea humana, se abría paso una gigantesca ola de edificios de hormigón, a cuál más imponente. Eran los vestigios del Bund de la Concesión Internacional, uno de los centros de negocios más importantes del mundo en los años veinte y treinta.

Hacia esa ola de hormigón nos dirigimos tras atravesar aquella turbamulta, que fue retrocediendo a nuestro paso como lo hicieron las aguas del mar Rojo ante Moisés y el pueblo judío. Tal era el poder de intimidación de los japoneses.

Nuestro destino, en cualquier caso, estaba a la vuelta de la esquina, el Cathay Hotel, un edificio coronado por una pirámide de cobre, propiedad de uno de los hombres más ricos de Shanghái, Victor Sassoon, quien poseía un apartamento en la décima planta. Pese a que el señor Sassoon, un judío sefardí de origen iraquí y pasaporte británico, había hecho negocios con los japoneses, sus múltiples propiedades estaban siendo utilizadas como residencia de oficiales, funcionarios e invitados del Imperio del Sol Naciente.

Aunque el trato que Juro me dispensó durante la operación de desembarco fue frío y distante, tal y como habíamos acordado, yo me sentía segura y confiada por primera vez en mucho tiempo.

Después de darme un par de horas para que me acomodara y aseara en la habitación que me fue asignada —mucho más lujosa que la del Hotel Imperial de Tokio—, quedamos en reunirnos en el bar del hotel, un local llamado el Jazz Club.

Lo encontré en compañía de un europeo bien aseado y perfumado, que vestía un terno de lino y llevaba el cuello de la camisa almidonado. Ni siquiera era demasiado evidente su pérdida de peso, como si el hambre hubiera pasado de largo al encontrarse con él, ignorándolo. Podía decirse que su aspecto era el de un hombre de la preguerra, antes de que comenzaran a escasear los bienes de primera necesidad.

—Señorita Casares, le presento al señor Gianni Molmenti, de la agencia de noticias italiana Stefani —me introdujo Juro.

—Encantada —dije tendiéndole la mano al señor Molmenti.

—*Un piacere* —me correspondió apretando mi mano con suma delicadeza—. Puede llamarme Stefani, como hacen mis amigos; o la gorda Stefani, como hacen mis enemigos. Tanto da. Bienvenida a Shanghái, aunque la ciudad no se parece a este lingote de oro que es el Cathay Hotel. Sassoon invirtió un millón de dólares en su construcción. Desgraciadamente, tanto el hotel como la ciudad están de luto.

Me sorprendió la facilidad con la que Molmenti pasó del italiano al inglés.

—¿De verdad? ¿Por qué motivo?

—Todos estamos de duelo porque hoy se cumple el primer aniversario de la marcha de Victor Sassoon de Shanghái. Desde esa infausta fecha, la ciudad no es lo que era; ha terminado por perder su antiguo esplendor. Ni siquiera los cócteles saben igual desde que cambiaron a los camareros indostanos por otros japoneses. Estos, además de no ser diestros a la hora de agitar las cocteleras, se dedican a escuchar las conversaciones de los clientes. ¿Tengo o no tengo razón, coronel Hokusai?

—Usted nunca tiene razón, Molmenti, nunca; por eso es periodista.

—Así que es usted la española que va a encargarse de cuidar a los japoneses de América —dijo el italiano, ahora en un perfecto castellano.

Desconocía qué le había dicho Juro a aquel periodista políglota acerca de mí. Incluso cabía que me estuviera poniendo a prueba, así que me limité a decir:

—Estoy aquí para cumplir con mi deber, señor Molmenti.

—Digamos que va a darles un empujoncito —intervino Juro.

—Un empujoncito es lo que todos necesitamos para recobrar la cordura, ¿no le parece?

—Hacía mucho tiempo que no oía pronunciar esa palabra —volví a zafarme.

—No hace mucho, Shanghái era un reguero de chismes; ahora lo es de pólvora. Lo que no ha explotado está por hacerlo, en cualquier momento. Por eso Victor Sassoon se marchó, antes de que la ciudad le estallara en las manos o le alcanzara una bala japonesa. ¿Estoy o no en lo cierto, coronel?

—Bueno, Shanghái se rindió de manera pacífica —trató de contemporizar Juro.

—Siempre me he preguntado quién hizo correr el bulo en Occidente de que ustedes los japoneses no tienen sentido del humor. Yo vine por primera vez a Shanghái en el verano de 1937, y estaba en este hotel el 14 de agosto de ese año. Eran las cuatro y media de un sábado verdaderamente caluroso, cuando una bomba arrojada desde un bombardero japonés alcanzó el tejado del hotel; un segundo proyectil cayó en el cruce del malecón con Nanjing Road. Las paredes del hotel aguantaron la deflagración, pero entre los transeúntes, civiles la mayoría, hubo una auténtica carnicería. De hecho, yo bajé a la calle junto con el sobrino y hombre de confianza del señor Sassoon, Lucien Ovadia, para socorrer a los heridos. Había coches ardiendo, y numerosos cuerpos desmembrados. Tal vez cien o ciento cincuenta. Los restos humanos alcanzaron la sexta planta. Lo sé de primera mano porque mi habitación estaba en ese piso. También hubo quien fue fulminado por los cristales de los ventanales del hotel, que estallaron en mil pedazos. El propio Lucien, que estaba en ese momento en su despacho con las ventanas abiertas, fue empujado por la onda expansiva desde su escritorio hasta la pared del fondo. Y eso que, por aquel entonces, ustedes todavía no estaban en guerra con Gran Bretaña, Francia o Estados Unidos. Pero ya habían decidido fagocitar Shanghái de la misma manera que hicieron en Manchuria: aniquilando a la población local y creando un estado títere. Sí, coronel, ese verano de 1937 ustedes los japoneses inventaron el asesinato en masa de inocentes, chinos la mayoría, que vivían fuera de la Concesión Internacional, y sobre cuyas cabezas arrojaron cientos de toneladas de bombas.

—Ya sabe que no entiendo su humor, Molmenti; tampoco me gusta —le hizo ver Juro, incómodo.

—¿Lo ve? Lo que acaba de decir es la mar de gracioso; como también lo es el hecho de que sus compañeros de armas hayan aserrado las patas de las mesas de billar del Club Británico para poder jugar en ellas. ¿Una cuestión de punto de vista o de altura de miras? Cabe incluso que solo sea una cuestión de altura a secas.

Las andanadas del periodista italiano eran golpes en la mandíbula de Juro, quien trataba de encajarlas con deportividad.

—Usted y sus bulos, o mejor dicho, sus chismes, Molmenti. Porque sus noticias, en el fondo, son solo chismes de salón. Algún día abrirá la boca delante de la persona equivocada y le costará un serio disgusto —le advirtió Juro.

—¡Pero si somos aliados, coronel! ¡Pero si sus militares y los de mi país comparten el mismo lecho ideológico! —ironizó Molmenti.

En el fragor de la conversación apareció el señor Bruno Hofer, tan acicalado como el periodista italiano. Ni siquiera parecía el mismo hombre ahogado en vómito del Hakusan Maru. Tras unirse a nuestro grupo, preguntó:

—¿Ha bajado ya el señor Sassoon? He quedado aquí con él.

—Póngase a la cola, amigo —le dijo Molmenti tras escrutar al suizo con incredulidad—. Victor Sassoon se marchó de Shanghái hace un año.

—¿Y cuándo volverá? —preguntó Hofer sin ocultar el contratiempo que aquella noticia tenía para sus planes.

—¿Cuando acabe la guerra? —se burló Molmenti—. Acostúmbrese a la orfandad, aunque conozco algunos lugares donde nuestro anfitrión escondía el whisky. Antes de que me reprenda, coronel Hokusai, fue el señor Sassoon quien hizo correr el chiste de que emborracharse con sake resulta tan áspero para los sentidos como fornicar con un preservativo de caucho. Quizá la traducción no sea la más exacta, pero lo importante es que sé dónde está escondido el whisky. Sassoon tenía una visión de los negocios tan preclara que siempre temió que, tarde o temprano, la Ley Seca se implantaría en Shanghái.

—Lo dicho, Molmenti, es usted un bocazas en todos los idiomas que habla —incidió Juro.

—Alguien de la legación de Tokio me dio su nombre —intervino de nuevo el diplomático suizo, desamparado—. Lo tengo aquí apuntado: Victor Sassoon. No hay error. Me dijeron que era el hombre con los mejores contactos. Tenía que ayudarme con el asunto de los prisioneros norteamericanos.

Hofer esgrimió entonces un papelito blanco como si ondeara una diminuta bandera de la paz.

—Y a mí me había contratado para escribir su biografía. Gracias a Dios, cobré una buena suma por adelantado —tomó de nuevo la palabra Molmenti—. Aunque, pensándolo bien, la espantada de Sassoon me da libertad para escribir una biografía «no autorizada», en la que quizá cuente que tiene dos bañeras en el aseo, porque le gusta compartir cama, pero con el baño es sumamente remilgado. También podré narrar que, pese a las decenas de amantes que ha tenido, chinas, francesas, británicas, etcétera, ha amado más intensamente a sus yeguas; sin olvidar que bebía a todas horas un cóctel llamado Conte Verde, un brebaje a base de ginebra, Cointreau, vermut seco, crema de menta y zumo de limón. Una bebida tan masculina como femenina. En cuanto a su amistad con Charlie Chaplin..., mejor me guardo la anécdota para el libro. Al final, el coronel Hokusai va a tener razón. Hablo demasiado. Hofer, yo le daré el nombre de alguien que puede echarle una mano con los prisioneros norteamericanos. Están ahí al lado, en los arrozales que hay en la otra orilla del río. Seguro que desde la ventana de su habitación puede ver el campo de concentración donde los tienen encerrados.

—En Shanghái no hay campos de concentración —replicó Juro.

—Empleaba un eufemismo, coronel, un eufemismo. Otro día, cuando tenga tiempo, podemos hablar de lo que hay y lo que no hay en Shanghái.

—Señorita Casares, despídase de los señores Molmenti y Hofer —me ordenó Juro.

El primero recibió la noticia arqueando de manera artificial su ceja derecha. Luego dijo:

—Bueno, señorita Casares, si los japoneses no la torturan de aquí a su regreso, estaré acomodado en este mismo lugar, en esta misma barra, rememorando el pasado glorioso de esta ciudad creada por los sueños y el humo del opio. Además de una gran mentirosa, Shanghái es también la gran dama del opio.

—¿Nos dejará en paz si aplaudimos sus dotes melodramáticas? —soltó Juro, decidido a parar las invectivas del periodista italiano.

Fue Molmenti quien terminó por aplaudirse a sí mismo.

—*Ciao, bella ragazza. Addio, colonnello.*

Oro que no brilla

Dejar atrás el lingote de oro que era el edificio del Cathay Hotel puso de manifiesto que las hipérboles de Molmenti se acercaban bastante a la realidad. La ciudad parecía un decorado que empezaba a dar muestras de una evidente decadencia: neones rotos; fachadas desconchadas o simplemente derrumbadas hasta formar pequeñas montañas de ladrillos; culis famélicos tirando de viejos rickshaws; grupos de personas en torno a distintos tableros de mahjong delante de los portales; puestos ambulantes de comida sin comida; y una multitud de esqueletos de alambre que tenían que sortear los cadáveres de algunos chinos derrotados por el hambre, bajo la hosca mirada de los soldados japoneses.

—Sí, reconozco que no es un espectáculo edificante. Un carromato se encarga de recoger los cadáveres de las calles todas las noches. Pero no te dejes engañar por las apariencias. Muchas de las personas que aparecen muertas en las calles de Shanghái fallecen en los fumaderos de opio, ya que es el abuso de esa sustancia lo que les roba el apetito. Luego, los dueños de esos locales ilegales abandonan los cuerpos para no tener problemas con la policía y poder seguir con su actividad clandestina —se adelantó Juro ante la expresión de horror de mi rostro.

—¿Y de dónde sale el opio? —le pregunté.

—El opio forma parte de la historia de Shanghái desde hace más de cien años, cuando los británicos convirtieron a millones de chinos en adictos. Incluso el opio dio lugar a una guerra que China perdió, después de que el emperador tratara de prohibir el comercio de la adormidera. El resultado fue la apertura al comercio internacional en cinco puertos chinos, incluido el de Shanghái. Desde entonces, el opio es el más estrecho compañero de la ciudad, incluso después de que se prohibiera.

—¿Adónde vamos?

—A reunirnos con el señor Toyo Murakami, el propietario de una tienda de objetos japoneses de Nanjing Road.

—¿Vamos caminando? No me gusta lo que veo, la verdad.

—Estamos en Nanjing Road. La tienda del señor Murakami está a solo cinco o seis manzanas.

La visión de aquellos cadáveres —a los que la indiferencia de la multitud había despojado de toda humanidad— me puso en alerta, y despertó mi deseo de conocer más en profundidad la trastienda de aquella ciudad sin par en el mundo, donde el fasto y la cochambre convivían puerta con puerta y paseaban de la mano como si fueran la misma cosa.

Pensé que para tirarle de la lengua a Juro tenía que mostrar curiosidad por la figura de Gianni Molmenti, quien estaba claro que mantenía una visión crítica con respecto a la actuación de los japoneses en China, lo que incomodaba a mi amante, así que dije:

—Qué hombre más singular el señor Molmenti, ¿no te parece?

—Solo es un buscavidas que sabe emplear el lenguaje. Shanghái está repleta de personajes parecidos. Es lo que nos encontramos cuando nos hicimos cargo de la ciudad: tahúres, prostíbulos, fumaderos de opio, empresarios sin escrúpulos, especuladores y, sobre todo, charlatanes. Lo mejor de cada casa, como se suele decir. Durante muchos años, Shanghái funcionó como una ciudad abierta con varias concesiones: la Internacional, con británicos y estadounidenses al frente, la Francesa, el Distrito Japonés y la Ciudad China. Cada zona funcionaba como una pequeña nación con leyes propias, vigilada por una policía encargada de la seguridad y de las fronteras interiores, pero el control del puerto y su aduana era otra cosa: a nadie le era exigido siquiera un visado para entrar en la ciudad. Con la Revolución bolchevique, esto se llenó de rusos; más tarde, con la llegada de los nazis al poder en Alemania, fueron los judíos quienes pusieron rumbo a Shanghái. Arribaron entre veinte mil y treinta mil. Los tipos como Molmenti empezaron entonces a llegar en tropel, para vender sus servicios al mejor postor y, de camino, sacar provecho de las ventajas que la ciudad les ofrecía: cantidades obscenas de dinero y una cantidad aún mayor de gente desesperada.

—Y qué hay del bombardeo de civiles chinos al que se ha referido Molmenti, ¿también forma parte de su charlatanería?

—No —reconoció Juro—. Es evidente que no me siento orgulloso, pero no está en mi mano cambiarlo. La guerra, por desgracia, tiene su propia dinámica. Japón necesitaba materias primas y estaban aquí.

—¿Te has preguntado qué haríais los japoneses si mañana China bombardeara e invadiera Japón para arrebataros vuestras materias primas? —le planteé.

—¿Por qué te empeñas en llevarme a un callejón sin salida? ¿Qué ganas acorralándome? Solo soy un peón que está obligado a cumplir las órdenes que le dictan sus superiores, esté o no de acuerdo con ellas. Créeme, ya me siento lo suficientemente culpable sin que Molmenti o tú me lo recordéis. Soy un maldito guerrero que odia la guerra. Nada más y nada menos. Siento también que estoy traicionando a mi país pensando de esa manera, aunque me consta que hay más japoneses a los que les pesan en la conciencia todas esas atrocidades de las que habla Molmenti. En cualquier caso, no creo ser el único que tenga motivos para sentirse desasosegado. ¿Acaso puedes asegurar que tu padre es inocente habiendo ganado la guerra de la mano de los fascistas españoles? ¿Franco y los suyos no cometieron crímenes atroces hasta alcanzar la victoria? Y Mussolini, el empleador de Molmenti, ¿también es inocente? ¿Qué hay de los doscientos cincuenta mil etíopes que los fascistas italianos masacraron en Abisinia? —se revolvió Juro.

—Tienes razón, Juro. Que arroje la primera piedra quien esté libre de culpa. Me gustaría que me tomaras de la mano —le propuse.

—Sabes que no puedo.

—Lo sé, pero me gusta recordarte de vez en cuando que estoy aquí, a tu lado, que puedes contar conmigo, señor Mundo Flotante.

—Hay que guardar las apariencias.

—Sí, lo sé, las apariencias son lo más importante. ¿Vendrás esta noche a mi habitación?

—Me hospedo en el hotel de enfrente, solo para militares del Ejército Imperial. Otro edificio de Victor Sassoon.

—Entonces no me quedará más remedio que unirme al señor Molmenti y dejar que me aburra con sus locas historias sobre Shanghái. Aunque, pensándolo bien, tal vez intente propasarse si bebe todo ese whisky que dice tener escondido.

—No tienes que preocuparte por eso. A Molmenti le gustan los hombres. Tiene un novio chino que anda huido por ser miembro del Partido Comunista; de ahí que unos lo llamen Stefani y otros, la gorda Stefani. Desde que los corresponsales de Reuters y de la Associated Press fueron expulsados de Shanghái, Molmenti se ha convertido en uno de los periodistas más importantes de la ciudad. Para guardar las apariencias, suele hacerse acompañar por una prostituta a la que, con sorna, sus enemigos llaman Stefano.

—Comprendo. ¿Y qué me dices del señor Hofer?

—Que si Molmenti se ahoga en un vaso de whisky, Hofer lo hace en uno de agua. Bruno Hofer es neutral en todos los ámbitos de su vida, como su país.

—¿Quieres contarme algo más sobre vuestra relación con los chinos? Lo digo porque si no lo hará Molmenti cuando regrese al hotel esta noche —le di la oportunidad de abrirse por completo.

—Diría que las relaciones entre ambos pueblos es muy complicada porque los chinos piensan al revés —dijo.

Rompí a reír.

—¿Te parece gracioso?

—Eso es exactamente lo que Eduardo nos dijo de vosotros el día que pisamos Tokio.

—¿De verdad?

—Te lo prometo. Nos puso como ejemplo el hecho de que vuestros kimonos son ropas de estructura sencilla pero difíciles de poner; mientras que nuestros trajes, por el contrario, son de confección compleja pero de fácil uso.

—¡Vaya! ¡Algo parecido ocurre con los chinos! Por ejemplo, llaman «calle de la Decencia» a los burdeles del camino de Foochow. Y en sus edificios no existe la planta cuarta porque el cuatro se pronuncia de manera similar a la palabra «muerte». Para nosotros, los japoneses, el cuatro es también un número de mal augurio. No sé, cada cual tiene sus supersticiones, pero para colmo los chinos poseen un extraño sentido de la puntualidad. Tampoco les gusta guardar una cola, y no es inusual que salgan a la calle en pijama. Por no hablar de esa horrible costumbre que tienen de escupir en el suelo a todas horas.

—Supongo que se trata solo de prejuicios, porque no todo el mundo puede pensar al revés —sugerí.

—Tal vez todos pensemos del revés, de ahí que el mundo esté en guerra. Ya hemos llegado a la tienda del señor Toyo Murakami.

El judío de Shanghái

El bazar Murakami era un local amplio y bien iluminado atestado de toda clase de cachivaches, la mayoría de ellos de origen japonés. Abundaban los muebles nipones, las mesas kotatsu, los tatamis de paja de arroz, los biombos de Coromandel decorados con pinturas, las porcelanas y las joyas, repartidas en varios expositores que ocupaban casi un cuarto del espacio. A simple vista parecían piezas de compraventa, más que de elaboración propia. En una esquina, quieto como una estatua sedente, permanecía un japonés sentado en una silla que portaba una pistola entre las manos. Vestía de civil, con un traje occidental de corte muy parecido al de Juro. Tras intercambiar unas breves palabras en su idioma con Juro, salió de la trastienda otro hombre, pequeño y menudo, con barba de chivo y un monóculo en el ojo derecho. Era el señor Murakami.

Realizó los saludos protocolarios, doblando el cuerpo

delante de Juro y también ante mí. Movimientos torpes, mecánicos, que acompañaba con indicaciones con las manos que Juro comprendía pero yo no.

El acto lo interrumpió la entrada en la tienda de un occidental fornido que vestía la camisa azul de la Falange.

—Perdonen el retraso —dijo a modo de saludo, en un inglés con marcado acento español.

—No se preocupe, señor Jáuregui, Leon Blumenthal tampoco ha llegado aún. Le presento a la señorita María Casares —intervino Juro.

—Teodoro Jáuregui, responsable de la Falange Exterior en Shanghái y también del frontón Jai Alai de la ciudad. Encantado de conocerla, señorita Casares. Eduardo Herrera de la Rosa me ha hablado muy bien de usted.

La mano que me tendió el señor Jáuregui tenía el tamaño de una chistera de mimbre, como las que empleaban en su deporte para lanzar la pelota, y apretó la mía igual que lo hubiera hecho una boa constrictora.

—Encantada, señor Jáuregui.

—Estoy aquí en calidad de fedatario, para saber exactamente qué gemas nos son entregadas. He de informar directamente al ministro Serrano Suñer, claro está. En cualquier caso, tengo orden de la dirección del partido de procurarle la ayuda logística que precise. Nos encantaría que conociera el Jai Alai Auditorium, un espacio con capacidad para tres mil espectadores y aire acondicionado, así como a nuestro cuadro de pelotaris y a sus mujeres. Somos una pequeña comunidad, pero eso no ha impedido que tengamos incluso nuestra Sección Femenina y una oficina de Auxilio Social. Somos un grupo muy activo, y no todos los días contamos con la fortuna de recibir la visita de la hija de un camarada como su padre. Todos anhelamos de alguna manera el sabor de los cafés Casares, tan populares antes de que estallara la guerra.

—Le agradezco sus palabras y su ofrecimiento, señor Jáuregui, pero no soy libre para organizar mi agenda. Dependo por completo del coronel Hokusai —me excusé.

—Lo comprendo. El deber es lo primero.

Una berlina de color negro y cristales tintados aparcó a continuación frente al establecimiento. En su interior viajaban un chófer, dos miembros de la policía secreta japonesa y un hombre de aspecto centroeuropeo que, como el señor Jáuregui, doblaba en tamaño a sus acompañantes.

—Bueno, ya estamos todos —dijo Juro, quien ejercía de maestro de ceremonias—. Blumenthal, le presento a la señorita María Casares, de España. A los señores Jáuregui y Murakami ya los conoce. Blumenthal, como el señor Murakami, se dedica al comercio de toda clase de cosas, sobre todo entre la comunidad judía, de la que es un miembro destacado. Era amigo de Victor Sassoon.

—Era su mano izquierda, al menos en lo concerniente a los judíos de Shanghái —apuntó Jáuregui.

Blumenthal se limitó a asentir.

—Parece evidente que en esta ciudad la sombra de Victor Sassoon es alargada —dije.

—Miles de judíos centroeuropeos logramos salvar la vida gracias a él —dijo Blumenthal—. Es un hombre extraordinario al que, por desgracia, los japoneses han preferido poner entre la espada y la pared en lugar de aprovechar sus dotes comerciales. No voy a decir que Sassoon fuera un pacificador, pero sí un apaciguador.

Su voz era grave y profunda, cavernosa, como si se modulara en su pecho en vez de en sus cuerdas vocales.

—¿Ha traído la mercancía? —le preguntó Juro.

—He traído todo lo que he podido recaudar, coronel. Espero que sea suficiente, al menos por ahora.

—¿Alguien puede explicarme qué está pasando? —pregunté.

—Es muy sencillo, señorita Casares —me respondió Leon Blumenthal—. Cuando Japón entró en guerra con Occidente, los nazis propusieron a los nipones que exterminaran a todos los judíos que habíamos huido de Europa y pedido asilo en Shanghái. Los japoneses, en cambio, vieron en nosotros a una comunidad trabajadora y próspera, por lo que prefirieron hacer negocios. Hemos llegado a un acuerdo: los militares japoneses no van a exterminarnos, tal y como proponen los nazis, siempre y cuando les entreguemos una buena cantidad de joyas, que es lo que he traído conmigo.

—Comprendo.

Juro se dirigió entonces a su compatriota en su lengua, y el señor Murakami volvió a realizar aspavientos con los brazos, lo que provocó que Jáuregui se impacientara.

—Tengo un negocio que atender. ¿Podemos proceder ya a las comprobaciones y al conteo de la mercancía?

—Y yo tengo que apostar en el frontón del señor Jáuregui —se desmarcó Blumenthal, como si todo aquello no fuera más que uno de los muchos trámites rutinarios en uno de sus múltiples negocios—. Es una pena que el pelotari Gárate no pueda volver a Shanghái por las circunstancias de la guerra. Desde que se marchó de la ciudad, su deporte está en declive.

—Lamento no estar de acuerdo con usted, Blumenthal —rebatió Jáuregui—. La cesta punta está en declive por culpa de los japoneses, no por el elenco de pelotaris vascos, que es de primer orden.

—¿Por quién he de apostar esta noche? —preguntó ahora Blumenthal, como si el asunto de la pelota vasca fuera el verdadero motivo que nos había reunido en el bazar del señor Murakami.

—No puedo darle esa información, Blumenthal, y usted lo sabe... Bueno, sin que sirva de precedente, esta noche apueste por Ramón Aldabe, Ramonchu. Se encuentra en un estado de forma envidiable. Pero no me eche la culpa si pierde su dinero. La cesta punta no es una ciencia exacta.

—Cuando quieran, señores —interrumpió Juro la conversación—. El señor Murakami está preparado para examinar la mercancía. Blumenthal...

En cuanto el judío se quitó la chaqueta de lino de color canela, quedó a la vista una pequeña alforja que colgaba de su hombro derecho, tal que la funda de una pistola de pequeño tamaño.

Murakami se sentó frente a un escritorio, cambió su monóculo por una lupa, desplegó un microscopio y una balanza de precisión, y aguardó hasta que Blumenthal terminó de depositar delante de él una considerable cantidad de piedras preciosas: las había de todos los tipos y todos los tamaños y formas: diamantes, esmeraldas, rubíes, zafiros, etcétera.

El joyero fue depositando las piedras en hojas de papel de seda según su tamaño y pureza, que luego convertía en pequeños cartuchos, salvo que encontrara una que no le satisficiera. Entonces realizaba un comentario en japonés que Juro se encargaba de traducir. Por ejemplo: «Esta piedra es un rutilo de cuarzo», o «Esta otra es un simple cristal tallado».

—Bueno, nunca hay que despreciar un buen rutilo de cuarzo —dejó caer Blumenthal.

Juro tradujo las palabras de Blumenthal, y luego la respuesta del joyero:

—El señor Murakami dice que su rutilo tiene lustre diamantino, y que su principal virtud es a su vez su mayor defecto. El rutilo es menos duro que otras piedras preciosas, y si lo deja junto a un diamante este acabará rayándolo.

—Bla, bla, bla. De acuerdo, devuélvanme ese rutilo y sigamos adelante —reclamó Blumenthal.

Así estuvimos unos cuarenta y cinco minutos, analizando todas y cada una de las piedras, ya fuera con la lupa o el microscopio, pesándolas en la balanza, hasta que el señor Murakami dio por finalizado su trabajo.

—Ochocientos noventa gramos en total: quinientos diez en diamantes; noventa en esmeraldas; setenta en rubíes; y doscientos veinte en zafiros —tradujo Juro.

—¿Seguro que el señor Murakami ha pesado bien? —planteó Blumenthal.

—Completamente. La verdad, esperaba que su aportación superara el kilo.

—Los judíos que pudieron salir de Alemania lo hicieron con solo diez marcos en los bolsillos, cantidad máxima que impusieron los nazis, de modo que la mayoría tuvo que vender sus joyas nada más llegar a Shanghái para poder sobrevivir.

—Lo comprendo, Blumenthal, pero tenemos un trato, así que procure que la próxima entrega sea más satisfactoria.

—Lo intentaré, coronel Hokusai, lo intentaré.

El señor Murakami volvió a parlamentar en su lengua con Juro.

—Me dice el joyero que muchas piedras no están en muy buen estado de conservación.

—Dígale al señor Murakami que esas gemas han llegado hasta Shanghái gracias a un milagro, escondidas en los cuerpos de sus propietarios —dijo Blumenthal.

—Y sus diamantes, ¿cuáles son?

—¿Los míos? Son los catorce diamantes industriales, coronel, ni más ni menos. El lote más valioso de todos.

—¿Es cierto que su mujer y usted se los tragaron para poder sacarlos de Alemania? —preguntó Juro sin ocultar la curiosidad que le despertaba aquel rumor.

—Dejemos que la leyenda siga su curso, ¿no le parece, coronel?

—¿Podemos marcharnos ya? —preguntó Jáuregui, impaciente.

Juro asintió con la cabeza al ver que el señor Murakami terminaba de encartuchar los últimos lotes.

—¿Puede llevarme en su coche, Jáuregui? —preguntó Blumenthal.

—Por supuesto, Leon.

—¿Aceptan rutilos como garantía de una apuesta en su frontón? Ya ha oído a Murakami: tiene lustre diamantino —sugirió mostrándole la piedra sobrante a Jáuregui.

—¡De acuerdo, le cambio el rutilo por una apuesta de dos dólares americanos...!

—Dos y medio, Jáuregui, una apuesta de dos dólares con cincuenta por Ramonchu —saltó Blumenthal—. No quiero apostar por otro pelotari.

A mí me tocó quedarme un rato más en compañía del señor Murakami y de Juro, para que me familiarizara con la mercancía.

Siempre me habían gustado las joyas, pero poco o nada sabía sobre cuándo el engaste de una piedra era artesanal o no, o la importancia de aspectos como el peso, el color, la claridad, la pureza o la talla. Sea como fuere, lo único que tuve que aprender a conciencia fue el valor aproximado de cada uno de los paquetitos, para que me hiciera una idea de lo que me traía entre manos.

La suma resultaba ser tan elevada que me invadió cierta inquietud.

—¿Y qué me dice de esos diamantes industriales? ¿Por qué Blumenthal asegura que es el lote más valioso de todos? —le pregunté a Juro manteniendo el trato formal.

—Los diamantes blancos de talla tienen un peso específico diferente al de los industriales. Si lo desea, puede darle unas cifras para que las memorice —me respondió después de consultar con el señor Murakami.

—Déjelo. Nunca sabré lo que significan esos números.

Juro tradujo mis palabras al joyero, y luego hizo lo propio con las que el señor Murakami me dedicó.

—La importancia de los diamantes está en la dureza, que alcanza el 10 en la escala de Mohs. Eso significa que los diamantes son el cuerpo de mayor dureza en la naturaleza. Ni siquiera arden al aire libre o bajo la llama de un soplete, pero a mayor temperatura se consumen sin arder, hasta desaparecer. El señor Murakami asegura que en el lote escrutado solo hay once diamantes «de primer agua, blanco de nieve», claros y límpidos; hay otros tantos de «blanco comercial», un poco menos valiosos; el resto tiene imperfecciones, desde burbujas y grietas hasta escarcha, lo que reduce el valor de las piezas. Las catorce piedras de Blumenthal, en cambio, son de una calidad superior, ya que son diamantes carbonados del distrito de Bahía, en Brasil. Para que se haga una idea de su importancia, la fábrica de automóviles Chevrolet lleva treinta años empleando uno de estos diamantes industriales procedentes de Bahía y no ha sufrido desgaste. Solo hago de traductor; yo tampoco entiendo de piedras preciosas.

—Bueno, me limitaré a transportar y custodiar lo que me entreguen. Si hemos terminado, me gustaría volver al hotel. Me siento muy cansada.

—¿Cuántos días nos quedaremos en Shanghái? —le pregunté a Juro una vez emprendimos el camino de vuelta al Cathay Hotel.

La calle se había llenado de soldados japoneses que parecían vigilar sombras, lo que resultaba bastante inquietante. Cuatro de ellos se dedicaban a ensartar las bayonetas de sus fusiles entre las montañas de basura que se acumulaban en las esquinas de los edificios principales; de esa forma se aseguraban de que ningún rebelde o conspirador usara los residuos como escondrijo.

—Todo depende de la carga y del pasaje del Hakusan Maru. Tres o cuatro días a lo sumo —me respondió.

—¿Es cierto que los nazis les propusieron exterminar a los judíos de Shanghái? —le pregunté a continuación, retomando el comentario hecho por Leon Blumenthal.

—Lo es. Querían que los embarcásemos en paquebotes y los dejáramos a la deriva en mitad del mar, sin agua ni comida.

—¿Por qué? ¿Por qué los nazis quieren exterminar a los judíos?

—¿Porque piensan al revés que los alemanes? ¿Porque manejaban la banca y otras industrias estratégicas? No tengo los elementos necesarios para emitir un juicio. Solo puedo decirte que sabemos que han puesto en marcha campos de exterminio en Alemania y en otros territorios ocupados. Aquí, en Shanghái, también hay una pequeña comunidad de nazis. Se reúnen en el Graf Zeppelin Club, un local anejo al que emplea Leon Blumenthal para sus negocios. Se dice que ha llegado a un acuerdo con ellos.

—Veo que se dicen muchas cosas del señor Blumenthal.

—Bueno, él, como otros miles de judíos, recibió la ayuda de Victor Sassoon, así que, llegado el momento, terminó trabajando a sus órdenes. Digamos que Blumenthal es un gran comerciante, un conseguidor, de la misma manera que Molmenti es un gran charlatán. En Shanghái todo tiene un precio, y este depende en muchas ocasiones de los escrúpulos de quien vende y de quien compra.

Anduvimos el resto del camino en silencio, sorteando manchas de oscuridad y a viandantes que se apresuraban para cumplir con el toque de queda.

La visión del lingote de oro que era el Cathay Hotel, tal y como lo había definido Molmenti con acierto, resultó tan tranquilizadora como el faro que guía al navegante hasta la seguridad de la costa.

Una habitación con vistas

Encontré a Gianni Molmenti sentado en el mismo lugar donde lo dejé, pero con una botella de whisky delante, sin abrir. La contemplaba como si pudiera ver algo a través de ella.

—Veo que cumple su palabra, Molmenti —le dije.

—Estaba esperando a que viniera para bebérmela.

—Siento decirle que no bebo.

—No bebe por ahora; tengo que mostrarle una cosa, tal vez luego necesite un trago. Sígame, por favor.

—¿Quiere que le siga? ¿Adónde? —pregunté intrigada.

—A la suite de Victor Sassoon.

—¿Tiene usted la llave del apartamento del señor Sassoon?

—Digamos que en Shanghái, y sobre todo en este hotel, cuento con algunos privilegios. Quiero enseñarle una parte de la ciudad que el coronel Hokusai ignora de manera voluntaria.

Ascendimos hasta la décima planta en un ascensor espejado de estilo *art déco*. Una cápsula del tiempo que nos transportó de manera efímera a otra época.

El apartamento de Victor Sassoon era otra cápsula, pero de refinamiento: grecas de mármol italiano; gruesas molduras de madera; lámparas de alabastro; mullidas alfombras de azul cobalto; piezas decorativas de jade, de ámbar e incluso de baquelita. Por no mencionar el impresionante ventanal que se precipitaba sobre el malecón y las aguas del río Huangpu.

Decenas de pequeñas linternas iluminaban las cubiertas de otros tantos sampanes. Un barco de guerra japonés apuntaba con sus cañones directamente hacia el corazón de la ciudad, perfilando una sombra siniestra en mitad del agua.

—Ese río es la clave de todo. Gracias a él existe Shanghái, cuyo nombre significa «la ciudad sobre el mar»; aunque *stricto sensu* el mar queda algo más arriba. En la época de los *shanghailanders*, los colonos europeos, se organizaban *shooting parties* a través del río. Remontaban el Huangpu en sus lujosos barcos de recreo hasta el punto donde confluye con el río Yangtsé, y durante el recorrido cazaban todo lo que se veía en las orillas y bebían hasta que los invitados confundían el vaivén de las olas con su propia embriaguez. Todo eso se acabó; ahora lo único que hay en el río son cadáveres flotando. Los japoneses los arrojan al agua para que se los coman los peces; no solo tiran a los desgraciados que van encontrando por las calles, muertos por el hambre, las enfermedades o el opio; también se deshacen de los cuerpos de los disidentes incómodos. Como suele decir el propietario de la Wa Vang Butchery, el carnicero más famoso de la Concesión Francesa: «Si comes pescado de río en Shanghái, te comes a un abuelo chino».

—¿Por qué me cuenta todo esto? —le pregunté.

—Porque usted y yo somos cómplices de alguna manera; por un lado, somos iguales a los antiguos *shanghailanders*, nos jactamos de nuestra superioridad moral y cultural, cuando ambas cosas son solo un mero ejercicio de arrogancia; por otro, somos socios o aliados, llámelo como quiera, de los japoneses.

—Yo no soy socia ni aliada de nadie —le rebatí.

—Ya lo creo que sí, María. Franco lo es. Mussolini lo es. Ambos lo son, y nosotros trabajamos para ellos. Da igual que la camisa sea negra o azul. Usted está aquí para prestarle un servicio a su caudillo; yo para prestárselo al mío. Solo tiene que aprender a vivir sabiendo lo que hay detrás del escenario, la tramoya. La cuestión, lo verdaderamente importante, María, es que todos nuestros actos acarrean unas consecuencias. La única manera de convivir con lo que hacemos, por tanto, es no permitiendo que nuestra conciencia sea devorada por la oscuridad. ¿Ve la negrura que hay más allá de la orilla opuesta del río?

—Claro que la veo.

—Pues en el corazón de esa oscuridad hay un campo de prisioneros. Una suerte de campo de concentración para civiles y militares aliados, donde les dan de comer un huevo a la semana y no más de veinte gramos de carne al día; eso cuando hay suficiente arroz y carne.

—Molmenti, debería aprender a callarse —le dije irritada.

—Ahora habla como el coronel Hokusai.

—Precisamente, el coronel Hokusai me ha hablado de unos campos de exterminio que los nazis han puesto en marcha.

—Chelmno, Treblinka, Sobibor, Belzec. Hay alguno más en Polonia. Muchos han sido creados en estos días. La cuestión es que también los japoneses tienen sus propios campos de concentración. El trato que dispensan a los prisioneros no es mejor que el que los nazis brindan a judíos, gitanos, homosexuales u opositores políticos.

—No entiendo por qué me ha traído aquí. ¿Qué diablos quiere de mí?

—No estoy de luto por Victor Sassoon —reconoció—; lo estoy porque ayer me llegó la noticia de que los japoneses han decapitado al hombre que amo.

Me quedé paralizada, incapaz de moverme, como si se hubiera abierto un abismo delante de mí.

—Lo siento, Molmenti —logré decir a duras penas.

—Primero le cortaron el pene por ser homosexual, luego se lo introdujeron en la boca y, por último, lo decapitaron con una catana. Ahora su cuerpo flota en las aguas de ese río.

Lo abracé, y él se empequeñeció en mis brazos como el hijo que es tomado por su madre.

—Se llamaba Chan, y era uno de los supervivientes del bombardeo del 14 de agosto de 1937 —balbuceó—. Fui yo quien curó sus heridas ese día. Estaba tirado en la calle, ensangrentado, con la ropa hecha jirones y los tímpanos reventados. Lo acuné y le di agua, pensando que estaba agonizando. Sin embargo sobrevivió, cojo de una pierna y sordo de un oído, pero sobrevivió. Al cabo de cuatro meses, regresó al hotel para darme las gracias. Era un muchacho de veinte años, bien parecido. Terminó por afiliarse al Partido Comunista que se había fundado quince años antes en la Concesión Francesa. Pero mi historia de duelos no termina ahí: en ese campo de prisioneros que hay en la otra orilla del río está encerrado un camarero indostano de este hotel que fue mi amante, y que me dejó por una cámara Kodak que yo mismo le regalé. La cámara lo convirtió en sospechoso de espionaje para los japoneses. No quiero imaginar lo que le habrán hecho.

Con la cabeza de Molmenti pegada a mi pecho, sus palabras me traspasaron hasta provocar en mi alma un dolor lacerante.

—¿Quiere que bebamos juntos? —le propuse sin valorar el verdadero alcance de mis palabras.

—Sí, quiero —respondió como si estuviéramos frente al altar, desposándonos.

—¿Dónde está esa botella? —le pregunté.

—Deseo también otra cosa. Tiene que hacerme un favor.

¿Cómo negarle algo al hijo que sufre y que sostienes en el regazo? ¿Qué clase de madre hace algo así?

—Diga, Molmenti, ¿qué quiere que haga por usted?

—Se trata de tres o cuatro carretes fotográficos que contienen instantáneas de las torturas que el ejército japonés está infligiendo al pueblo chino. Media docena de esas fotografías recogen la ejecución de Chan. Quiero que guarde consigo esos carretes, que los lleve a Europa y las imágenes sean difundidas cuando esté allí.

—¡No sabría cómo hacer algo así! —exclamé sorprendida por lo insólito de su petición.

Molmenti se separó por fin de mí, como si estuviéramos a punto de cambiar de acto y la nueva escena requiriera de otra disposición de los actores en el escenario.

—Las fotografías fueron tomadas con una cámara Leica de 35 milímetros, por lo que los rollos apenas ocupan espacio —me explicó—. En ellas se ve a soldados japoneses ensartando a mujeres embarazadas con sus bayonetas, entre otras lindezas. Hay otra de un hombre al que obligaron a fornicar con su esposa después de haberla decapitado. Dos de los carretes están dedicados a la masacre que los nipones llevaron a cabo en la ciudad de Nankín. Miles de mujeres fueron violadas y asesinadas. Una de las instantáneas recoge el momento en que unos soldados rociaban y queman a una joven por el simple deleite de ver cómo arde un ser humano. No sé si los japoneses ganarán la guerra, pero en cualquier caso el mundo libre ha de conocer lo que han hecho para arrebatarle su territorio a los chinos.

—Acaba de decirme que a su amigo indostano lo tienen

encerrado por espionaje por poseer una cámara que usted mismo le regaló; y acto seguido me pide que me haga cargo de unos carretes que comprometen a los japoneses.

—Así es, María, pero usted posee pasaporte de un país no beligerante que se ha hecho cargo del cuidado de los ciudadanos japoneses en América. Eso le concede un estatus especial. Nadie registrará su equipaje.

—¿Cómo han llegado esas fotos hasta usted? —le pregunté a continuación.

—A través de un amigo de Chan, de otro miembro del Partido Comunista chino.

—¿Se da cuenta de lo que me está pidiendo?

—Claro que me doy cuenta. Verá, María, Victor Sassoon tenía medios para abandonar Shanghái cuando le viniese en gana; por no hablar de sus influencias. Siempre decía a las autoridades japonesas que él no era antijaponés, sino que era pro-Sassoon y probritánico, por ese orden. Jugaba, en el fondo, con las cartas marcadas, como hacen los ricos con su ramillete de pasaportes y de patrias donde elegir. De hecho, este lujoso apartamento no era más que un *pied-à-terre* en su interminable lista de propiedades a lo largo y ancho del mundo. En cambio, Chan y esas personas de las fotos no tuvieron oportunidad alguna. Aquí tenían sus vidas, sus hogares, sus familias, sus trabajos. Aquí lo tenían todo, en definitiva. Como se suele decir, cada uno se rasca con sus propias uñas, pero los japoneses se las habían arrancado tanto a Chan como a esas mujeres inocentes. Si le pido que guarde esos carretes es porque su situación se parece más a la de Victor Sassoon que a la de Chan. Usted tiene uñas con las que rascarse.

Una lija subía y bajaba por mi garganta cada vez que tenía que tragar saliva. Me miré las manos para comprobar que, en efecto, las uñas seguían pegadas a mis dedos.

—Comprendo. Por favor, abra esa botella de una vez —le supliqué.

—¿Entonces cuento con usted para custodiar esos carretes?

Estuve escuchando los latidos de mi corazón durante unos segundos antes de responder.

—Sí, Molmenti, me haré cargo de esos carretes. Aunque no le prometo nada en lo relativo a su difusión. Solo soy la hija de un comerciante de café de Java.

—¿Puedo darle un consejo, María?

—Me lo va dar de todas maneras. —Al menos, lo di por sentado.

—Corre un rumor: que los japoneses están haciendo acopio de diamantes y otras piedras preciosas. Van contando por ahí que es para ayudar a sus connacionales prisioneros en Estados Unidos y otros países de América del Sur. La verdad, sin embargo, es otra: quieren esos diamantes, sobre todo los de uso industrial, para regalárselos o vendérselos a los nazis, ya que resultan imprescindibles para la industria de guerra alemana. Supongo que, como medio holandesa que es, sabrá que cuatro agentes británicos robaron las reservas de diamantes de Ámsterdam, el mayor mercado del mundo, pocas horas antes de que la ciudad fuera invadida por el ejército alemán. Algo que enfadó a Hitler más de lo que imagina. Ahora el Führer busca diamantes desesperadamente para su industria. Sí, María, los diamantes pueden llegar a ser un arma muy peligrosa.

—¿Quién es usted, Molmenti?

—Solo soy un periodista italiano enamorado de un joven chino, María. Solo soy un hombre enamorado de otro hombre. Y usted, ¿sabe quién es?

—Supongo que soy una holandesa errante —repetí la respuesta que le había dado a Juro unas semanas antes.

—Yo la veo más como un diamante sin pulir.

¿Insinuaba Molmenti que iba camino de convertirme en un arma peligrosa, en uno de esos diamantes industriales que servían para la fabricación de armamento? ¿Era tan evidente para los demás que yo ya no era la muchacha que aparentaba ser? ¿Acaso mi padre tenía razón y me estaba convirtiendo en una idealista como mi madre? En ese caso, estaba claro que debía forjar unos ideales propios.

—¿No me ofrece un trago?

Incluso a mí me sorprendió el tono de desesperación de mi voz.

Lo más curioso era que ni siquiera tenía sed, sino una necesidad ajena a los cinco sentidos, una clase de sentimiento que yo, al menos hasta ese momento, jamás había experimentado. Era como si acabara de descubrir que las palabras, los discursos, las arengas de unos y otros, solo servían para ocultar hechos y actos horribles, atroces. La palabra, a la que tanto valor le había otorgado a lo largo de mi vida, en la que tanto había confiado, en la que tantas veces me había refugiado, se había revelado una falsa epifanía, una gran mentira, una vaharada inútil de humo de opio. «El hombre es un lobo para el hombre», el famoso adagio de Thomas Hobbes era tan cierto que bien merecía un vaso de whisky.

Durante el resto de la noche, al menos hasta que perdí la consciencia, tuve la impresión de que beber era lo mismo que sumergir la cabeza dentro del agua, aguantar la respiración y volver a sacarla cuando empezaba a faltarte el aire. Así, una y otra vez.

Solo recuerdo que llegué hasta mi cama acompañada de una sombra antropomorfa, un ser difuso, irreconocible, que mi vista desdoblaba. Fue esa misma sombra la que me descalzó y me tapó con el cobertor, con la delicadeza de un monstruo.

¿Se trataba de Molmenti o era Leviatán?

Antes de que la realidad se evaporara del todo, tuve tiempo de estirar un brazo y pronunciar un nombre que llevaba toda la noche presente en mi pensamiento:

—Juro, Juro...

—No soy Juro, María. Juro no está. Ahora trate de descansar —me respondió la voz del monstruo desde el fondo de la habitación.

En algún momento de la noche soñé que estaba embarazada de Juro y que, cuando le comunicaba la feliz noticia, calaba una bayoneta en su rifle, me la clavaba en el vientre y me arrancaba el feto de las entrañas, sin que ninguno de los rasgos de su rostro se alterara lo más mínimo.

Cuando la luz del sol me despertó, descubrí que me había vomitado encima.

«¿Molmenti o Leviatán? ¿Juro o Leviatán? ¿María o Leviatán?», me pregunté.

Frenchtown

A mediodía, un mozo del hotel me hizo entrega de una nota que firmaba Leon Blumenthal. Escrita en inglés, rezaba:

Señorita Casares, resulta de vital importancia que nos reunamos esta tarde, después del almuerzo. Le dirá al coronel Hokusai que ha recibido una invitación del señor Jáuregui, y le pedirá que ponga un chófer a su disposición para que la lleve hasta el Jai Alai Auditorium. Tanto Jáuregui como otros pelotaris son miembros de la Falange Exterior, por lo que su visita al centro deportivo no levantará sospechas. Una vez allí, le dirá al chófer que vuelva a recogerla dos horas más tarde. Entrará en el hall del centro y aguardará hasta que vaya a recogerla una persona de mi confianza unos minutos más tarde. Nos reuniremos en mi casa de la Concesión Francesa.

Ahora, en aras de la seguridad de todos, destruya esta misiva.

Prendí una cerilla y quemé el papel en el lavabo del baño, con el vano anhelo de que el humo resultante fuera el de la adormidera y me sumiera en un estado de letargo, capaz de borrar mis pensamientos, mi memoria y hasta mis actos, presentes o futuros.

Juro no puso ningún inconveniente, por lo que a las cuatro y media de la tarde me encontraba en el hall del frontón, frente a una placa que contaba la historia del edificio. Como todas las historias de Shanghái, tampoco la del Jai Alai encajaba en lo previsible. De hecho, ni su impulsor ni su director eran vascos. El primero, un banquero francés llamado Felix Bouvier; el segundo, un egipcio de origen armenio apellidado Assadourian. En cuanto a Bouvier, también era el promotor de un famoso canódromo con capacidad para más de cincuenta mil almas. Eso sí, Teodoro Jáuregui aparecía como parte fundamental de la trama de aquella urdimbre.

En esas andaba cuando un hombre apuesto, de pelo negro perfectamente cepillado, ojos marrones almendrados y piel tostada —que vestía un traje de lino de color café a juego con su dermis y portaba un borsalino en la mano—, se dirigió a mí:

—Señorita Casares, me llamo Martín Niboli. Vengo de parte de Leon Blumenthal.

La inconfundible fragancia a limón, bergamota, romero y geranio de la colonia Álvarez Gómez, que tantas veces había comprado con mi madre en la perfumería de la calle Sevilla de Madrid para regalársela a mi padre, me alcanzó de lleno.

—¿Es usted español? Al menos, lo parece por su acento —le dije.

—Sí, de Madrid. Nacido y criado en el barrio de Chamberí. Soy médico, y amigo personal del matrimonio Blumenthal.

—Solo conozco al señor Blumenthal. Bueno, lo vi ayer por la tarde por primera vez en mi vida. La verdad es que no sé qué quiere de mí. ¿Usted lo sabe?

—Blumenthal siempre quiere algo de todo el mundo, como buen hombre de negocios. Nos conocimos en el barco que nos trajo desde Europa a Shanghái, en 1939. Su esposa, Norah, era la hija de un socio húngaro de Blumenthal. Húngaro sefardí, para ser más exacto. Cuando los padres de la joven murieron en un accidente de circulación, Leon se casó con ella. No fue un matrimonio por amor, sino motivado por las circunstancias políticas de Alemania. La idea inicial era adoptarla, pero eso lo complicaba todo: los plazos, los papeles, la burocracia de la Alemania de Hitler, el origen judío de ambos, etcétera. Carecían de tiempo, tenían que poner tierra de por medio, por lo que optaron por casarse. Le cuento todo esto para que entienda que se trata de un matrimonio de conveniencia.

—No ha respondido a mi pregunta. ¿Sabe qué quiere Blumenthal de mí? —incidí.

—No puedo responderle a eso; no soy más que el médico de los Blumenthal. Le cuento lo que sé del matrimonio. Esta mañana Leon me pidió que viniera a recogerla. Y es lo que he hecho. Y habría hecho otro tanto si me lo hubiera pedido Norah.

—¿Dónde está la casa del señor Blumenthal? En menos de dos horas tengo que estar de regreso en el Jai Alai.

—A poco más de dos kilómetros de aquí. Nos encontramos en la avenida Joffre, en el corazón de la Concesión Francesa, y nos dirigimos a la Route Ferguson, conocida también como la calle de las mansiones extravagantes. Antes de que los japoneses se hicieran con el control de la ciudad, esta avenida era un hervidero: cines, teatros, restaurantes, familias paseando, *amahs* chinas entreteniendo a los niños y niñas occidentales que tenían a su cargo, enamorados cogidos de las manos, rusos blancos, judíos, franceses partidarios de la Francia de Vichy, franceses contrarios al gobierno colaboracionista de Vichy, chinos nacionalistas, chinos comunistas... No hace mucho se decía que la Concesión Francesa era la zona más soleada de Shanghái, todo el mundo quería vivir aquí; ahora lo único que hay es miedo por doquier, en cada calle, en cada esquina, en cada casa.

—Usted, sin embargo, no habla como una persona con miedo —observé.

—Eso es gracias al acuerdo al que ha llegado nuestro gobierno con los japoneses. Digamos que alemanes, italianos y españoles tenemos en Shanghái un trato preferente. El hecho de que España se haya declarado país no beligerante mantiene la esperanza de los japoneses de que en cualquier momento entremos de lleno en la guerra, como aliados suyos, claro está. Para ellos, hay una gran diferencia entre los países neutrales, como Suecia, Suiza o Portugal, y los países no beligerantes. Digamos que entre Franco y los militares japoneses hay cierta afinidad, más allá de la lucha contra el comunismo. Ya hemos llegado a la Route Ferguson. En la casa que tiene a su derecha fue asesinado el ex primer ministro de la República China, Tang Shaoyi. Los japoneses pretendían que se convirtiera en el presidente de un estado títere, pero los chinos nacionalistas del Kuomintang lo asesinaron para impedirlo. Los Blumenthal viven tres casas más arriba, en ese chalet de ahí.

En efecto, tras la vegetación de un frondoso bulevar se vislumbraba un chalet de buen tamaño y arquitectura europea, una bonita casa de paredes de piedra y puertas y ventanas ovaladas, encerrada entre dos edificios gemelos de estilo *art déco*.

—Entrar en la casa de Leon Blumenthal es lo mismo que entrar en su cabeza —añadió el doctor Niboli.

—¿Qué quiere decir?

—Que la casa está atiborrada de antigüedades y artículos varios. Cada objeto tiene un propósito, por mucho que los demás no sepamos apreciarlo. Todo parece dominado por el caos, pero para Blumenthal obedece a un orden.

Nos abrió la puerta una sirvienta china vestida con uniforme de criada francesa.

—Buenas tardes, Nube Perfumada. Dile al señor Blumenthal que ya está aquí la señorita Casares —dijo el doctor Niboli.

A continuación hizo acto de presencia una joven de bellas facciones, talle delgado, pelo moreno y unas cejas oscuras y oleosas como el color de sus ojos. No parecía tener más de veintitrés o veinticuatro años.

—Soy Norah Blumenthal, encantada —dijo empleando un castellano con fuerte acento centroeuropeo.

—María Casares. Lo mismo digo.

—Si algún día termina esta guerra, me gustaría visitar su país.

—Esperemos que la guerra termine pronto, desde luego. España es un país precioso. Le encantará.

—Me temo que no hablamos de la misma guerra. Quiero decir que la de ahora es una de tantas. Soy judía de origen sefardí, o sea que mis ancestros son españoles. Desde que fuimos expulsados de su país, no hemos dejado de estar en guerra: contra los otomanos, contra los austriacos, contra los alemanes, etcétera. Así llevamos cuatrocientos cincuenta años, luchando contra todo el mundo.

—Lo siento.

—Usted no tiene la culpa. Supongo que después de tantos años, la culpa ya no la tiene nadie; la responsable es la Historia. Pase, por favor, Leon la espera en su despacho.

Conforme nos fuimos adentrando en las entrañas de la casa, más presente tenía la frase del doctor Niboli sobre estar entrando en la cabeza de Leon Blumenthal. En efecto, había muebles, sofás, sillas, divanes y mesas por doquier.

Incluso amontonados unos encima de otros, por lo que para llegar de una estancia a otra a veces había que atravesar un pequeño corredor flanqueado por columnas de objetos en precario equilibrio. Olía a madera rancia y a humedad, que la fragancia de la colonia del doctor Niboli atenuaba a duras penas.

Encontramos a Leon Blumenthal sentado detrás de un escritorio Luis XV, un auténtico *bureau du Roi* de marquetería, tapa cilíndrica y pies en palanca de bronce dorado; una pieza única que desentonaba en el caos reinante.

—Perdone el desorden, señorita Casares, pero recientemente he adquirido el contenido de tres chalets de la concesión cuyos compradores finales son gerifaltes del Ejército Imperial japonés. Una cosa es que estén en guerra con medio mundo, y otra muy distinta que hayan perdido el buen gusto. Pero no la he hecho venir para hablarle del gusto de los nipones.

La estentórea voz de Blumenthal se proyectó en la estancia como un eco, rebotando de un lado a otro.

—Lo imagino, señor Blumenthal. Ni siquiera sé muy bien por qué he accedido a venir hasta su casa; la cuestión es que en una hora y media he de estar de nuevo en el Jai Alai, para que me recoja el chófer del coronel Hokusai.

—Llegará con tiempo de sobra, no se preocupe. Ahora, si es tan amable, dígame qué cree que pasó ayer en el bazar del señor Murakami.

—Bueno, según contó usted mismo, entregó una cantidad de piedras preciosas atendiendo al acuerdo que los judíos de Shanghái y los militares japoneses, al parecer, habían alcanzado. ¿Estoy en lo cierto?

—Lo está, señorita Casares, lo está. Sin embargo, hay algo más: también dejé caer que mi aportación personal habían sido catorce diamantes industriales, que el señor Murakami separó del resto. Lo hizo por el gran valor «estratégico» de esas piedras, pues sirven para cortar metales y otros materiales que se emplean en la industria armamentística. ¿Recuerda que el coronel Hokusai me preguntó si los había sacado de Alemania después de habérmelos tragado? Lo preguntó porque ese es el bulo que corre por la ciudad. Pero no es verdad. Norah y yo sacamos esas piedras cosidas en el interior de las suelas de nuestros zapatos. Desgraciadamente, los japoneses dieron con ellas tras registrar mi casa por sorpresa, hace de eso unos dos meses. No me las incautaron, puesto que no gobiernan *de facto* en la Concesión Francesa, aunque quienes lo hacen son meros títeres de los nipones. No voy a darle más información de la necesaria. La cuestión es que al tener los japoneses conocimiento de la existencia de esos diamantes, no me ha quedado más remedio que aportarlos como parte del acuerdo al que la comunidad judía de Shanghái, a la que represento como intermediario, había llegado con ellos. Resumiendo: estaba obligado a ofrecer mis diamantes como acto de buena voluntad. Ni que decir tiene que carezco de buena voluntad para quienes son aliados de los nazis. Ni yo ni ningún judío de esta ciudad.

Las palabras de Leon Blumenthal empezaban a parecerme ramas de una frondosa enredadera, donde las unas no se distinguían de las otras.

—Bueno, para no querer darme más información de la precisa, ha conseguido que me pierda —reconocí.

—De acuerdo, señorita Casares, olvide lo que acabo de contarle. Lo que quiero que haga por mí, o mejor dicho, por la comunidad judía, es que no entregue esos catorce diamantes industriales que ha de llevar a Europa. Si lo hace, acabarán en manos de Hitler, quien está asesinando a nuestros hermanos en todos los rincones del continente. Los nazis han decidido exterminar a todos los judíos de Europa, por lo que no estamos dispuestos a darles una ventaja entregándoles esas piedras tan valiosas desde el punto de vista industrial y estratégico.

Me quedé atónita ante la propuesta de Leon Blumenthal.

—¿Qué pretende que haga con esos diamantes? ¿Quiere que los robe o que los arroje por la borda en el barco que me lleve a Europa? Creo que se ha vuelto loco.

—Quiero que los sustituya por otros que voy a entregarle, señorita Casares.

La propuesta de Blumenthal me incomodó tanto como su penetrante mirada, que logró atravesarme.

—¿Por qué habría de hacer eso? —le pregunté.

—¿Por qué no habría de hacerlo? Deme una razón. ¿Es usted antisemita? ¿Está usted de acuerdo con el exterminio de millones de personas por razón de su raza o su religión? No solo le hablo de cientos de miles de hombres; también de ancianos, mujeres y niños. Decenas de miles de pequeños van a ser sacrificados. Lo están siendo ya, en este instante. ¿De verdad desea que ese lunático de Hitler gane la guerra? ¿No es usted medio holandesa? ¿Acaso quiere que los Países Bajos sean una provincia más de la Alemania nazi los próximos mil años? Porque un milenio es lo que Adolf Hitler quiere que dure el Tercer Reich. ¿Se da cuenta de la importancia de lo que estamos hablando?

—De acuerdo, Blumenthal, es cierto que no tengo motivos para no hacer lo que me propone, salvo que no sabría cómo hacerlo —reconocí.

—Bueno, sabemos que va a viajar con un cargamento de piedras preciosas hasta Europa, de lo contrario el coronel Hokusai no la hubiera llevado al bazar del señor Murakami. Es usted lo que en el argot se llama una «mula». La idea es que cumpla con su deber, que cumpla con el compromiso que el gobierno de su país ha alcanzado con los japoneses, que entregue las piedras preciosas que ayer deposité en la tienda del señor Murakami, salvo los catorce diamantes industriales. Nosotros seguiremos sus pasos, sin que usted se percate de que está siendo observada. Actuará con naturalidad, sin salirse del guion que le marquen los japoneses, hasta que alguien entre en contacto con usted. Ese será el momento de intercambiar los diamantes industriales por estos otros.

Blumenthal dejó caer las piedras sobre la mesa de su escritorio como si fueran fichas de mahjong.

—¡Vaya!

—Son piedras de rutilo, como la que detectó el señor Murakami. Han sido talladas a imagen y semejanza de los diamantes originales. Son mucho menos duros que estos, por lo que no tienen ninguna utilidad para los alemanes.

—¿Y qué será de mí cuando los alemanes descubran que les he entregado piedras falsas?

—Ayer introduje ese rutilo de manera intencionada. Tanto el señor Murakami como el coronel Hokusai estaban presentes, por lo que de inmediato relacionarán el cambio de los diamantes por rutilos con mi persona. Los diamantes industriales eran míos, y el rutilo también. Lo vieron todos los presentes en el bazar del señor Murakami. Así que, cuando lo descubran, dirán que ha sido cosa de ese ladino de Blumenthal. Usted es solo la mensajera de un país que pretende echarle una mano a Japón.

De buena gana le hubiera dicho al señor Blumenthal que la noche anterior había aceptado llevar conmigo cuatro carretes de fotografías comprometedoras para la buena imagen del Ejército Imperial, y que ahora, con la incorporación de su encargo, podía asegurarse que la mano que iba a echarle a Japón era de todo menos amigable. Lo más sorprendente era que cada vez me importaban menos las posibles consecuencias de mis actos, como si hubiera perdido el miedo para siempre.

—¿Y cómo pretende que lleve encima estas catorce piedras? ¿Y si me registran? ¿Y si las encuentran en mi poder? —solté una batería de preguntas.

—Las llevará cosidas en su ropa íntima. Mi mujer ha

adquirido esta mañana una buena provisión de lencería femenina. Si lo permite, Norah y Nube Perfumada le tomarán las medidas y se encargarán de coser los rutilos a las prendas. Como dicen aquí, *la Concession française est très chic.*

Miré a mi alrededor, confundida. El olor de la colonia Álvarez Gómez me reveló que detrás de mí, de pie, en completo silencio, estaba el doctor Martín Niboli.

—Usted era el que no sabía qué quería de mí el señor Blumenthal —le reproché.

—Bueno, le dije que el señor Blumenthal siempre quiere algo de todo el mundo —se defendió.

—Y de usted, ¿qué quiere el señor Blumenthal? —le pregunté a continuación.

—De él quiero que cuide de Norah cuando yo falte —intervino Blumenthal—. Tengo treinta y cinco años más que mi esposa, y mi vida vale lo que los japoneses o los nazis quieran pagar por ella. Soy consciente de que mi crédito se acabará cualquier día de estos. Por eso está aquí el doctor Niboli, para hacerse cargo de todo.

—Habla de su esposa como si fuera uno de estos muebles que tiene aquí almacenados.

—Hablo de mi esposa como lo que en realidad es: una hija para mí. Y un padre siempre quiere lo mejor para sus hijos. Tengo oídos por toda la ciudad, señorita Casares, y sé que los japoneses planean crear un gueto donde encerrar a los judíos sin patria, es decir, a todos los que procedemos de países que han sido ocupados por los nazis, quienes han invalidado nuestros pasaportes. En breve, pues, tanto Norah como yo nos convertiremos en judíos apátridas. Hablan de encerrarnos en el distrito chino de Hongkou. Al menos espero que dejen abierta la coctelería del Astor House Hotel. Claro que sin Victor Sassoon en la ciudad todo es más complicado. De ahí que el doctor Niboli sea lo mismo que guardar un as en la manga. En Shanghái, ser español es tener mucha suerte.

—Supongo que todo se ha vuelto demasiado complicado —elucubré.

—Así es. La cuestión es que las cosas van a complicarse aún más, cuando se acerque la derrota de uno de los dos bandos. ¿Ha tomado ya una decisión?

—Odio tener que decir que sí; pero aún odio más que los nazis ganen la guerra —admití.

—Entonces le ruego que vaya con Norah a probarse.

Norah Blumenthal y Nube Perfumada me estaban esperando y me acompañaron hasta la segunda planta, a las estancias de la joven, sobre cuya cama habían desplegado un sinfín de enaguas de satén piel de ángel, bragas con falda de enagua, medias 7/8 con ligueros y sujetadores en forma de punta. Había de todos los colores y todas las tallas.

—Mi madre siempre decía que la lencería es el arte de desnudarse estando vestida. Todo lo que ve aquí viene de las mejores tiendas francesas. Elija las prendas que más le gusten y coseremos los rutilos —dijo Norah.

—¿Qué tal unas medias con liguero? —propuse tras echarle un vistazo a la mercancía.

—Perfecto. En cada enganche del liguero coseremos dos rutilos. Parecerán confeccionados a propósito. ¿Qué más?

—¿Un par de enaguas? Una blanca y otra negra.

—Si las elige con bordados, podemos coser una piedra en cada tirante, y otro par más en los flancos derecho e izquierdo del bajo.

—Tiene buen ojo para la costura, Norah —observé.

—La que tiene buena mano para la costura es Nube Perfumada. Lo que yo tengo es buen ojo para la supervivencia. Le recomiendo que se lleve también un par de estos sostenes con punta cónica. Además de ser la última moda, permiten que cosamos otra piedra en la cápsula de aire que queda en el interior de la copa.

—Me parece bien.

—Ahora pruébeselo todo. En cuanto regrese a su hotel, deshágase de su ropa interior antigua —sugirió Norah Blumenthal.

Pensé en Juro, en lo que diría al verme con aquella ropa íntima francesa repleta de pedrería. Si nuestra relación era de todo punto extemporánea, más lo sería el hecho de que yo usara aquellas prendas como instrumento de seducción.

—Es probable que deba viajar a Europa en una situación precaria. Antes tengo que desplazarme con miembros de la Kempeitai hasta Java. No creo que ponerme uno de esos sostenes puntiagudos sea lo más apropiado.

Tiene razón. En cualquier caso, si descubren las piedras, son solo rutilos sin gran valor material. Solo podrán acusarla de tener buen gusto.

Apenas empleé cinco o seis minutos en probarme las prendas seleccionadas. No obstante, el contacto de mi piel con las sedas y las telas satinadas, el ver mi cuerpo adornado de encajes como si fueran tatuajes, me hizo sentirme poderosa, distinta, en disposición de despedirme de la María Casares que comulgaba con ruedas de molino, porque eran ruedas de molino lo que mi padre me daba para comulgar. Nunca antes había sentido que me desnudaba poniéndome una prenda de lencería, como había dicho Norah Blumenthal, así de sencillo.

—Tardaré entre media hora y cuarenta minutos en tenerlo todo cosido —dijo Nube Perfumada empleando un francés tan etéreo y fragante como su nombre.

Antes de marcharme, Leon Blumenthal tuvo ocasión de soltarme una de esas frases que su estentórea voz amplificaba como si saliera de un altavoz.

—«Si Dios hubiera dejado que Shanghái perdurara más tiempo, a continuación hubiera tenido que pedir disculpas por destruir Sodoma y Gomorra». Esa fue la primera frase que me soltó un pastor evangelista tres o cuatro días después de llegar a Shanghái. Tal era el grado de depravación que vivía la ciudad. El problema es que Dios se está tomando demasiado tiempo para destruir por completo Shanghái, mientras que Sodoma y Gomorra sucumbieron en pocas horas bajo una intensa lluvia de fuego y azufre.

—Lot, su mujer y sus dos hijas lograron salvarse de la destrucción de Sodoma —puntualicé.

—Sí, Lot se libró, pudo huir, porque Dios necesitaba un superviviente que contara su gesta. Sin alguien que sobreviva, no hay nada que narrar; y sin relato, no hay historia que transmitir. Desgraciadamente, los Lot que pueda haber en Shanghái no están en manos de Dios, sino de los japoneses. Los habitantes de Shanghái no lo saben, creen que se están muriendo de hambre, cuando la realidad es muy distinta: es la muerte la que se alimenta de ellos. Tiene treinta y seis minutos para estar de regreso en el Jai Alai. Le doy las gracias por su comprensión y le deseo mucha suerte.

Jai Alai

—Disculpe las predicciones agoreras de Leon. Todo lo interpreta como si estuviera escrito en el libro del Apocalipsis. Cree que si hay alguna salvación está en la otra vida, no en esta —me dijo el doctor Niboli camino del coche, mientras dejábamos el bonito chalet de los Blumenthal a nuestras espaldas.

—Veo que su relación con el señor Blumenthal va más allá de su condición de albacea —dejé caer.

Niboli sonrió.

—«Albacea» es un eufemismo que nadie había empleado hasta ahora para definir mi relación con el matrimonio Blumenthal. Estoy enamorado de Norah, y Leon lo sabe y me apoya.

La confesión me pilló por sorpresa.

—¿Y ella, Norah, está enamorada de usted? —le pregunté.

—Puede que sí; puede que no. Norah tiene una cohorte

de admiradores. Algunos un tanto alocados. Incluso se dice que un joven poeta francés se quitó la vida por ella. Pero la historia resulta demasiado romántica para una ciudad tan poco romántica como Shanghái.

—Bueno, el amor es un estado del alma, con independencia del lugar donde se produzca.

El doctor Niboli me dedicó una mirada llena de admiración.

—Tiene toda la razón. Leon quiere que sea yo quien salve el alma de su esposa; la cuestión es que Norah tiene sus propios planes para con su alma. Sus padres murieron en un accidente de circulación en Baden-Baden, en la Selva Negra alemana. Leon, en cambio, asegura que el accidente fue provocado por la madre de Norah, puesto que su marido tenía una amante y había decidido dejarla. En mi opinión, Norah no ha resuelto aún el conflicto interior que este hecho le provocó en su día. Y si Shanghái no es una buena ciudad para los enamorados, sí lo es en cambio para las personas heridas o desesperadas: hay alcohol, drogas, sexo y violencia en abundancia. Es el lugar idóneo para emprender un viaje interior y no encontrar la salida jamás. De modo que solo me queda esperar a que la guerra simplifique las cosas con su poder destructor.

Tardamos trece minutos en recorrer la distancia que separaba la Route Ferguson de la avenida Joffre. Regresé a mi punto de partida cargada con una bolsa de cartón con el logo de la boutique de una tal Madame Elise llena de ropa íntima, por lo que comencé a pergeñar una historia que contarle a Juro que me sirviera de coartada.

En esas estaba cuando en el hall del centro deportivo me di de bruces con Teodoro Jáuregui, quien iba en compañía de cuatro pelotaris y otras tantas damas, tratando de abrirse paso entre un enjambre humano que parecía perseguirles.

—¡Señorita Casares, qué grata sorpresa! —exclamó al reconocerme—. Veo que ha sacado tiempo para hacernos una visita.

—Tenía que comprar algo de ropa, y en el hotel me recomendaron que lo hiciera en la Concesión Francesa. Luego caí que era donde estaba su Jai Alai, así que, *voilà*, aquí me tiene.

Empezaba a sorprenderme mi capacidad para urdir mentiras, para salir del paso según las circunstancias.

—Ha hecho estupendamente. Le presento a Loreto, señora de Urquidi; Itziar, señora de Óscar; Mirenchu, señora de Maguregui; y Arancha, señora de Rafael; y a los señores Urquidi, Óscar, Maguregui y Rafael. Los cuatro son los pelotaris que van a jugar el partido de esta noche, junto con los señores Beguiristain y Ramonchu, que aún no han llegado.

Las damas me dieron la bienvenida al unísono, mientras que los caballeros lo hicieron agitando las largas cestas de mimbre con las que iban a tomar parte en el juego.

—Es un placer. He de reconocer que jamás he presenciado un juego de cesta punta. No imaginaba que fuera un lugar tan bullicioso —dije.

Loreto, la señora de Urquidi, una vasca de complexión fuerte y cara de niña, fue quien me contestó:

—Los chinos lo llaman «El palacio de los gritos», pero el verdadero lío se forma justo antes del partido. Los curiosos que ve ahora vienen a ver entrenar a los jugadores para hacerse una composición de lugar antes de apostar. Aunque en último término se guiarán por alguna superstición a la hora de jugarse el dinero. El resto son empleados, los que se encargan de acomodar a los espectadores y los que llevan el control de las quinielas.

—¿Qué es eso de las quinielas? —me interesé, por si Juro me preguntaba más tarde por lo que había visto en aquel lugar.

—Son las apuestas —me instruyó Jáuregui—. Se llevan a cabo mediante quinielas. Hoy son seis jugadores, y cada uno lleva su número a la espalda. En cada tanto entran en liza dos de ellos. El que pierde queda eliminado temporalmente. El ganador de la quiniela es el pelotari que primero, en uno o varios intentos, logra sumar seis puntos. Más o menos es así como funciona la quiniela.

—Por desgracia, los partidos ya no son lo que eran desde que los japoneses se hicieron con el control de la ciudad —intervino el pelotari Maguregui—. Tampoco ingresamos las cantidades que ganábamos hace tan solo seis o siete años. Yo he llegado a cobrar mil quinientos dólares chinos al mes, lo que al cambio eran quinientos dólares americanos. Era tanto dinero que la mayoría de nosotros pudo montar negocios al margen del deporte: cafés, tiendas de moda y hasta un salón de belleza. Incluso podíamos permitirnos tener tres o cuatro *amahs* chinas por familia, porque la vida resultaba baratísima. Otro tanto ocurría con los aficionados, que consumían champán francés y caviar antes de los partidos. Ahora es todo lo contrario. La situación es tan complicada que estamos pensando ir a la huelga, porque cobramos en una moneda que solo vale lo que los japoneses dicen que vale. Nos han ofrecido dinero a cambio de dejarles controlar las quinielas, pero la respuesta ha sido clara: nanay de la China.

—Ya lo intentó en su día el gángster Al Capone, quien acabó reconociendo que había corrompido a senadores, jueces y policías, pero que nada pudo hacer para corromper a los santurrones vascos, en alusión a nuestros colegas pelotaris en América del Norte —amplió Jáuregui el comentario.

—Claro que los diplomáticos españoles se comportan peor que Al Capone —completó el pelotari Óscar—. Nos tienen envidia a los deportistas falangistas por todo lo que hemos sido capaces de construir en Shanghái, así que se niegan a trasladar nuestras reivindicaciones al gobierno de Madrid.

Pese a que los pelotaris eran de distintas alturas y complexiones, había algo común en ellos: la singularidad de sus manos y sus antebrazos, que parecían la continuación natural de las cestas de mimbre que usaban para la lanzar la pelota a toda velocidad.

—En Japón ocurre algo parecido. Eduardo Herrera de la Rosa anda de uñas con la legación española —dije.

—¡Qué nos va a contar, María, si hasta tuvimos que mandarle fondos en su día para que pudieran sobrevivir! —exclamó Jáuregui—. Todo lo que no esté en manos de la Falange Exterior no funciona. Espero que el caudillo esté tomando buena nota, porque como las cosas sigan así el país acabará en manos de tecnócratas y masones.

—Querida, veo que ha estado de compras en la tienda de Madame Elise... Si Teodoro nos hubiera avisado la habríamos acompañado con mucho gusto, y conseguido un mejor precio —tomó la palabra Mirenchu con el claro propósito de sacarme de aquella conversación que había derivado hacia la política.

—Todo ha sido tan precipitado... Me hubiera gustado tanto... No sé qué decir...

Decantarme por una retahíla de frases incompletas me parecía la mejor solución para salir del paso.

—Bueno, al menos acompáñenos a tomar un té mientras los muchachos calientan los músculos antes del partido —me propuso Arancha, con un entusiasmo tan contagioso que ni siquiera opuse resistencia.

Después de todo, era mucho mejor que el chófer que tenía que recogerme esperara y me viera salir en compañía de aquellas damas vascas adscritas a la Falange Exterior que presentarme sola a la hora convenida, que estaba a punto de cumplirse.

—Querida, tiene que contarnos los chismes que corren sobre la mujer de Méndez de Vigo —dijo Itziar, quien hasta ese momento se había mantenido en un segundo plano—.

¿Es verdad que es divorciada, protestante, no se depila las axilas y se viste como un hombre? ¿Sabe que se negó a organizar la Sección Femenina aduciendo que le parecía una pérdida de tiempo y de recursos?

Su voz era tan transparente como su piel, hasta el extremo de que bajo su epidermis podían verse sus venas azules y casi vislumbrarse la blancura de sus huesos.

Camino de la cafetería del centro deportivo me sorprendió cuán enorme era la pista de juego, de cincuenta y cuatro metros de longitud y con un frontón cuyo frente superaba la decena de metros con creces, y también la altura que alcanzaba el graderío, que comenzaba a llenarse.

Al igual que me sucedió con Victoria Löwenstein en Tokio, el té, servido al estilo inglés —con leche y un terrón de azúcar—, me devolvió de nuevo a las páginas de *El libro del té* que Juro me había regalado, y cuyo autor aseguraba que el arte de vivir consistía en ajustarse al entorno en cada momento, en aceptar lo mundano tal y como era, y en intentar encontrar la belleza en nuestro mundo de sufrimiento y aflicciones. Y lo que era aún más importante: no perder de vista en ningún caso la totalidad de la obra, para actuar de forma adecuada en cada una de sus partes.

Eso fue lo que hice: cumplir con mi papel atendiendo al principio de que es el todo el que domina a la parte.

Cuando me despedí de aquellas mujeres en la entrada del Jai Alai, expresión que al parecer significaba «fiesta alegre», lo hice convencida de que, tal y como había sugerido el doctor Niboli, la guerra acabaría simplificándolo todo con su poder destructor, troceando el todo en distintas partes, separando para siempre las palabras «fiesta» y «alegría».

Au revoir Shanghái

Estaba terminando de organizar mi maleta cuando oí la voz de Molmenti a través de la puerta.

—Señorita María, soy Gianni Molmenti. Vengo a despedirme...

Una vez en el interior de mi habitación, añadió:

—También vengo a desearle suerte. ¿Ha decidido dónde va a esconder los carretes fotográficos que le di?

—¿Dentro de las enaguas? —le propuse.

—No creo que haya un sitio mejor. Los japoneses suelen ser muy pudorosos con esas cosas —observó.

Pensé en los rutilos que Norah Blumenthal y Nube Perfumada habían cosido a mi ropa interior y en los carretes fotográficos de Molmenti. Era indiscutible que, por algún motivo que todavía no alcanzaba a comprender, estaba dispuesta a poner en peligro mi vida. Quizá había llegado la hora de demostrarme a mí misma quién era yo de verdad, de qué pasta estaba hecha; más allá de las consecuencias políticas que ambos encargos —sustituir los diamantes industriales por los rutilos y dar a conocer al mundo las atrocidades que, al parecer, aquellas fotografías habían captado— pretendían provocar.

—Lo tendré en cuenta.

—He oído decir que el Hakusan Maru hará una parada en la Indochina francesa. El líder del movimiento anticolonialista es un tipo llamado Ho Chi Minh, quien ha estado en Shanghái durante tres años, y a quien tuve el gusto de conocer gracias a Chan. Es un campesino refinado, un obrero convertido en profesor, tanto que domina el francés, el inglés y el ruso, además de otros dialectos de su país. Nació en la provincia de Nghe An, un lugar a cuyos habitantes llaman «los búfalos» por su carácter fuerte e inquebrantable. Le cuento todo esto porque Vietnam es un lugar menos seguro de lo que los franceses y los japoneses creen. Si la apresara un grupo de la resistencia, dígales que quiere ver al tío Ho, que tiene que entregarle las fotografías de Chan. Con eso salvará su vida.

—¿El tío Ho?

—Es Ho Chi Minh, naturalmente.

Volví a escrutar a ese hombre de cuerpo bonachón de arriba abajo. Incluso había algo ridículo en los tirantes que usaba para sujetar sus pantalones.

—¿Acaso no me pidió que entregara esos carretes cuando llegara a Europa?

—Así es; pero el contenido de esos carretes no verá la luz si los vietnamitas la matan. Es evidente que aprecio su vida, María, de ahí que sea preferible que, llegado el caso, reclame ser llevada ante el tío Ho. Tenía a Chan en gran estima porque fue su instructor, aquí en Shanghái.

—¿Sabe ese tal Ho Chi Minh lo que le ha pasado a Chan?

—No lo creo. El tío Ho se fue de Shanghái el año pasado, aprovechando precisamente que los japoneses pisaban el cuello de los franceses con sus botas en Indochina.

—De modo que la muerte de Chan puede salvar mi vida a la postre —elucubré.

—Esa es una manera muy oriental de ver las cosas; pero sí, la muerte de Chan puede salvar su vida si se dan ciertas circunstancias.

—La otra noche le pregunté quién es usted, Molmenti. Y me dijo que es un hombre que está enamorado de otro hombre; pero otra cosa muy distinta es que sea usted el corresponsal de la agencia de noticias Stefani, principal medio de propaganda de Mussolini y del fascismo italiano, y ande enredado con los comunistas chinos.

—Me temo, María, que ambos navegamos en el mismo barco.

—¿A qué se refiere?

—Hablo del amor, que nos permite ver el mundo desde otro prisma, más amplio, más cercano a la justicia. El amor es como una lente de aumento, así que cuando estamos enamorados somos capaces de apreciar las cosas que nos rodean con una mayor claridad, desde una mayor cercanía y con una mayor empatía hacia el prójimo. La otra noche, cuando la acosté en su cama, me confundió con el coronel Hokusai, y me dijo que me amaba. Aunque si he de serle sincero, desde que la vi entrar en el Jazz Club supe que había algo entre ustedes. El amor tiene rostro, querida mía, y se manifiesta de la misma manera en todos los seres humanos.

No me esperaba aquel comentario de Molmenti.

Noté el calor en mis mejillas.

—La otra noche bebí whisky por primera vez en mi vida —me excusé.

—Ponga la disculpa que quiera. Solo le diré que su amigo corre tanto peligro como usted; salvo que, llegado el momento, diga de usted que es su esclava.

—¿Por qué iba a decir tal cosa? —me interesé.

—Porque otra de las cosas que están haciendo los soldados japoneses es convertir en esclavas sexuales a decenas de miles de mujeres, a las que prostituyen y violan hasta que quedan inservibles. Los altos mandos militares, como es el caso del coronel Hokusai, tienen la prerrogativa de poder disponer de una esclava para su uso exclusivo.

—Es repugnante lo que dice, Molmenti.

—La verdad lo es a menudo.

—El coronel Hokusai es un hombre educado y sensible. Jamás se prestaría a usarme como su esclava sexual.

—Si la ama de verdad, tal vez se vea obligado a hacerlo en algún momento; lo haría para salvarla, claro está. El amor tiene rostro, como ya le he dicho; pero también tiene muchas caras.

Grietas en una taza de té

Los vaivenes del Hakusan Maru eran el complemento perfecto para que Juro entrara dentro de mí y saliera con el ímpetu del corcho de una botella de champán. Había algo efervescente en nuestra relación, y también en nuestra compenetración.

El amor se refugiaba en nuestros cuerpos, a través de ellos reafirmaba su vitalidad, intensificaba el disfrute del momento presente, en continua renovación. Sí, sin duda, éramos dos practicantes del más refinado «teísmo».

Lo único que no encajaba en el universo que estábamos construyendo era aquello que no tenía que ver con nosotros, lo que sucedía a nuestro alrededor. Y eso, para nuestra desgracia, era todo lo demás. El mundo, lo quisiéramos o no, estaba en guerra.

Así las cosas, pese a que el Hakusan Maru tenía un destino prefijado y el capitán lo hacía navegar con determinación y destreza, tanto Juro como yo vivíamos con la sensación de navegar sin rumbo, a la deriva.

—¿Eres consciente de que no tenemos futuro? —le planteé sin ocultar el desánimo que me embargaba conforme el buque iba devorando millas sin descanso.

—El futuro no existe; es solo una palabra —me respondió.

—Ya, hemos de vivir el momento.

—Eso es. ¿Acaso alguien posee algo más que el presente? Mira en tus bolsillos y comprobarás que digo la verdad. Anda, mete las manos en ellos y dime cuánto futuro guardas en su interior. El problema está en que la gente suele creer que el futuro sale como el conejo de la chistera del mago.

—Es fácil decirlo, pero difícil de aceptar. ¿Y si todo lo que tenemos me resulta demasiado breve, y si mi corazón quiere algo más de tiempo?

—De nuevo pides lo que ni siquiera existe: tiempo.

—Pido lo que mi corazón anhela.

—Volveré a llamarte «señorita Casares» en cuanto arribemos a Hanói. Y tú te dirigirás a mí como «coronel Hokusai». Pero se trata de algo circunstancial, aunque resulte frustrante para ambos. Los japoneses decimos que cuando hay amor, hasta las cicatrices de la viruela son iguales a los hoyuelos de las mejillas. De modo que del amor siempre hay que extraer su lado positivo, su fortaleza.

—Más tarde o más temprano, la guerra acabará separándonos.

—En ese caso, tendremos que esperar a que la paz vuelva a unirnos.

—En mi cultura, si un jarrón se rompe no se pegan sus trozos; se tira —le hice ver.

—En la mía es lo contrario. Hasta tenemos una técnica para reparar las piezas de cerámica rotas, el *kintsugi* o «carpintería dorada». Se llama así porque utilizamos un esmalte espolvoreado con oro, plata o platino. De esa manera ponemos énfasis en la historia de la propia pieza a través de sus fracturas. Todo lo que se rompe, por tanto, deja cicatrices que otorgan una nueva belleza al objeto reparado, aunque sea imperfecta. Quiero decir con esto que tal vez nuestro amor se vea dañado, no lo niego, incluso puede que se rompa, pero en nuestra mano está recomponerlo, y quién sabe si con un aspecto más hermoso.

—Me resisto a tener que pasar por una ruptura. Quizá sea demasiado egoísta, pero me siento frágil frente a todo lo que me rodea. Creo que he encontrado el refugio perfecto en ti —reconocí.

—María, es la propia vida la que nos llena de fisuras, de grietas. Repararlas, por tanto, equivale a enfrentarnos a aquello que las causó. Es un acto de valentía y una muestra de voluntad. Las dificultades solo se superan plantándoles cara; de lo contrario, se convierten en un obstáculo insalvable.

Guardé unos segundos de silencio antes de compartir con él el sueño que tuve la otra noche en Shanghái.

—Hace unos días soñé que me quedaba embarazada de ti. Sin embargo, cuando te lo comuniqué, calaste la bayoneta en tu rifle y me la clavaste en las entrañas para arrancarme el feto.

El gesto de Juro mudó hasta ensombrecerse.

—¿Por qué habría de hacer algo tan espantoso? ¿Acaso piensas de mí que soy un monstruo? —me preguntó.

—En Shanghái escuché la historia de que, en Nankín, los soldados japoneses violaron a miles de mujeres chinas, y a las embarazadas las ensartaban con la bayoneta.

—Molmenti te ha llenado la cabeza de ideas absurdas. Es un corresponsal de guerra que jamás visita el frente de batalla. Todo su trabajo lo desarrolla desde la barra del Jazz Club del Cathay Hotel, por lo que tiende a convertir sus crónicas en novelas. No creo que tengas que otorgarle mucha credibilidad a lo que cuenta.

—¿Recuerdas que me dijiste que era homosexual y que mantenía una relación con un joven chino?

—Sí, lo recuerdo. Es la verdad.

—Al parecer, unos soldados japoneses le amputaron el pene, se lo introdujeron en la boca y luego lo decapitaron. Por esa razón estaba tan sarcástico contigo la otra noche. Estaba enfadado. Detesta lo que estáis haciendo en China.

—Tal vez el amante de Molmenti fuera un espía, un traidor. No sé qué decirte porque no conozco los detalles. Cabe también que Molmenti haya exagerado para impresionarte.

—Cabe también que todo lo que dice sea verdad.

—Sí. No puedo descartar esa posibilidad. No puedo negar que nuestros soldados se exceden según en qué circunslancias, al igual que nuestros enemigos. La cuestión es que aquí estoy contigo, en este pequeño camarote, haciéndote el amor. Cada minuto que paso a tu lado, mi vida corre peligro. Cada vez que te beso es como si le escupiese a Japón a la cara. Nunca ensartaría a una embarazada con mi bayoneta; tampoco le cortaría la cabeza a nadie. Solo pretendo ser un buen hombre mientras dure la guerra. Solo soy un pintor del «mundo flotante» obligado a vivir y a pintar batallas que detesta.

—Si no estuviera segura de que eso es así, no permitiría que te acercaras a mí. Lo que me desconcierta, Juro, es que hayáis desarrollado un arte ancestral para recomponer los trozos rotos de una cerámica, que esmaltéis sus cicatrices con polvo de oro, y que luego no os tiemble el pulso a la hora de masacrar a una mujer embarazada o cortar la cabeza de vuestros enemigos. ¿En qué ecuación encaja tanto refinamiento y tanta barbarie? Porque imagino que no disponéis de otro arte sutil para pegar cabezas o coser las entrañas de las embarazadas.

—Todavía me sorprende que me hables poniendo un foco de luz sobre mis ojos. Sé que se trata de una costumbre occidental: decir las cosas a la cara, sin anestesia, sin medir sus efectos. Nosotros, los japoneses, apreciamos la penumbra, la belleza que esconde la sombra, ya que también esta forma parte de la realidad. Así que vuelves a deslumbrarme, a abofetearme con la ironía de tus palabras. Pero no me queda más remedio que aceptarlo, que aceptarte. No, el *kintsugi* no sirve para pegar cabezas. Japón es un país muy complejo en tiempos de paz, pero aún lo es más en tiempos de guerra. Lamento lo que le ha sucedido al amante de Molmenti, pero la acción descontrolada de unos pocos no nos convierte a todos los japoneses en infrahumanos. La guerra es en su esencia brutal y deshumaniza a quienes participan en ella, sean del bando que sean. En cualquier caso, la guerra ha estado presente en la historia de mi país tanto como la búsqueda de refinamiento por parte de nuestros artistas.

—No pretendo ofenderte; solo trato de entender la situación. Comprender cada parte para discernir el todo, como dice *El libro del té* que me regalaste. Por ejemplo, ¿qué pasaría si dentro de unas semanas soy yo una de esas mujeres embarazadas? Puedo quedarme encinta en cualquier momento. Incluso es posible que ya lo esté.

—No tiene por qué pasar nada. Trabajas para mí, para el Ejército Imperial. Tienes encomendada una importante misión. Nadie te hará daño. En cuanto a lo de tu posible embarazo, es evidente que no es el mejor momento. En ese caso, los dos quedaríamos en evidencia, expuestos. Entonces nuestras vidas sí correrían peligro.

—Salvo que dijeras que soy tu esclava sexual —solté.

—¡Vaya! Molmenti también te ha hablado de ese asunto tan desagradable. Lamentablemente, tampoco podría hacer nada. Si fueras mi esclava sexual, como tú lo llamas, no podría justificar estar contigo si te quedaras embarazada, porque eso sería ir más lejos de lo que dictan los códigos militares.

—¿Los códigos militares? Entonces ¿cuál sería la solución? ¿Matarme?

—Supongo que me obligarían a sacrificarte, sí.

—¿Alguna otra opción que no sea la muerte?

—La única salida sería que alguien te practicara un aborto, en secreto. Pero yo no permitiría que abortaras.

—Podríamos huir con todos esos diamantes a una isla desierta, hasta que termine la guerra —sugerí.

—María, llevamos huyendo desde que nuestras manos se rozaron en cubierta. Una huida hacia delante, sin ninguna meta a la vista. No, por desgracia, no hay islas desiertas para nosotros. Por ahora, solo tenemos este pequeño camarote al que entro y del que salgo a hurtadillas.

—De modo que tienes razón: estamos condenados a vivir en esta cárcel donde solo cabe el presente.

Juro cubrió mi cuerpo desnudo con el suyo, dándome su calor y una seguridad que cada vez tenía más de desesperación.

Arañé su espalda como hace el animal salvaje que no quiere caer del tronco al que se ha aferrado. No solo quería que su sexo entrara en mi interior, sino que su cuerpo atravesara el mío, que se incrustara como el automóvil que choca de frente contra otro a gran velocidad. Si nuestro amor tenía que romperse en mil pedazos, prefería que lo hiciésemos juntos, cuerpo a cuerpo. Ya tendríamos tiempo más adelante para reparar nuestras cicatrices con polvo de oro.

Al principio, Juro no protestó; aguantó mis tarascadas

con rictus hierático, imperturbable, sin apartar su mirada de la mía; hasta que el dolor terminó por romper el hechizo.

—¡Ah! ¡Duele, ya lo creo que duele! —exclamó.

—Te hago daño porque te quiero —le susurré al oído.

—Mi dolor nada tiene que ver con tus arañazos —respondió.

Acto seguido, nuestros cuerpos volvieron a emparejarse con los vaivenes del Hakusan Maru, siguiendo las oscilaciones de las olas, cuyo susurro era cada vez más poderoso.

—¿Oyes ese murmullo? Es el mar de la China dándonos la bienvenida —añadió Juro.

—Me temo que lo único que oigo es al señor Murakami vomitando en su camarote. Prefería al señor Hofer, la verdad; al menos con él podía hablar en francés o en inglés —dije rompiendo el hechizo.

Al sur del lago Hoan Kiem

El delta del río Rojo, en la región de Tonkín, exhalaba el dulce aliento de la primavera, y alimentaba una vasta extensión de aguas pantanosas, achocolatadas, sobre las que brotaban campos de arroz y otros cultivos. Más allá de los aguazales, tal que un cinturón protector, imponentes moles de piedra salpicaban el terreno y lo dotaban de un halo de misterio, habida cuenta de las caprichosas formas pétreas y la abundancia de grutas, cuevas naturales y desfiladeros de caliza. Nunca había visto un paisaje tan hermoso y al mismo tiempo sobrecogedor.

Gobernada *de facto* por los japoneses desde hacía más de un año, y con una nutrida colonia de expatriados y funcionarios franceses que llevaban la administración, la región vivía una paz ficticia, alterada por los ecos de los comunistas que llegaban desde la frontera con China, y que operaban bajo el nombre de Viet Minh o Liga para la Independencia de Vietnam.

Su líder, Ho Chi Minh, era tan escurridizo como sus alias, que oscilaban en número entre los cincuenta y los doscientos, según las distintas versiones. Si bien había sido condenado a muerte por los franceses, la idea de los japoneses era darle caza y eliminarlo. Pero la habilidad de Ho Chi Minh para escabullirse superaba con creces cualquier estrategia sacada de un manual militar.

A la postre, la seguridad de la región de Tonkín se sustentaba sobre el grueso de las tropas japonesas desplegadas tanto por el norte como por el sur del país, que rondaba los cincuenta mil efectivos. Número que se había ido incrementando con el paso de los meses, a pesar de la negativa de las autoridades francesas, a quienes no les quedaba otra que someterse a la voluntad de los japoneses dado que no podían recibir ayuda de la metrópoli.

Los más de cien kilómetros que separaban el puerto de Hai Phong de Hanói, por lo tanto, los recorrimos en un tren construido por los franceses, fuertemente escoltados por un contingente militar japonés. Los dos únicos civiles de aquella expedición éramos el señor Murakami y yo.

Para mi sorpresa, nuestro vagón era confortable, disponía de un banco corrido bastante amplio y cómodo, una mesita y hasta un ventilador que renovaba el aire. Incluso un camarero anamita nos sirvió un café que, en contra de lo que cabía esperar, era de muy buena calidad.

Si bien el señor Murakami rehusó el café que le fue ofrecido, Juro, un hombre de mundo que conocía Europa, lo aceptó.

Ambos bebimos en silencio, intercambiando miradas de complicidad.

Mientras degustaba el café, pensé que si algo bueno tenía el colonialismo era aquella infraestructura, que los franceses no podrían llevarse de regreso a su país y que, en consecuencia, quedaría como un legado para los verdaderos dueños de aquella tierra el día que recobraran su control.

De vez en cuando, el tren se detenía y una avanzadilla de soldados saltaba a las vías para destruir unos carteles que reproducían el mismo mensaje en francés: «El tío Ho os da la bienvenida y os procurará una muerte acorde a vuestra crueldad».

Ni que decir tiene que nada había en los alrededores de aquellos mensajes, ni aldeas ni personas, lo que no quitaba para que las tropas que nos escoltaban tomaran medidas de precaución por si se trataba de una emboscada, lo que ralentizaba nuestra marcha.

—Supongo que el tío Ho será ese tal Ho Chi Minh, coronel —le dije a Juro en busca de la confirmación de lo que Molmenti me había contado sobre el personaje.

Como siempre que nos encontrábamos en una situación, digamos, poco segura, me dirigí a él empleando un lenguaje más formal. Había que evitar a toda costa que alguien, fuera quien fuese, descubriera que nos tuteábamos, lo que hubiera resultado comprometedor para ambos.

—Así es, señorita Casares —confirmó mi suposición.

—¿Quién es ese Ho Chi Minh? ¿Qué quiere? —le pregunté a continuación.

—Es un revolucionario local —me explicó—. Según él, solo existen dos clases de hombres: los explotadores y los explotados. Es un comunista de manual, admirador de Lenin y de la Revolución rusa. Como buen marxista-leninista, quiere cambiar un imperialismo por otro, una injusticia por otra. Pretende expulsar a los franceses de Indochina, sin tener en cuenta que Indochina ya no pertenece a Francia sino a Japón. Un error de cálculo que pagará muy caro. Ese tipo de carteles mina la moral de los franceses, pero no la nuestra.

—Y usted, ¿cuántas clases de hombres cree que existen? —le pregunté sin que se lo esperara.

—Las mismas que el señor Ho Chi Minh, por supuesto, pero con una importante salvedad: tanto el imperialismo occidental como el comunismo funcionan como una religión, y yo no soy una persona religiosa —me respondió.

Me sorprendió esa declaración.

—Le puedo asegurar que desde el punto de vista de un occidental es usted una persona religiosa.

—Los occidentales suelen confundir los términos. Soy una persona espiritual, pero no religiosa. Son cosas opuestas, aunque no se lo parezca. Digamos que las religiones están forjadas en el fuego; el espíritu, en cambio, es una brisa fresca de primavera.

—¿De verdad piensa que el imperialismo y el comunismo operan como una religión?

—Completamente. De hecho funcionan como meras

separatas del catolicismo y el ateísmo, que es la última de las religiones monoteístas. Desde que Nietzsche mató a Dios, los seres humanos se han refugiado en las creencias políticas, se han convertido en acólitos de sus respectivas ideologías, sea la capitalista, la socialista o la comunista, y convertido al líder de turno en el profeta de un Dios verdadero. Las ideologías, como las religiones antiguas, encadenan al ser humano a numerosos atavismos, lo esclavizan a unas creencias que, en última instancia, no son más que actos de fe. ¿Y qué es la fe sino la mayor de las supersticiones? Detrás de una persona intolerante siempre hay alguien que profesa una religión o milita en un partido político. Cuando uno cree en una cosa, tiene que dejar de creer en otra; si te fías de una persona, desconfías de otra. Toda creencia está basada en prejuicios. Es así de sencillo.

—Si no cree en el capitalismo ni en el comunismo, si no cree en ninguna religión, ¿en qué cree entonces?

—En todo lo que no tenga que ver con la religión o con las ideologías políticas, señorita Casares; también en la naturaleza, en la relación del hombre con el medio que habita. En mi opinión, tanto las religiones como los partidos políticos son una demostración de lo poco que ha evolucionado el ser humano, por mucho que nos convenzamos de lo contrario. Nada en el mundo ha ocasionado tantos muertos como las religiones; ahora, muerto Dios a manos del hombre, es el turno de las ideologías: capitalismo, fascismo, comunismo, socialismo, todos los ismos esclavizan o aniquilan al ser humano en aras de una idea o fin superior.

Esta guerra dejará millones de muertos víctimas de las ideologías, lo que supone un nuevo fracaso para nuestra especie.

—No me atrevo a preguntarle qué opina del emperador al que sirve, y que es considerado por su pueblo como un Dios viviente.

—Hace bien en no preguntar si puede comprometer a la persona que ha de responder. Es una muestra de humildad por su parte que agradezco.

El juego dialéctico entre Juro y yo no carecía de cierta gracia, pese a las circunstancias, ya que tenía lugar en el vagón donde viajaba también el señor Murakami, convidado de piedra que se aferraba a su bolsa de cuero llena de piedras preciosas como si se tratara de un ser querido del que no quisiera despedirse. Después de lo mal que le había sentado la travesía en barco desde Shanghái, el traqueteo del tren era un alivio para él. Incluso llegó a dormirse, con su monóculo incrustado en la órbita de su ojo derecho y la boca abierta. Era poseedor de unos pequeños dientes de roedor que le conferían un aire de inocencia que contrastaba con el severo hieratismo que mostraba su rostro durante la vigilia.

Una azucena llamada Hanói

Hanói era una hermosa y coqueta *mademoiselle* francesa de ojos rasgados. En algunas de sus calles, como la rue Paul Bert, que unía el lago Hoan Kiem con el palacio de la ópera de Hanói, se tenía la impresión de que en aquel remoto rincón del mundo latía el corazón de París. Allí tenían su sede los almacenes Magasins Chaffanjon Réunis, que ocupaba un edificio de tres plantas de líneas limpias y rectas en una esquina, frente al banco Franco-Chinoise; o los Grand Magasin Poinsard et Veyret, entre otros. Más allá de los edificios comerciales, la sucesión de construcciones imponentes no tenía fin, desde la Residencia Superior de Tonkín, con su grandiosa puerta de entrada con cubierta de cristal, pasando por la sede de la Universidad o el Banco de Indochina, de estilo *art déco*, hasta el Grand Hotel Métropole, que era donde habíamos de hospedarnos.

De estilo neoclásico, el Métropole era una tarta nupcial de fachada blanca inmaculada, arcos altos, balcones y verandas por doquier, columnas enmarcadas dentro de amables simetrías, con un exuberante jardín tropical donde abundaban las azucenas y sonaba el trino del gorrión molinero y la tórtola moteada; un hotel que superaba el lujo del Cathay en Shanghái. Dada la proximidad con el lago Hoan Kiem, la gran altura de las estancias hacía que la humedad se condensara en los techos, dando lugar a una atmósfera asfixiante, por lo que los ventiladores de aspas estaban en funcionamiento las veinticuatro horas del día.

El hecho de que los japoneses permitieran que los funcionarios franceses llevaran los asuntos administrativos había originado que estos mantuvieran vivas sus costumbres, como forma de reivindicarse, lo que incluía un sofisticado restaurante de cocina francesa llamado Le Beaulieu, orgullo del Métropole, cuyo menú incluía sopa de langosta o huevos cocinados a baja temperatura.

El maître y los camareros eran anamitas, pero el servicio se hacía a la francesa; o sea que todos los platos llegaban a la mesa al mismo tiempo, y se presentaban en una fuente por la izquierda del comensal con el fin de que fuera este quien se sirviera la cantidad deseada.

Nos acomodaron en una mesa redonda, a pocos metros de una de las puertaventanas que daban paso a *la terrasse*, desde la que entraba una tímida brisa procedente del lago. El mantel estaba tan perfectamente almidonado que parecía una piel blanca, tersa y suave.

Juro me comunicó entonces que durante la cena nos acompañaría el tercer marqués de Hanói, un tal Alphonse

Mercurol, nieto ilegítimo del primer Alphonse Mercurol, excrupier y estafador que había sido nombrado marqués por el rey Marie I de Sedang, reino ficticio creado por él mismo en el corazón de la provincia vietnamita de Kon Tum, conocida también como el país Moï, neologismo que significaba «bárbaro».

—Creo que me he perdido, coronel Hokusai. ¿Qué tiene que ver ese tipo con nuestra misión?

—Señorita Casares, Mercurol es nuestro agente en Hanói, el responsable del Cuartel de la Colección Urgente de Diamantes en Indochina. Él se ha encargado de recaudar las piedras preciosas que la colonia francesa ha acordado entregar para nuestra causa.

—Tenía entendido que los franceses de Indochina eran aliados de Japón.

—Lo son, señorita Casares, pero a regañadientes. No podían oponerse si querían conservar sus privilegios; aun así, hemos tenido que darles un empujoncito. Mercurol es fiel al lema de ese reino de opereta que fue Sedang: *Jamais cédant, toujours s'aidant.*

Comprobar que la pronunciación en francés de Juro era tan aceptable como su castellano me sorprendió.

—«Nunca ceder, siempre ayudarse a sí mismo» —traduje—. ¿Qué significa?

—Es el lema de unos caraduras, que es lo que eran el rey Marie I, cuyo verdadero nombre era Marie-Charles de Mayréna, y el primer Alphonse Mercurol. Dos aventureros y estafadores que vestían como botarates, lo que no les impidió apaciguar una de las regiones más conflictivas de Vietnam a base de artimañas. Compusieron un himno, diseñaron una bandera, reunieron un ejército, etcétera. Todo se les fue de las manos cuando quisieron abarcar más de lo que la metrópoli podía concederles: reconocimiento, poderes, etcétera. El reino de opereta no tardó en venirse abajo como un castillo de naipes. El rey Marie I, tras numerosos avatares, incluso judiciales, murió en una pequeña isla de Malasia, donde se había convertido al islam y se dedicaba a recolectar huevos de golondrina en compañía de un pirata que había conocido en el barrio chino de Singapur. Sí, la historia parece salida de una novela, pero es real. La leyenda dice que murió por la mordedura de una serpiente. Lo único seguro es que para entonces vivía con la sola compañía de un perro. En cuanto a Mercurol, dejó una numerosa prole antes de desaparecer del mapa. Nuestro Alphonse Mercurol asegura ser descendiente de este personaje. En mi opinión, simplemente se apropió del nombre y el título, cuyo valor es testimonial. Pero como todo arribista sin principios, nos es de gran utilidad porque sirve al mejor postor. Carece de escrúpulos siempre que haya dinero de por medio.

El fin del relato de Juro coincidió con el encendido de las luces nocturnas, dispuestas como guirnaldas decorativas, y con la llegada del marqués de Hanói, un hombre joven —treinta años más o menos— de piel tostada por el sol, ojos azul cobalto, cabello azabache, ensortijado y pretendidamente ahuecado, y una vestimenta propia de un personaje romántico, digno descendiente de aquel que levantó un reino imaginario. Traía consigo un voluminoso maletín de cuero parecido al que empleaban los médicos en sus visitas domiciliarias. Se suponía que en su interior guardaba, entre otras cosas, las piedras preciosas que había de entregarle al señor Murakami, quien había desplegado parte de su instrumental sobre la mesa y, como siempre, permanecía imperturbable tanto en su expresión como en sus gestos.

—*Mademoiselle, monsieur, colonel* —dijo Mercurol a modo de saludo.

—Siéntese, por favor. ¿Ha traído lo que convinimos? —intervino Juro.

Mercurol elevó y balanceó el abultado maletín que portaba antes de depositarlo en el suelo.

—Si no le importa, coronel, me gustaría cenar primero. No he probado bocado en todo el día. ¿Qué hora es? ¿Las seis y treinta y ocho minutos? He pasado el día corriendo de un lado a otro de Hanói.

Juro chasqueó los dedos, lo que provocó que el maître se acercara de inmediato.

—¿Qué desea, Mercurol?

—Sopa de langosta.

—¿Le apetece una sopa de langosta, señorita? —me preguntó Juro.

—De acuerdo.

Luego habló en su lengua con el señor Murakami, quien pareció dar su conformidad con un gesto de asentimiento.

—Cuatro sopas de langosta —le indicó al maître.

—*Et une bouteille de vin blanc bien frais* —pidió Mercurol.

Un camarero recompuso la mesa para que el servicio cumpliera con las altas expectativas del local.

—¿Por qué viste el *áo dài* de los anamitas? —le preguntó Juro al joven francés.

Se refería a una especie de túnica de seda cerrada en el lado derecho del pecho con unos enganches. Una prenda extravagante y atrevida para un occidental.

—Porque es la ropa idónea para este clima, y porque me hace recordar que el único compromiso social que tengo es conmigo mismo —respondió.

—Supongo que el hecho de que trabaje para nosotros no le habrá granjeado muchas simpatías entre sus compatriotas.

—Supone bien. A nadie le gusta desprenderse de sus joyas. Es agotadora la capacidad de persuasión que he de desplegar. A veces, incluso tengo que emplear la fuerza...

Un segundo más tarde, el sumiller trajo la botella de vino blanco que había pedido Mercurol.

—*Qui goûtera le vin?* —preguntó.

—*Moi, je vais le goûter.*

Juro, el señor Murakami y yo renunciamos a beber, por lo que la única copa que se llenó fue la de nuestro invitado.

—¿Es usted española, *mademoiselle*? —me preguntó Mercurol tras beber un trago de vino.

—Sí, por parte de padre; y holandesa por parte de madre —le respondí.

—Pasé una temporada en las Indias Orientales Neerlandesas aprendiendo cómo cultivar café. De hecho, en la actualidad voy camino de convertirme en uno de los principales productores de Vietnam. Dentro de unos años, el café de Indochina será tan conocido en el mundo como el de Java —dijo a continuación.

—¿De verdad? Mi familia se dedica desde hace cien años al cultivo y la exportación de café de Java.

Sus ojos risueños se clavaron en los míos como respuesta a mi comentario.

—¿Cómo se llama su familia? —preguntó a continuación.

Pese a su impostado aspecto de joven romántico, Mercurol hablaba con seguridad y soltura, como si de verdad fuera un hombre de mundo, como si de verdad tuviera conocimiento de causa.

—De Groot. Tenemos plantaciones en las colinas de Tebing, cerca de Bandung, y en la zona de Pandaan, al este de Java.

—¡Claro que he oído hablar de su familia! ¿Quién no conoce a los De Groot en la isla de Java? ¡Probé uno de sus cafés robusta en Bandung! Ahora que lo recuerdo, se parece usted a una joven holandesa de la familia De Groot a la que todo el mundo llama Bo. ¡Qué pequeño es el mundo! —exclamó Mercurol.

—Bo es mi prima, por parte materna. Solo tiene un año y medio más que yo, para mí es como una hermana mayor. Hemos pasado juntas largos periodos de nuestra infancia y juventud. ¡No puedo creer que la conozca!

—¡Tienen los mismos ojos y el mismo color de cabello, sin duda! ¡Su prima Bo es una muchacha con un fuerte carácter, ya lo creo! ¡Incluso se permitió rechazarme un día que la invité a cenar! —volvió a exclamar.

Siguiendo el protocolo del servicio a la francesa, el camarero se situó a mi izquierda con la fuente sopera. La sopa tenía un aspecto estupendo, y no voy a negar que la conversación con Alphonse Mercurol había mejorado mi humor, como si de pronto hubiera encontrado un aliado, un vínculo que sacaba a la superficie mi pasado familiar, del que me sentía orgullosa, por lo que me serví un buen plato.

—¿Qué variedad de café le gusta más, robusta o arábica? —le pregunté.

—Las dos tienen sus virtudes, señorita ¿De Groot?

—Casares, señorita Casares De Groot —puntualicé.

—Ahí tiene su respuesta, señorita Casares. ¿Cuál de sus apellidos prefiere, Casares o De Groot? Pues lo mismo ocurre con las variedades robusta y arábica. El amargor del robusta es inigualable; y otro tanto ocurre con el aroma del arábica. Me gustan ambas variedades por igual. Mi plan consiste en hacer del café el combustible de los nativos anamitas, para luego exportarlo al mundo entero. Todo lo contrario de lo que hicieron los holandeses en Java, según me contó su prima.

—Es cierto, durante muchos años los javaneses tuvieron prohibido consumir el café que producían. Pero sortearon la ley moliendo los granos de café procedentes de las heces de un mamífero local, la civeta. Ese animal digiere la pulpa de las bayas, pero no el grano. Lo curioso es que las enzimas del tracto intestinal de la civeta eliminan gran parte de su amargor, por lo que el resultado es un café bastante dulce. Hoy es el más caro del mundo, debido en parte a su escasa producción.

—Lo sé, lo sé. He tenido el placer de probarlo. Si algún día termina esta maldita guerra, probaré también el cultivo de café con civetas. Aunque las de Indochina no parecen tan dóciles como las de Java.

Mercurol fue el único que rio su propio chiste.

—¿Cómo anda el ánimo de los franceses por aquí? —intervino Juro con el propósito de reconducir la conversación a su terreno.

—El estado general es de cierta melancolía. Francia está en manos de Alemania, e Indochina en la de ustedes. Pero se trata de un sentimiento difícil de describir. Solo un esclavo sabe lo que siente otro esclavo. Ya tendrá la ocasión de experimentarlo cuando Japón sea invadido por los norteamericanos.

Mercurol fue devorando una cucharada tras otra de sopa hasta terminar su plato.

—Quizá ocurra lo contrario. David pudo con Goliat, ¿verdad? Tal vez Japón doblegue a Estados Unidos —sugirió Juro.

—Tal vez. Aunque si se da cuenta, la pelea entre David y Goliat estaba amañada. Lo importante no era el tamaño de Goliat, como se suele creer, sino la honda de David. De modo que no hay que descartar que Japón encuentre una honda con la que vencer a Goliat. Aunque lo dudo mucho. Residí cuatro años en Estados Unidos. Allí todo es gigantesco, incluso la furia de sus dirigentes políticos. Los recursos de los norteamericanos son ilimitados; todo lo contrario de lo que ocurre en Japón, que necesita ocupar lugares como este para sobrevivir. Creo que voy a repetir, si no les importa.

Esta vez fue el francés quien solicitó la presencia del camarero.

Mercurol llenó de nuevo su plato. Lo devoró con la misma celeridad que el primero, mientras el resto lo contemplábamos en silencio. Solo detenía la masticación para beber vino. Su pelo ensortijado, su extravagante vestimenta y su forma de desenvolverse en la mesa le hacían parecer, sin duda, un ser salido de otra época. Incluso llevaba en el dedo meñique de su mano derecha un aparatoso sello de oro que, en teoría, aludía a su origen aristocrático. Era evidente que jugaba a las apariencias.

Cuando hubo terminado, dijo:

—*La soupe est délicieuse comme toujours.*

—Si ha terminado de alabar la comida, podemos pasar a los negocios —propuso Juro.

El francés apuró su tercera copa después de contemplar el color dorado del vino a través del cristal.

—*Bon, parlons affaires.*

Dicho lo cual, y tras realizar un rápido e inesperado movimiento, tomó el cuchillo de plata que tenía a su derecha, se abalanzó sobre el señor Murakami y se lo clavó repetidas veces en el cuello con la precisión de un matarife. Con la sangre del joyero brotando a borbotones, Mercurol tomó el maletín del japonés y también el suyo, para salir huyendo mirándonos de frente, sin darnos la espalda.

Juro, tras superar el primer instante de incredulidad y desconcierto, se puso de pie, desenfundó el revólver Nambu que llevaba en la sobaquera y disparó repetidas veces contra Mercurol, quien protegía sus puntos vitales moviendo sendos maletines y zigzagueando entre las mesas y el resto de los comensales, en una suerte de danza que parecía haber ensayado.

Aparecieron otros dos soldados japoneses encargados de la seguridad del hall del hotel y también dispararon a Mercurol, quien a pesar de todo logró alcanzar la calle a través de una puertaventana de *la terrasse*, donde le aguardaba un coche en marcha.

En cuanto se hubo montado, lanzó su maletín de médico hacia el interior del restaurante, lo que provocó una escena de pánico generalizado cuando alguien comenzó a gritar en francés: *Une bombe! Une bombe!*

Todos nos arrojamos al suelo, bajo las mesas.

Pero lo único que explotó fue el gas que originaba la combustión del motor del Citroën al emprender la huida.

Cuando alcé la cabeza, me di de bruces con el rostro del señor Murakami, cuya testa descansaba inerte sobre la mesa, en medio de un charco de sangre que había teñido el mantel de rojo por completo. Por primera vez desde que lo viera en su bazar de Shanghái, creí leer en su rostro imperturbable una expresión de asombro.

—¿Está bien, señorita Casares? —me preguntó Juro, con la voz entrecortada y el rostro demudado.

Me limité a asentir, ya que la conmoción me había dejado sin palabras.

—Que nadie toque ese maletín —añadió primero en francés y luego en japonés.

Después de comprobar que no había signos de vida en el señor Murakami, Juro tomó una de las mesas redondas a modo de escudo y se acercó con cautela hasta el maletín de Mercurol, que volvía a parecer inofensivo. La cremallera había reventado tras rodar por el suelo, por lo que su interior dejaba ver una masa de color blancuzca con destellos plateados.

—Contiene una pelota de goma de caucho envuelta en una cota de malla —afirmó tras examinarla a conciencia—. Y uno de esos pasquines de propaganda del Viet Minh: «El tío Ho les da la bienvenida a Hanói».

Las palabras de Juro me alcanzaron junto con una brisa con aroma a azaleas; una fragancia dulce como la que desprendía la sangre del señor Murakami, quien parecía haber muerto hacía ya una eternidad.

—Entonces ¿Mercurol...? —logré balbucear.

—Mercurol ha estado ejerciendo de agente doble, trabajando para nosotros y para el Viet Minh. Son cosas que pasan en una guerra —me respondió.

Cuando me erguí, descubrí que tenía las manos y las rodillas manchadas de sangre.

—Creo que voy a desmayarme —dije.

—No está herida, María. Es solo la sangre del señor Murakami.

—¿Ha dicho que es solo la sangre del señor Murakami, coronel? Acaban de asesinarlo delante de nuestras narices, ¿de verdad le parece poca cosa? Estoy profundamente aterrorizada —le contesté, sacando fuerzas de donde no las tenía.

—Perdone mi brusquedad, pero la situación me obliga a actuar de inmediato.

Juro ordenó a uno de los camareros que me escoltara hasta mi habitación, y también que me proveyera de una botella de armañac.

—No salga de su habitación, y si ve que no domina sus nervios beba un trago largo de esa botella. Más tarde pasaré a verla —se despidió de mí.

Como si de una obra de teatro se tratara, el telón cayó cuando los dos soldados japoneses que habían disparado contra Mercurol cubrieron con un mantel el cadáver del señor Murakami, y el hotel se llenó de policías cuyos coches patrulla portaban luces intermitentes que recordaban a las de las verbenas.

Una larga ducha de agua caliente y otra más corta de agua fría lograron eliminar los restos de sangre y el olor a pólvora de mi cuerpo.

Acto seguido, dos imágenes comenzaron a atormentarme. Por un lado, la de Alphonse Mercurol —con su impostada elegancia y sus buenos modales— acuchillando sin misericordia al señor Murakami; por otro, la de Juro disparando contra el joven francés.

El primer trago de armañac me abrasó la garganta y el estómago; también consiguió atenuar el temblor de mis manos, un tremor que era fruto tanto del miedo que había pasado como de la agitación que me embargaba.

El segundo trago, más largo, calmó mi turbación en parte.

El tercero me llenó de calor y me sumió en un extraño estado de sopor, donde las escenas vividas en el comedor de Le Beaulieu volvían a mí más despacio, fotograma a fotograma, como a cámara lenta.

Recreé de nuevo el asesinato del señor Murakami, que no había durado más de quince o veinte segundos. Tiempo suficiente para que el cuchillo que portaba Mercurol entrara y saliera del cuello del joyero en repetidas ocasiones, tal vez tres o cuatro veces, hasta que le seccionó la arteria carótida. Era evidente que se trataba de un acto entrenado previamente, dada la pericia del marqués de Hanói a la hora de manejar el cuchillo.

Al visualizar las imágenes en las que Juro disparaba a Mercurol, me pregunté por qué no había apuntado a su cabeza sino al bulto de su cuerpo, que el joven francés protegió con su maletín relleno con un balón de caucho envuelto en una malla metálica.

Me dije a mí misma que Juro había disparado a fallar

de manera intencionada porque, en el fondo, no era un asesino, porque era un hombre diferente de los que participaban en aquella guerra, tan alejada de la orilla de esa isla a la deriva que era el «mundo flotante» al que ambos pertenecíamos.

Era consciente de que se trataba de un pensamiento arbitrario, sin otro fundamento que mis propios deseos, pero, como había aprendido en *El libro del té*, a esas alturas ya había adquirido la habilidad para que mi mente le hablara a mi mente, para que mis oídos escucharan lo que no habían oído y para que mis ojos vieran lo invisible.

Todo, pues, dependía del control que ejerciera sobre mis emociones, sobre mi estado de ánimo, de modo que tenía la libertad de creer en lo que quisiera, fuera o no verdad. Era la única manera de sobrevivir en aquel mundo donde los soldados rasos violaban a mujeres embarazadas y los jóvenes de aspecto romántico degollaban a sus compañeros de velada después de tomar sopa de langosta.

El cuarto trago me dejó K.O. sobre la alfombra tejida con seagrass, jacinto de agua y cáscara de maíz que cubría el suelo de la habitación.

Cuando me desperté, Juro me contemplaba con la espalda apoyada sobre el piecero de la cama. Se había descalzado y quitado la chaqueta. Abrazaba la botella de armañac como Molmenti había hecho días atrás con la botella de whisky que acabamos compartiendo. El reloj francés de principios del siglo XIX, con guarnición de candelabros de bronce dorado al mercurio y pie de mármol verde, que nos contemplaba desde lo alto de una cómoda, también de época, marcaba la medianoche. Por un instante tuve la impresión de encontrarme en el corazón de París y en mitad de la selva al mismo tiempo, lo que no dejaba de ser cierto.

—¿Qué ha pasado? ¿Habéis encontrado a Mercurol? —le pregunté.

—No. Creemos que ha huido a la jungla, con los comunistas. Pero supongo que es cuestión de tiempo que demos con él.

—¿Te harán responsable de lo ocurrido?

En mi pregunta había algo más que preocupación, también miedo.

—Mercurol es un producto de Japón, así que no hay un único responsable.

—¿Qué quieres decir?

—Que nosotros alimentamos al Viet Minh para que pusieran a los franceses en una posición de debilidad. Y en cierta manera funcionó. Sí, qué diantres, claro que funcionó. Pero ahora que hemos sustituido a los franceses, los comunistas vietnamitas se han vuelto contra nosotros. Les dimos armas para que combatieran a los franceses y ahora las emplean para matarnos. Es lo que ocurre cuando juegas a dos bandas. Así que todos en Japón somos culpables. Cuando un chino quiere que las cosas te vayan mal, te dice: «¡Ojalá vivas tiempos interesantes!». Significa que te desea que te veas arrastrado por una espiral de acontecimientos que no te brinde ni un minuto de paz. Parece que a mí me ha tocado vivir una «época interesante» al más puro estilo de esa maldición. Todo se ha complicado en exceso.

—¿Y qué hay de las piedras preciosas de Shanghái? —pregunté, pues pensaba que Mercurol había arrojado por la borda nuestro trabajo llevándose consigo el maletín del señor Murakami.

—No estaban en el maletín del joyero. Él era el encargado de comprobar la calidad de la mercancía. El custodio de esas joyas soy yo.

—Pobre señor Murakami.

Juro aprovechó mi comentario para echarse al coleto un trago de armañac.

—Al menos, no tenemos que lamentar la muerte de Mercurol —añadí.

—Pero sí tengo que lamentar otros actos similares que he cometido —reconoció, tras lo cual apuró un segundo trago.

—¿A qué clase de actos te refieres? —me interesé.

—No maté a Mercurol porque ya he matado a otros hombres y mujeres —me confesó.

Había un aire de derrota tanto en sus gestos como en el tono de sus palabras; una suerte de eco que emite la conciencia cuando ha llegado a un callejón sin salida, cuando llega un momento en el que ya no se puede eludir el pasado.

—¿Quieres que hablemos? ¿Deseas contarme algo?

Me tendió la botella y di un pequeño sorbo, suficiente para que mi boca y mi garganta se calentaran una vez más.

Se la devolví de nuevo, convirtiendo ese acto en una pequeña ceremonia que le otorgaba el tiempo necesario para ordenar sus pensamientos.

—Me gustaría no tener que contarte nada sobre mi pasado, pero creo que es mi obligación —arrancó a hablar—. Con treinta y siete años, soy coronel de la Kempeitai. La cuestión es que todo tiene un precio. Después de regresar de Madrid, mi segundo destino en el exterior fue en Manchuria. En concreto, me destinaron a una unidad de investigación secreta conocida como el Escuadrón 731. Allí se llevaban a cabo investigaciones dentro del ámbito de la medicina. El problema era que los experimentos se realizaban con seres humanos. Lo que estudiaban eran los posibles efectos sobre el cuerpo humano de una guerra biológica. Un complejo enorme, de más de seis kilómetros cuadrados, con un total de ciento cincuenta edificios entre prisiones, laboratorios, fábricas, almacenes, etcétera. Para deshumanizar a los internos, se les llamaba *maruta*, que significa «tronco». Como si en vez de seres humanos fueran simples pedazos de madera. Se les inyectaba la peste, el cólera, el tifus, la tuberculosis, la disentería o la viruela, con el único fin de observar cómo reaccionaban sus cuerpos. Luego llegaron las vivisecciones sin anestesia, las amputaciones... Y cosas aún más horribles. Prefiero no seguir. La cuestión es que, llegados a ese extremo, maté a algunos de aquellos miserables antes de que fueran sometidos a semejantes experimentos. Fue una medida consensuada. Ellos hacían que escapaban y yo les disparaba en la cabeza, por la espalda: un tiro certero y limpio. Una muerte mucho más digna que la que les aguardaba en manos de aquellos médicos sádicos, capaces de infectar a aquella pobre gente con virus letales para luego abrirlos vivos, sin anestesia. Maté a cinco personas: tres hombres y dos mujeres. Te aseguro que me quedé con ganas de matar a cien más. Técnicamente, para el Ejército Imperial, acabé con ellos en nombre de nuestro Dios el emperador y de la ideología que amparaba aquellas acciones, por lo que fui recompensado con un ascenso. ¡Sí, me ascendieron! ¡Por eso ahora detento el grado de coronel! Sin embargo, la verdad fue muy distinta: asesiné a aquellas personas para librarlas de Dios, cualquiera que sea su forma y su nacionalidad, y de los hombres que actúan en su nombre cegados por una causa. Ayer, cuando tuve a tiro a Mercurol, pude abatirlo de un disparo en la cabeza, pero recordé a los prisioneros de Manchuria, por lo que decidí perdonarle la vida, ya que yo era tan asesino como él. Ese es el motivo por el que no he podido pintar más el «mundo flotante». Cuando te dije que me había convertido en un pintor de batallas, no mentía. Ahora solo puedo dibujar escenas cruentas y descarnadas. Es como si la muerte y la destrucción se hubieran apoderado de mi alma, de mi inspiración. Por eso prefiero no dibujar. Tenía que haberte contado todo esto antes de permitir que surgiera algo entre nosotros, pero no tuve el valor. Lo siento de corazón. Lo siento.

Esta vez fui yo la que le pidió la botella y le di un sorbo más prolongado, como si necesitara que el alcohol me cauterizara por dentro.

—No tienes que disculparte conmigo. Lo que pesa sobre tu conciencia es suficiente castigo. El problema que veo no está en el pasado, sino en el futuro —me pronuncié.

—Ya te dije que el futuro no existe.

—Sí, lo dijiste. En cambio, sí tenemos conciencia del pasado.

—Así es. Por eso comprendo a quienes piensan que la vida no es más que un mero acto existencial; a quienes entienden al ser humano como un ser creado para la nada, con una existencia absurda, que ha de vivir el momento.

—Hablas como si el camino del té que con tanto empeño me mostraste en Tokio hubiera sido derrotado.

—La guerra ha derrotado los principios del camino del té, sin duda. Japón habrá sido vencida incluso si gana esta guerra. Todo ha cambiado para nuestro pueblo; absolutamente todo. El arte de la vida que tantos siglos nos costó conquistar se ha esfumado. El culto a la pureza y al refinamiento se han convertido en un obstáculo a la hora de alcanzar los objetivos militares que el Ejército Imperial, con el emperador a la cabeza, ha impuesto. Aiko, mi querida hermana, no es más que un fantasma del Japón que se está extinguiendo. Antes de todo esto, la habitación del té era un oasis en medio del sombrío desperdicio de la existencia, como menciona *El libro del té* que te regalé. La guerra, sin embargo, ha hecho de la vida algo sin valor y ha eliminado todo atisbo de belleza. Existir, por tanto, ya no es solo un desperdicio, sino que entraña un peligro. Arrancarle el feto a una embarazada con una bayoneta no puede tener el mismo valor que morir en el frente de batalla a manos de un enemigo que usa las mismas armas que tú. No hay honor en experimentar con seres humanos vivos. Hemos pasado de buscar la armonía con la naturaleza a convertirnos en jueces de la vida de los otros. Es aterrador. Y despiadado, extremadamente inhumano. Lo único que tanto tú como yo podemos hacer es salvar la vida del mayor número posible de personas.

—¿Incluso si tenemos que matarlas para salvarlas? —planteé.

—Sé que parece una contradicción, pero no lo es. Yo lo he sufrido en mis propias carnes; sentí que mi obligación pasaba por evitar el sufrimiento cruel e innecesario de quienes iban a ser sacrificados no como seres humanos, sino como cobayas de laboratorio. Y las víctimas estuvieron de acuerdo. Al no dejar que esas personas murieran como *marutas*, les devolví parte de su dignidad como seres humanos. A pesar de que mi conciencia no ha vuelto a ser la misma, ya que nada hay más devastador que arrebatarle la vida a un semejante a sangre fría, lo volvería a hacer. Para mí era una obligación moral, superior incluso a la obediencia que le debo a mi país y al emperador. Por fortuna, tu situación es bien distinta a la que yo viví en Manchuria. Solo tienes que entregar unas cuantas piedras preciosas y habrás ayudado a miles de personas a sobrevivir. Al fin y al cabo, eso es a lo único a lo que podemos aspirar en los tiempos que corren: a sobrevivir.

—Mi madre tenía un dicho: «Tus pasos son nuestros pasos». Era su forma de decir que los actos de cualquier miembro de la familia implicaban al resto, nos comprometían a todos, de ahí que hubiera que estar seguros antes de dar un paso en falso. Ahora que mi madre ya no está y que mi padre se ha quedado en Japón, creo que eso puede aplicarse a nosotros.

—«Tus pasos son nuestros pasos», es un bonito lema. Pero no creo que sea justo que pagues las consecuencias de todo lo que he hecho en el pasado. Tengo las manos manchadas de sangre, y eso no cambiará por mucho que me las lave.

—Vivamos, pues, el presente. No miremos hacia atrás; tampoco hacia delante. Caminemos juntos por el presente. Solo eso. Tú lo acabas de decir: se trata de sobrevivir; no busquemos otra cosa.

Tras mi propuesta, le arranqué la botella del regazo y ocupé su lugar. Tenía el cuerpo helado, como si hubiera pasado unas cuantas horas a la intemperie; su rostro también parecía distinto, más afilado y demacrado que de costumbre. Incluso su respiración, más acompasada, parecía que exhalaba pesadumbre.

—Sé que quiero estar contigo; en cambio, no sé hasta dónde me está permitido amarte —me dijo.

—¿Quién te prohíbe amarme? ¿Quién le pone límites a tus sentimientos? —le pregunté mientras mesaba su negra cabellera.

—Mi conciencia. Es ella la que me dice que no soy digno de tu amor. La misma que me recuerda que siempre termino traicionando todo lo que amo: a la pintura, a mis camaradas de armas, a mi país; y tú no serás una excepción. Siempre acabo haciendo lo contrario de lo que se espera de mí.

—Primer paso de «tus pasos son nuestros pasos»: no esperar nada el uno del otro.

—Aunque no esperemos nada el uno del otro, nos encontramos en una encrucijada.

—Pues salgamos de ella juntos, agarrados de la mano. Yo te seguiré a ti y tú me seguirás a mí. Eso sí que es hacer lo contrario de lo que se espera de nosotros.

—Desde que pisé Manchuria y vi con mis propios ojos lo que allí ocurría, me siento un extraño en mi país, entre mi pueblo. No me reconozco, menos aún en esta guerra. Sin embargo, he de cumplir con mis responsabilidades. Todos los días me digo a mí mismo que no tengo derecho a quitarme la vida mientras exista la posibilidad de salvar a alguien. Eso es lo que me ha mantenido vivo durante todo este tiempo, hasta que apareciste tú.

—Mi historia es muy distinta, pero tiene el mismo final. Tú has cambiado mi mundo. En cierta forma, has salvado mi vida.

—Tú también a mí. Has encendido una luz en mi interior, que estaba sumido en la más absoluta oscuridad.

—Lo que significa que ya has empezado a seguir mis pasos.

—Eso parece.

—Sí, eso parece. Ahora descansa. Luego, más tarde, pensaremos en el siguiente paso.

—«Tus pasos son nuestros pasos» —repitió el lema de mi madre al tiempo que cerraba los ojos.

Yo hice lo mismo, entorné los ojos, con la vana esperanza de que los vívidos recuerdos de aquel día se disiparan con el sueño. Para empezar, recuperé la imagen del perfil de montaña tallada de Juro, y de sus facciones angulosas y pronunciadas que, curiosamente, le conferían a su rostro un aire de incomparable delicadeza. Era la primera vez que me dejaba abrazar de manera consciente por alguien que había confesado cinco asesinatos, como si mi complacencia formara parte del perdón que, a tenor de su relato y de los motivos que lo habían llevado a cometer aquellos actos, yo consideraba que merecía. Necesitaba a Juro al precio que fuera para salir de aquel laberinto, para encontrarme a mí misma.

Cuando me desperté con el primer sol de la mañana, Juro había desaparecido de mi alfombra y yo dormía en la cama. Incluso me había arropado.

Salí a la veranda que rodeaba mi habitación.

Hanói latía con el nuevo día, con su nuevo presente, donde ni el pasado ni el futuro tenían cabida. Cuatro cyclos avanzaban por la calle tirados por anamitas tocados con sombreros cónicos de bambú, mientras dos Citroën los adelantaban al tiempo que tocaban el claxon. Pocos metros más atrás, una suave brisa procedente del lago agitaba las mimosas birmanas y las buganvillas que adornaban medianeras y parterres.

«Tus pasos son nuestros pasos», me dije.

SEGUNDA PARTE

Al oeste de Java

Vislumbrar al fin la costa de Java y las mil pequeñas islas de aguas cristalinas y arenas blancas que la protegían me colmó de emoción. En cierta manera, era como volver a casa después de muchos años. Las imágenes de mi infancia —en algunas de aquellas islas paradisiacas donde abundaban los arrecifes, las cuevas submarinas y los restos de naufragios— se agolparon en mi recuerdo, tratando de expulsar cuanto antes el miedo y los peligros vividos durante la última singladura de nuestro viaje. Corrió el rumor de que habíamos estado cerca de algunos portaaviones y destructores de la flota estadounidense que barrían el océano Pacífico en busca de barcos de guerra japoneses. La realidad era, sin embargo, muy distinta, y todo obedecía a la psicosis que los japoneses arrastraban después de que los norteamericanos arrojaran sus bombas sobre suelo nipón unas semanas atrás. Si habíamos de temer alguna clase de ataque vendría de la Marina Real británica, si bien esta acababa de ser derrotada y humillada en Singapur, por lo que navegábamos por unas aguas controladas al cien por cien por la Marina Imperial japonesa. De hecho, la batalla del mar de Java, el *Laut Jawa* como la llamaban los nativos, había resultado un desastre para la flota aliada, de modo que el camino desde Vietnam hasta Indonesia había quedado expedito para los transportes nipones. Una joya de cientos de miles de kilómetros cuadrados de mar en cuyo lecho marino se encontraban importantes reservas de petróleo y de gas natural, que Japón ansiaba poseer para abastecer a su ejército y a su pueblo.

En el puerto de Batavia, una extensión de la planicie sobre la que se asentaba la ciudad en cuadrículas, reconocí al instante el almacén de los De Groot, con el logotipo ideado por mi prima Bo, que sustituyó las dos oes del apellido familiar por sendos granos de café. Dos enormes granos de café tostado y humeante que superaban en tamaño al resto de las letras, pintadas de color verde selva. Según mi prima, la primera de las oes representaba el fruto de la variedad arábica; mientras que el segundo se correspondía con la variedad robusta; las dos clases de café que cultivaba y exportaba nuestra familia.

La primera y grata impresión que me llevé al darme de bruces con un edificio que conocía tan bien tuvo su reverso cuando comprobé que el puerto estaba en manos del 16.º Ejército Japonés de Área. La ausencia de neerlandeses era evidente, como también lo era que los japoneses habían dado carta blanca a los nacionalistas indonesios, quienes campaban a sus anchas por las instalaciones portuarias efectuando registros o afrentando y agrediendo a los *totoks*, los mestizos indoeuropeos que habían sido abandonados a su suerte. Uno de ellos colgaba boca abajo, de los pies, tal y como se hacía con los peces grandes que son exhibidos sobre los pantalanes cual reclamo, mientras un grupo de javaneses que lucían estandartes nacionalistas golpeaban o escupían sobre su maltrecho cuerpo, todavía vivo.

La situación general, en cualquier caso, se antojaba mucho más tensa que en Shanghái o en Hanói, como si el Ejército Imperial no hubiera logrado o no hubiera querido frenar la ira de los lugareños.

—Antes las serpientes vivían en la jungla; ahora parece que se han trasladado todas a Batavia. Es como si acabara de comenzar una revolución —le dije a Juro tras contemplar cómo grupos incontrolados de hombres exaltados y enfurecidos reptaban por las instalaciones portuarias en busca de alguien sobre quien desatar su furia.

—Hablaré con los mandos locales de la Kempeitai. Nos proporcionarán un transporte para llegar hasta la finca de tus tíos en Bandung cuanto antes. Desde luego, el ambiente del puerto está enrarecido —se pronunció sin saber muy bien cómo interpretar aquellas escenas.

—Son algo más de ciento cincuenta kilómetros de distancia. Espero que la situación en el resto de la isla no sea la misma que aquí. ¿Dónde diablos están los neerlandeses? No veo a ninguno. Incluso el almacén de los De Groot está cerrado. Es ese de ahí —incidí en mi preocupación.

—Lo averiguaré de inmediato.

—Tampoco veo chinos. Batavia siempre ha sido un centro de comerciantes chinos. ¿Dónde están? ¿Por qué no hay holandeses y chinos en el puerto?

—No lo sé.

—No pienso separarme de ti. Hay cien pares de ojos mirándome, y ninguno con buenas intenciones.

—Lo sé, pero conmigo estás segura.

Juro sacó de su garganta una voz imperativa y estentórea que logró alejar al instante a la turbamulta que, atraída por mi aspecto, empezaba a cercarnos.

Luego anduvimos hasta el edificio de la aduana, donde además de otra cincuentena de militares japoneses había un par de holandeses. Lo más curioso era que ambos portaban sendos brazaletes blancos con un crisantemo dorado de dieciséis pétalos bordado, una flor idéntica a la que Juro llevaba en la solapa de su chaqueta.

Después de hablar unos instantes con un funcionario en su lengua, me dijo:

—Me temo que los únicos neerlandeses que están libres son los miembros del Movimiento Nacional Socialista en los Países Bajos. Sin ir más lejos, estos dos señores aquí presentes son agentes de la Kempeitai; es decir, trabajan para nosotros, los japoneses.

—Si son miembros del NSB sabrán dónde encontrar a mi tío. Deberíamos hablar con ellos —sugerí.

Juro no tardó en acercarse hasta los dos hombres, identificarse y provocar que hablaran conmigo.

—Estamos buscando la forma de reunirnos con mi tío

en su plantación de Tebing, en las colinas de Bandung —les planteé, recuperando el neerlandés.

Ambos intercambiaron miradas que yo interpreté de extrañeza. Por último, uno de ellos, el más alto y espigado, de cuya frente colgaba un largo flequillo rubio que cubría uno de sus ojos azules tal que un parche, me preguntó también en neerlandés:

—¿Cómo se llama su tío, señorita?

—Alexander De Groot.

Hubo un nuevo intercambio de miradas y de palabras pronunciadas por lo bajo entre los hombres. A continuación, fue el de menos altura el que se dirigió a mí:

—Su tío murió hace diez días. Fue ahorcado por traidor. Tenía una estación de radio en su hacienda de Tebing, desde la que proporcionaba información a los aliados.

Después de tanto tiempo sin hablar el neerlandés —desde que muriera mi madre—, creí entender mal a aquel hombre, así que le repliqué:

—Mi tío no puede estar muerto. Fue uno de los fundadores del NSB.

—Lamento tener que decirle que su tío era un infiltrado, al menos lo fue desde que comenzó la guerra, tal y como confesó tras su detención. Ha estado trabajando para el gobierno neerlandés en el exilio, con sede en Londres, desde finales de mayo de 1940.

Tuve que repetirlo en la lengua de mi madre y en voz alta, *Nederlandse regering in ballingschap*, gobierno neerlandés en el exilio, para hacerme una idea del verdadero alcance de lo que aquellos hombres me estaban diciendo.

Según aquella información, mi tío Alexander llevaba trabajando para la resistencia desde la invasión alemana de los Países Bajos, cabía incluso que desde antes.

¿Cómo digerir semejante noticia? ¿Qué diantres había pasado? Si era cierto que mi tío poseía una estación de radio en la hacienda, no creía posible que mi tía y mi prima desconocieran la existencia de aquella emisora. Así las cosas, ¿qué había sido de ellas? ¿Acaso habían corrido la misma suerte que mi tío? Empecé a temerme lo peor.

—¿Y las dos mujeres de la familia De Groot? Gerda y Anke Bo De Groot, ¿dónde están? —les pregunté a continuación.

—En manos de las autoridades japonesas, por supuesto —me respondió esta vez el hombre del flequillo.

Debía de estar tan alterada en lo gestual y mi rostro tan demudado que Juro creyó conveniente intervenir en aquella conversación ininteligible para él.

—¿Qué ocurre? —me preguntó en castellano.

—Han ahorcado a mi tío. Según estos hombres era un agente infiltrado que trabajaba para el gobierno neerlandés en el exilio —le informé.

—¿Han ahorcado a tu tío Alexander? ¡Qué diablos! ¡Eso no es posible! ¡Voy a enterarme de lo que ha pasado! ¡No te muevas de aquí!

No lo hice. Simplemente, la cabeza empezó a darme vueltas. Por unos instantes me sentí como si colgara de la misma cuerda que, quienesquiera que fuesen, habían empleado para ahorcar a mi tío: tenía la sensación de que me faltaba el aire y que mi cuerpo se balanceaba, como si el suelo hubiera desaparecido bajo mis pies.

Por último, mis ojos se llenaron de figuras borrosas.

Me desperté tumbada en la cama javanesa de una habitación con decoración colonial, donde todo parecía haber sido tallado y pintado a mano. Juro permanecía de pie junto a otro japonés de rostro enjuto y ojos protuberantes, de insecto.

—¿Dónde estoy? ¿Qué me ha pasado? —le pregunté.

—Estás en la habitación de un hotel del centro de Batavia. Según el doctor aquí presente, has sufrido una lipotimia —me respondió.

—¿Una lipotimia?

—La presión sanguínea baja de manera brusca cuando la cantidad de oxígeno que llega al cerebro es insuficiente. El doctor cree que puedes tener anemia, además de estar deshidratada. El viaje, el estrés y la noticia de la muerte de tu tío han hecho que...

No dejé que Juro terminara. Que yo hubiera sufrido un desmayo o tuviera anemia era lo de menos. Lo importante era el paradero de mis familiares.

—¿Dónde están mi tía Gerda y mi prima Anke Bo? —le pregunté—. Los dos holandeses de la aduana me dijeron que estaban en manos de los japoneses.

Juro le indicó al médico que se retirara. Cuando estuvimos solos, respondió a mi pregunta:

—Tu tía Gerda ha sido trasladada a un campo de internamiento, en la jungla. Tu prima Anke Bo se encuentra confinada en un hotel de Bandung.

Dejé que transcurrieran unos segundos para que mi cerebro digiriese aquella información tan contradictoria.

—¿Por qué mi tía está en un campo de internamiento en mitad de la selva y mi prima, en cambio, permanece en un hotel de Bandung? ¿Por qué no están juntas, Juro? ¿Qué significa?

Juro se sentó a los pies de la cama e inclinó la cabeza levemente, lo que le permitía esquivar mi mirada. Por primera vez las sombras penetraron en su perfil de montaña, hasta desdibujarlo.

—Me temo que la explicación te va a doler. Ni siquiera sé cómo decírtelo sin sentir una profunda vergüenza... —titubeó.

—¡Maldita sea, Juro! ¡Ve al grano! ¡No es momento para que me hipnotices con uno de tus «caminos» japoneses! —le espeté.

—¡Vale! ¡De acuerdo! Te lo contaré sin ambages: tu prima Anke Bo es la esclava sexual de un alto mando del Ejército Imperial.

Me incorporé y, acto seguido, le propiné una bofetada que su rostro absorbió sin inmutarse, como si aceptara el castigo por merecerlo.

—¿Habéis convertido a mi prima en una esclava sexual

de vuestro ejército? ¡Yo maldigo a vuestro ejército! ¡Yo maldigo a todos los japoneses! ¡Cuánta razón tenía Molmenti! ¡Sois unos asesinos despiadados!

Comencé a golpearle con mis brazos debilitados, en un acto de desesperación e inconformismo. De nuevo, Juro no reaccionó. Dejó que desfogara mi rabia y mi dolor; hasta que las fuerzas me abandonaron y volví a caer sobre el colchón.

—¡Cálmate, María! ¡Cálmate, te lo ruego!

Un vaso de agua que había sobre la mesita de noche me insufló un nuevo brío, incluso me permitió incorporarme en parte.

—¿Quieres que me calme? ¿Cómo puedes pedirme que me calme? ¡Sois repugnantes! ¡Matáis a embarazadas sin que os tiemble el pulso, experimentáis con seres vivos como si fueran cobayas y convertís a las mujeres en esclavas sexuales! ¡Y no me vale que me pongas la excusa de la guerra!

Mis brazos volvieron a golpear con tibieza su cuerpo, por lo que esta vez no le costó inmovilizarme.

—¡Necesito que te tranquilices, María! El acuerdo alcanzado entre nuestros gobiernos te confiere un papel privilegiado, lo que nos permitirá liberar a tu prima. La sacaremos de ese hotel, te lo prometo. Pronto, muy pronto. Diremos que debe completar la recolección de la cosecha de café que necesitamos para esconder las gemas y los diamantes que tenemos que enviar a Europa. Nuestra misión está por encima de cualquier intervención local, que no te quepa duda, es lo mismo que si contáramos con un as en la manga.

—Estoy harta de tanta palabrería; estoy cansada de todo esto. Tenías razón, nuestra relación estaba condenada a romperse como uno de esos jarrones que se hacen añicos contra el suelo por tanto manoseo —reconocí abatida.

Esta vez el rostro de Juro se ensombreció por completo.

—Ya te dije que acabo rompiendo todo lo que amo, incluso sin ser responsable de cómo han sucedido las cosas —dijo con voz afligida—. Pero que el jarrón se haya roto, como tú dices, no impide que sigamos teniendo un instrumento muy valioso que puede salvar a tu familia y también la misión de la que soy responsable. Ahora somos nosotros los que hemos de tratar de salvarnos.

Me serví otro vaso de agua y me tomé unos segundos para reflexionar mientras me lo bebía.

—Así que dices que contamos con un as en la manga. Entonces quiero que mi tía Gerda también sea liberada. Quiero a mi prima lejos de quien se haya atrevido a ponerle sus sucias manos encima, y a mí tía lejos de ese maldito campo de concentración. De lo contrario, tendréis que buscaros a otra persona para trasladar vuestros diamantes hasta Lisboa —me planté.

—Rescataremos a tu prima y liberaremos a tu tía, te lo prometo.

—¿Cómo has permitido que cuelguen a mi tío, encierren a mi tía y conviertan a mi prima en una esclava sexual? He confiado en ti desde el primer momento, me he entregado a ti, he creído todas y cada una de tus palabras... —le reproché.

—¡Yo no he permitido nada, María, puesto que nada sabía de lo que estaba ocurriendo en Java! ¡El mundo entero está en guerra! ¡Cada nación, cada ciudad, cada pueblo, cada aldea, la guerra está en todas partes! No he podido recabar toda la información, pero después del ataque de Pearl Harbor, los holandeses se ensañaron con los japoneses que vivían en Indonesia. Ahora que las tornas han cambiado, los japoneses han facilitado que los movimientos nacionalistas indonesios adquieran un mayor protagonismo en la administración local. En este nuevo *statu quo*, los holandeses han perdido sus privilegios y prerrogativas. En cuanto a tu tío, la situación es aún más compleja. Fue denunciado a las autoridades militares japonesas por los propios trabajadores de su hacienda, ya que poseía una estación de radio desde la que enviaba mensajes al gobierno neerlandés en el exilio. Fue detenido, interrogado y sometido a un juicio sumario.

—Te falta añadir que fue condenado a morir en la horca —puntualicé.

—No creo que avancemos regodeándonos en los detalles.

—Me temo que los detalles son importantes para mí. ¿Dónde fue ahorcado?

Juro volvió a tomarse unos segundos antes de responder.

—En su hacienda. También ha recibido sepultura allí.

—Tiene que haber un error —me empeciné—. Mi tío era uno de los fundadores del NSB. Tal vez alguien le haya tendido una trampa. Nuestra hacienda ha sido siempre la envidia de otros colonos. Nuestro café es el mejor de Java. Necesito hablar con mi tía y mi prima. Ellas podrán arrojar luz sobre este asunto.

—Debes tener paciencia, María. Me reuniré con el oficial que tiene a tu prima a su servicio y le pediré su liberación.

—No emplees un eufemismo, Juro, porque así estás limpiando la imagen de tu colega de armas. Te lo advierto, si veo que tu compromiso no es inequívoco al cien por cien, no moveré un dedo para ayudaros y, por descontado, te trataré con el desprecio que merecen aquellos que utilizan a mujeres inocentes como esclavas sexuales. Es más, consideraré que yo no soy más que tu esclava sexual.

—Sé que no piensas eso. Sabes que lo que siento por ti es sincero.

—Da igual lo que piense o deje de pensar. Tampoco importa lo que sintamos el uno por el otro. Ahora somos dos jarrones rotos. Ya sabes cuáles son mis condiciones si quieres que siga colaborando con vosotros.

Incluso yo misma estaba sorprendida de la firmeza de mis argumentos.

—¿No eran tus pasos nuestros pasos? ¿No eran mis pasos nuestros pasos? —me planteó.

—En este punto hemos dejado de caminar juntos —me desmarqué.

—De acuerdo, el asunto es lo suficientemente grave

como para tratarlo con eufemismos, como tú dices —admitió resignado—. Solo te pido comprensión frente a la delicada situación en la que me encuentro. Te he abierto mi corazón y sabes cómo siento y pienso; pero a la vez he de cumplir con mis obligaciones, ya que de lo contrario serán nuestras vidas las que corran peligro. Si sospecharan de nosotros, no podríamos hacer nada por tu tía y tu prima. Piensa que tanto para los japoneses como para los nacionalistas indonesios tu tío era un traidor. Sé que es difícil, pero necesito que des muestras de entereza, que no te alteres en público ni te hagas notar más de la cuenta, porque en esa fortaleza radica nuestra única posibilidad de éxito.

—Le prometí a mi padre que me pondría en contacto con él cuando llegara a Java. Quiero enviarle un telegrama.

—Antes, ponte este brazalete.

Juro me entregó uno de esos distintivos que empleaba la policía secreta del ejército japonés.

—¿Quieres que lleve un brazalete de la Kempeitai?

—Visto lo visto, en Java no será suficiente con las gafas y el pañuelo.

Obedecí. Pero solo consiguió que me sintiera sucia y marcada.

—Voy a darme una ducha de agua fría. Necesito refrescar las ideas.

—¡Claro! ¡Adelante! —accedió.

Me tomé mi tiempo. El agua fría en realidad estaba templada, algo común en la zona costera de Java. Tenía mucho en lo que pensar.

Cuando salí del baño, Juro me preguntó:

—¿Te encuentras mejor?

—¿Qué hay de ese telegrama? —fue mi respuesta.

Una vez que estuve delante del telegrafista, me quedé en blanco. Contarle a mi padre que habían ahorcado al tío Alexander acusado de traición, recluido a la tía Gerda en un campo de internamiento y convertido en esclava sexual a la prima Bo no parecía la mejor opción para insuflarle optimismo. Ni siquiera yo estaba segura de que fuera una buena idea seguir adelante con la misión que me había sido encomendada. Pero no me quedaba más remedio que plegarme a los deseos de los japoneses si quería salvar a mi tía y a mi prima de sus respectivos cautiverios. Mi única salida era mostrarme fuerte, inflexible e inquebrantable, y dejar a mi padre al margen de aquella situación, que a buen seguro hubiera ocasionado un conflicto diplomático entre Japón y España. Incluso cabía que mi padre retomara la descabellada idea de disparar contra Méndez de Vigo o contra cualquier otro. Decidí, por tanto, dar apariencia de normalidad, como si todo estuviera saliendo según lo planeado. Incluso determiné seguir los consejos de Juro y hacer de tripas corazón, con el único propósito de salvar a mis seres queridos.

EN JAVA. TODO EN ORDEN. SEGUIMOS ADELANTE. BESOS. MARÍA.

Parijs van Java
La París de Java

Tuve que contener el llanto cuando llegamos a la meseta sobre la que se asentaba Bandung, después de ascender desde la costa por suaves y verdes colinas que, poco a poco, se iban haciendo más abruptas y frondosas.

Conforme nos íbamos acercando a la ciudad, mayor era el número de haciendas de factura holandesa, con sus viviendas de variados estilos arquitectónicos, que iban desde las de influencia indígena javanesa hasta las villas neorrenacentistas, de aspecto sorprendentemente europeo, la mayoría de ellas diseñadas por el estudio del arquitecto Eduard Cuypers, el más importante de las Indias Orientales Neerlandesas.

Como decía mi tío Alexander, Bandung se había convertido en el patio de juegos de los más reputados arquitectos e ingenieros neerlandeses, que experimentaban mezclando estilos o desarrollando otros nuevos en sus construcciones. De hecho, para 1920, tras un periodo de bonanza económica que provocó el aumento de la migración europea, Bandung poseía una de las mayores concentraciones de edificios *art déco* del mundo. En esta época se construyeron estaciones de tren, hoteles, almacenes de negocios, fábricas, edificios de oficinas, hospitales e instituciones educativas, y con el crecimiento de la ciudad hasta se urbanizó el campo, donde se levantó el suburbio de North Bandung.

Este desarrollo no habría sido posible si el clima de Bandung no hubiera sido benigno, pese a ser tropical, dado que la ciudad se encontraba situada a más de setecientos sesenta metros por encima del nivel del mar.

Bandung era, en suma, hermosísima —la *Parijs van Java*, como la llamaban los neerlandeses—, donde a la arquitectura europea se le añadían adornos indonesios, como los techos altos con la cresta javanesa y aleros colgantes, que facilitaban la circulación del aire. Incluso todavía pervivían casas techadas con caña, pasto *alang-alang* u otros materiales de paja. El resultado era una ciudad ecléctica, mestiza, llena de vitalidad y símbolo de una época, que desde su sur geográfico había ido engullendo los bosques de caucho circundantes.

Cada vivienda contaba con amplios corredores, una veranda de buen tamaño, grandes ventanales y un jardín arbolado, donde las sombras pacían sobre el suelo como animales apaciguados. Y todas, de alguna manera, miraban hacia la calle Braga, epicentro de la urbe, por donde pasear y dejar verse, y en la que abundaban los elegantes restaurantes, los cafés, las librerías, las joyerías y las boutiques de estilo europeo. Incluso los concesionarios de automóviles como Chrysler, Plymouth o Renault estaban en la calle Braga.

Al fondo de esta singular arteria se levantaba la sede de la administración de la ciudad o *balaikota*, antiguo almacén de café de uno de los mayores competidores de nuestra familia, Andries de Wilde. La sola pervivencia del edificio, desposeído de su antiguo uso, le servía a mi tío para recordarnos a todos que cualquier negocio, por importante que hubiera llegado a ser o fuera en el presente, era susceptible de desaparecer si no se gestionaba de la manera adecuada. Cerca de allí se encontraba el hotel Welgelegen, lugar donde Juro había quedado con el militar que había esclavizado sexualmente a mi prima.

En un principio se negó a que lo acompañara, pero le dije que ese asunto no era negociable, que tenía que ver el rostro de aquel monstruo que abusaba de mi prima, que tenía que comprobar por mí misma cómo se encontraba ella, y que si no me dejaba ir con él me perdería para siempre.

Aceptó después de que le prometiera que me mantendría al margen, sin mostrar mi ira o mi odio.

—Si ves que el enojo y el resentimiento te dominan, presiona uno de tus dedos medios con la mano opuesta durante uno o dos minutos. Es una técnica que empleamos los japoneses para controlar ciertas emociones adversas —me recomendó.

Pero mi furia aumentó cuando descubrimos que el Welgelegen había sido transformado en el Shoko Club, un antro donde eran explotadas sexualmente una quincena de mujeres holandesas procedentes del campo de concentración de Cihapit. Algunas participaban voluntariamente a cambio de recibir un poco de comida extra, una habitación confortable y cierta seguridad para sus hijos; la mayoría, en cambio, fueron obligadas a servir como esclavas sexuales de los soldados japoneses, quienes las llamaban *jugun ianfu*, lo que podía traducirse como «mujeres de consuelo» para militares. Mi prima Anke Bo pertenecía a este segundo grupo.

Fue Juro quien me contó todo esto antes de reunirnos con el coronel que abusaba de ella, con el único propósito de medir mi reacción.

—¿Qué dedo he de apretarme para que se me quiten las ganas de matar a ese hijo de puta? —le pregunté a modo de reproche.

—Sé que es monstruoso lo que acabo de contarte, pero has de sobreponerte por el bien de todos, tus familiares, el tuyo y el mío. Recuerda: ahora somos nosotros quienes hemos de sobrevivir. Intenta que tu ira no nos ponga en peligro —me dijo.

—Habéis convertido el Welgelegen en un burdel. El asco que siento no tiene límites —le reprendí.

Nos sentamos a esperar en la misma mesa donde tomé mis últimas *bitterballen* en compañía de Bo, mientras el tío Alexander daba cuenta de un buen filete de ternera holandesa en una mesa contigua que ocupaba él solo. Ver a mi tío engullir uno de aquellos filetes era un espectáculo en sí mismo. Mi tía Gerda era vegetariana y no participaba de aquellos banquetes carnívoros, de ahí que a Bo y a mí nos sentaran en una mesa auxiliar, como si fuéramos parte de la guarnición. Muchos y buenos eran, por tanto, los recuerdos que yo tenía del restaurante del Welgelegen. De hecho, fue el último lugar que pisé de Bandung antes de partir rumbo a Batavia primero y a España más tarde, donde ya se libraba una guerra civil.

Como si el pasado nos hubiera devuelto a aquel momento, de pronto vi a Bo entrar por la puerta del comedor, alta y delgada como era, con la cabellera rubia descansando sobre sus hombros y sus ojos de color azul transparente.

Ambas nos quedamos en shock, hasta el punto de que ni siquiera reparé demasiado en el seboso japonés que la acompañaba, un hombre al que tanto ella como yo le sacábamos una cabeza. Como decía mi tía Gerda cuando tenía que reprendernos por alguna falta, Bo y yo vivíamos contemplando el mundo desde las alturas, dado lo espigadas y distraídas que éramos ambas.

Salté sobre ella y ella hizo lo propio, hasta fundirnos en un abrazo interminable. Yo empapé su hombro derecho con mis lágrimas, y ella hizo otro tanto sobre el mío.

Para cuando nos separamos, el japonés que venía con Bo había tomado asiento junto a Juro.

—Mi padre, María, mi padre... —balbuceó con su inconfundible acento de las Indias Orientales Neerlandesas.

—Lo sé, Bo, lo sé. Dicen que trabajaba para el gobierno neerlandés en el exilio.

—Ni siquiera mamá y yo lo sabíamos. Al parecer, tenía una estación de radio en la hacienda. Nos detuvieron a todos, nos separaron y a él lo...

En ese momento vi en su rostro que el dolor inicial había pasado a ser sostenido, permanente como una mancha de tinta indeleble.

—Estoy al tanto, Bo. Ya tendremos tiempo de hablar de ese asunto.

—¡No, María, no estás al tanto! ¡A mi padre lo ejecutaron sin tener un juicio previo! Lo hizo además mi captor, el hombre al que ahora pertenezco —se explayó.

—¿Cómo que no hubo juicio? Entonces ¿qué pasó?

Ahora fue mi voz la que sonó espesa, rasgada por la indignación que me consumía por dentro.

—En Java, para que un hombre sea condenado a muerte basta con la aprobación de un oficial de la Kempeitai y otro del ejército regular. Ni siquiera hace falta un juez militar o algo parecido. El coronel Nakamura fue uno de los dos oficiales que aprobó la ejecución de mi padre; luego decidió convertirme en su esclava sexual, como castigo por ser la hija de un espía aliado.

—¿Ese gordo seboso es el coronel Nakamura? —le pregunté en alusión al militar japonés que la acompañaba.

—Sí. Te aseguro que ese gordo seboso, como acabas de llamarlo, tal cual lo ves es un efebo en comparación a cuando está desnudo.

Volví a abrazarla, con el ímpetu de quien quiere fundirse con el otro para formar una sola persona.

—Pero ¿cómo diablos has llegado, prima? ¿Qué haces aquí? —me preguntó a continuación. Yo notaba su respiración acelerada golpeando sobre mi pecho.

—He venido a salvarte, Bo. He venido a salvaros, a tu madre y a ti —le dije.

—¿Tú has venido a salvarnos? —preguntó sorprendida, consciente al fin de que yo era un ser extemporáneo en aquella realidad.

—Es una larga historia. Hoy mismo voy a sacarte de aquí. Te lo prometo.

Bo rompió a llorar de nuevo, esta vez sin consuelo, lo que provocó que el militar seboso gritara algo en japonés, que tuvo como respuesta que mi prima llevara a cabo una reverencia.

—¿Qué pasa? ¿Por qué te inclinas ante ese cerdo?

—Tenemos prohibido llorar, así que cuando el coronel Nakamura pronuncia esa palabra, que ni siquiera sé lo que significa, he de inclinarme, mostrar sumisión y cejar en mi acción. Los soldados pasan por este hotel antes de dirigirse al frente, por lo que nada de lo que ocurra entre estas paredes puede tener relación con un sentimiento de tristeza. Digamos que vienen a desfogarse antes de sacrificar sus vidas.

Esta vez pegué mi boca a su oído y le susurré:

—Mataremos a ese malnacido; te lo prometo.

Nunca había pensado nada parecido, pero decirlo de

viva voz reafirmó mi voluntad de tomarme la justicia por mi mano.

—También tenemos que matar a Wilhelmina van Kooten.

Bo completó mi propuesta con total naturalidad, como si lleváramos toda la vida decidiendo quién merecía vivir o morir.

Tardé unos instantes en rescatar aquel nombre de mi memoria. Finalmente recordé que se trataba de una de las amigas de mi tía Gerda.

—¿Por qué hemos de matar a Wilhelmina van Kooten?

—Porque ella delató a mi padre. Es una espía de los japoneses.

—Tenía entendido que el delator fue un empleado de la hacienda.

—Esa es la versión de los japoneses, porque no quieren comprometer a su valiosa espía holandesa.

—Comprendo.

—Wilhelmina era muy amiga de mi madre, además de una destacada activista del NSB. Visitaba nuestra casa todas las semanas e incluso se quedaba a dormir algunas noches. Decía que los campos de cafetales conseguían relajarla, así que solía salir a pasear a solas. No le costó ganarse la confianza de mi padre. Supongo que los japoneses habían localizado la señal de las emisiones clandestinas que, al parecer, mi padre realizaba desde su estación de radio. Así que enviaron a Wilhelmina para investigar. Después de la detención de toda la familia, se ha instalado en Batavia.

—No me cabe en la cabeza que el tío Alexander trabajara para el gobierno en el exilio.

—Nosotras no lo sabíamos. Aunque he de reconocer que papá se había vuelto más precavido a la hora de expresar sus ideas políticas desde que Hitler invadió Holanda. Abandonó esa vehemencia tan característica en él. Creo que se sentía cómodo siendo un fascista; pero, en cambio, no soportaba la idea de ser un colaboracionista. La altitud de La Reina del Oeste era la ideal para emitir desde una radio clandestina. Ni mi madre ni yo sabemos si fue él quien se ofreció a los aliados o si ellos entraron en contacto con él. Claro que nada de eso importa ya.

Mientras Juro y el coronel Nakamura seguían hablando con circunspecta seriedad, le conté a Bo cómo había llegado hasta Java y la misión que tenía encomendada. La puse al corriente del acuerdo que Japón y España habían alcanzado para que nuestro país se hiciera cargo de la representación diplomática de los japoneses retenidos en campos de internamiento de Estados Unidos y otros países de América del Sur.

—¿Entonces? —me preguntó sin entender el alcance de lo que le decía.

—Entonces trabajo para los japoneses por orden del gobierno español. Y los nipones necesitan nuestro café para ocultar una remesa de joyas que he de llevar a Madrid a través de Portugal. Piedras preciosas requisadas a europeos cuyos países le han declarado la guerra a Japón. Así que si ellos me necesitan a mí para hacer de transporte, yo te necesito a ti para la recolección de la cosecha de café que ha de estar a punto de comenzar.

—Me temo que no estamos en el mismo bando —dijo con un tono de decepción.

—¿Qué quieres decir?

—Que no pienso trabajar para los que han asesinado a mi padre, me han convertido en una esclava sexual y han encerrado a mi madre. El día de nuestra detención también le robaron todas las joyas, entre otras cosas. Supongo que serán las mismas que has de transportar en tu misión.

Francamente, no había contemplado semejante escenario: que parte de las joyas requisadas fueran de mi propia familia.

—¡Nos necesitan, Bo! ¡Aprovechémonos! ¡Podré sacar a tu madre de ese campo de internamiento donde la tienen encerrada! ¡Podréis volver a vuestra hacienda!

—¿Y después qué? ¿Qué será de nosotras cuando recolectemos la cosecha y tú te hayas ido? —prosiguió con sus preguntas.

Tampoco había pensado a tan largo plazo.

—Lo importante ahora es que las tres estemos juntas en la hacienda. Una vez allí, ya se nos ocurrirá algo —improvisé, consciente de que Bo tenía razón y que en unas cuantas semanas a lo sumo el as que Juro aseguraba que guardábamos bajo de la manga ya no serviría.

—¿Quién es ese militar japonés que está con Nakamura? —me preguntó.

—Es el coronel Juro Hokusai. Mi jefe, por así decir.

—Nakamura también es mi jefe, por así decir. En los últimos diez días me ha violado seis veces. Incluso quiere traer a un fotógrafo para que le haga fotos a mi vulva. Asegura que es la parte que más le gusta de mi cuerpo. A veces me obliga a desnudarme y se dedica a mirar mis partes íntimas como quien contempla un paisaje. Es un asesino loco y depravado. ¿Acaso puedes imaginar la humillación por la que estoy pasando? Cada vez que ese hijo de puta se balancea dentro de mí, cierro los ojos y veo a mi padre colgando de esa cuerda..., y me entran ganas de estrangularlo con mis propias manos.

Mi prima hizo amago de romper a llorar de nuevo, pero logró contenerse. Le agarré sendas manos y se las apreté con todas mis fuerzas, como si de esa forma pudiera trasladarle mi solidaridad para con ella y la determinación que me conducía. Si tenía que convertirme en una Mata Hari, como había dejado caer un día mi padre, lo haría.

—Lo siento, Bo. Lo siento de veras. El coronel Hokusai es distinto.

—Todos los militares japoneses son iguales.

—En eso discrepo. Si vas a salir de aquí conmigo es gracias a él. Es un buen hombre.

—¿Un buen hombre? Mira a tu alrededor. En el «hotel de la lujuria», que es como llaman a este antro, no hay buenos hombres. Aquí hay mujeres que son violadas veinte veces cada día. Si enferman, si contraen alguna enfermedad venérea o quedan embarazadas, las arrojan a la calle como despojos humanos. De hecho, ahora mismo, en este instante, algunas muchachas están siendo violadas en las plantas superiores. No veo que tu jefe japonés haga nada por evitarlo.

—Juro no aprueba el comportamiento de sus camaradas de armas. Es pintor, descendiente de uno de los artistas más famosos de Japón.

—¿Juro? ¿Lo llamas por su nombre de pila? ¿Qué pasa, María?

—No pasa nada. ¿Por qué iba a tener que pasar algo?

—Porque no es normal llamar a un coronel de la Kempeitai por su nombre de pila, salvo que...

—¿Salvo qué? —dije a la defensiva.

—Que haya algo entre vosotros.

No podía mentirle a mi prima, así que me callé.

—Así que es eso, te gusta.

—Sí, me gusta; mejor dicho, me gustaba hasta que me informó de vuestra situación —reconocí.

—¿Lo sabe tu padre?

—No, mi padre no sabe nada.

—¡Joder, María, no me esperaba de ti algo así! —me reprochó.

—¿Quieres que te pida perdón? Pues te lo pido. Pero ya deberías saber que las cosas son a veces más complicadas de lo que parecen.

Juro y el coronel Nakamura decidieron que la libertad provisional de mi tía y mi prima habría de dilucidarse en el cuartel general de la Kempeitai de Bandung, que se había establecido en el antiguo edificio de la escuela de leyes, a unos cientos de metros del hotel. Nos encaminamos todos hacia allí.

—¿Qué pasa, coronel Hokusai? —le pregunté a Juro.

—Que Nakamura exige más información sobre nuestra misión. Quiere hablar con mis superiores en Japón, y verificar punto por punto hasta dónde alcanzan nuestras competencias.

—¿Y bien? ¿Eso qué significa?

—Todo está en orden, María. Se trata de una cuestión rutinaria. Nuestra misión tiene prioridad sobre cualquier otro asunto. No te preocupes. Confía en mí. En un par de horas estaremos en la hacienda de tus tíos. Digamos que Nakamura no se resigna del todo a perder a tu prima.

—¿Otra vez vamos a empezar con los eufemismos, coronel? —le reproché.

—Perdona, María. Nakamura es un hombre repugnante, un advenedizo que está donde está gracias a su crueldad y sus métodos expeditivos. Tu prima es para él un trofeo de guerra.

—Quiero que Nakamura muera, coronel —dije ahora con solemnidad.

—Eso no está en mi mano, María.

—Pero sí en la mía.

—Creo que te estás dejando llevar por las emociones. Comprendo tu deseo de que se haga justicia con tu prima, pero si muere Nakamura moriremos todos.

—¿Sabías que mi tío no fue sometido a juicio alguno? ¿Y que para que un hombre sea condenado a muerte en Java basta con la aprobación de un oficial de la Kempeitai y otro del ejército regular? El coronel Nakamura fue uno de esos oficiales —puse a Juro en un brete.

—Sí, lo sabía —reconoció.

—Pero preferiste no contarme nada.

—No quería complicar más las cosas, que la rabia y la ira te dominaran. Te necesito lúcida, no impulsiva.

—Después de mandar ahorcar a mi tío Alexander, Nakamura convirtió en esclava sexual a su hija, mi prima Bo. Eso sí que es complicar las cosas, ¿no te parece?

—Comprendo tu enfado, tu indignación, pero a pesar de todas estas circunstancias hemos de obrar con suma prudencia.

—No sé si lo que me pides es que tenga clemencia, pero de nuevo prefieres esconder tus deseos detrás de un eufemismo. Veo que el jarrón se rompió en realidad en mil pedazos. Si quieres que transporte vuestras piedras preciosas hasta Europa tendrás que encontrar la manera de que Nakamura quede fuera de nuestra ecuación.

—¿Desde cuándo eres una asesina, María? —me preguntó con un tono que evidenciaba la distancia que se había interpuesto entre nosotros.

—No soy una asesina. Solo quiero aplicar la misma doctrina que empleaste cuando decidiste matar a cinco personas en Manchuria para evitarles un sufrimiento mayor. Cuando me lo confesaste, traté de entender tu punto de vista. Nakamura representa un dolor insoportable para mi prima. Mientras él exista, Bo estará muerta por dentro, y ya ha sufrido demasiado. Además, sabes perfectamente que Japón jamás castigará a hombres como Nakamura; todo lo contrario. Mírate a ti mismo, mataste a cinco personas y fuiste promocionado.

Mientras caminábamos y hablábamos, el coronel Nakamura volvió a proferirle otro grito a mi prima, su esclava sexual, que frenó en seco y volvió a inclinarse delante de él. Juro y yo recibimos la sacudida de aquella voz desagradable y destemplada.

—«Tus pasos son nuestros pasos; mis pasos son nuestros pasos». Lo que propones puede llevarnos a todos a la muerte, ¿eres consciente? —se pronunció.

—¿Acaso importa? Solo hay presente; no hay futuro. El mañana no existe. Si estoy equivocada, rebusca en tus bolsillos y muéstrame una imagen de un mundo distinto, uno donde los hombres como Nakamura no tengan cabida. ¡Venga, dale la vuelta a tus bolsillos y enséñame un futuro diferente a este presente!

—De modo que utilizas contra mí mis propias palabras.

—Eso parece. Soy buena alumna; siempre lo he sido.

Decidí aflojar el paso y dejar que el coronel Nakamura y Bo nos alcanzaran, con el único propósito de interponerme entre ellos.

Por primera vez, Nakamura me escrutó con detenimiento, quizá asombrado por el gran parecido que guardaba con mi prima. Cabía incluso que pensara en la posibilidad de incorporarme a su harén particular. Su frente sudaba con profusión, y sus pequeños ojos, dos finas líneas oblicuas hundidas entre el etmoides y dos mofletes que semejaban sendos globos llenos de aire, le conferían un aspecto ridículo.

—Te juré que este gordo violador iba a morir. Vengo a refrendar mi juramento —le dije a Bo en neerlandés al mismo tiempo que le sostenía la mirada a Nakamura, quien masculló unas palabras en su lengua que ninguna de las dos entendimos.

—Te matarán, María; nos matarán a todas. Ahorcaron a mi padre y harán lo mismo con nosotras.

—Entonces me doy oficialmente por muerta desde este instante. Los muertos no temen a la muerte. ¿Acaso prefieres seguir siendo la esclava sexual de este cerdo? ¿Y que tu madre muera de hambre o por una enfermedad tropical en ese campo de concentración? En cualquier caso, estoy madurando un plan.

—¿Qué clase de plan?

—Uno que nos permita salir de esta isla. Para cuando los japoneses se den cuenta, ya será demasiado tarde.

—Eso no es posible.

—Lo es. Juro nos ayudará.

—Otra vez ese hombre, Juro.

—Yo soy la carta marcada con la que él obtiene ventaja en esta partida; y a su vez, él es la mía. Decenas de miles de japoneses encerrados en campos de concentración dependen del éxito de mi misión. Así que vamos a jugar. Ahora, mira el sol y respira la brisa de las montañas. El Welgelegen ya ha quedado atrás para siempre.

—No, prima, las quemaduras del infierno son para toda la eternidad.

Bo y yo hicimos el camino desde Bandung hasta la hacienda de Tebing abrazadas la una a la otra, en el asiento trasero del coche que la Kempeitai puso a disposición de Juro, quien se sentó en la parte delantera, junto al conductor. Nos dejó a nuestro aire, y ni siquiera volvió la cabeza una sola vez durante buena parte del trayecto. Supongo que le preocupaba no solo el hecho de que yo le hubiera exigido la muerte del coronel Nakamura, sino también la circunstancia de que este, en su empecinamiento por mantener su influencia sobre Bo, nos asegurara que recibiríamos su visita a menudo.

Con la cabeza de Bo sepultada en mi regazo, me asaltó la idea de que la solución a buena parte de nuestros problemas pasaba por aprovechar el gran parecido que existía entre ambas, unas similitudes que podían ser aún mayores si cubría su cabeza con mi pañuelo de crisantemos y protegía sus ojos con mis gafas de sol. El brazalete de la Kempeitai que Juro me había proporcionado haría el resto.

El plan, por tanto, consistía en que Bo se hiciera pasar por mí cuando se cargara la cosecha de café en el mercante portugués que habría de transportarme hasta Europa. Una vez que hubiera embarcado con la mercancía, ella permanecería escondida en la bodega, en calidad de polizona. Juro, quien tendría que tomar parte en el plan, volvería a la hacienda trayendo consigo el pañuelo y las gafas de marras, que yo utilizaría a los pocos días para dirigirme en su compañía hasta el puerto. De esa forma, el barco zarparía con las dos en su interior.

Tras acariciar el cabello de Bo, pensé que tenía que cortar el mío hasta dejarlo a la misma altura que el suyo, justo un dedo por encima de los hombros.

Aún faltaban piezas por encajar en aquel rompecabezas —deshacernos de Nakamura, por ejemplo—, pero ensamblar las dos primeras me llenó de optimismo.

La Reina del Oeste

Los dos farallones de piedra que daban acceso al altiplano donde se encontraban nuestras tierras terminó por insuflarme seguridad, pues conocía el terreno como la palma de mi mano. Pronto nos adentramos por la verde alfombra moteada de puntos rojos —las llamadas cerezas— de los cafetales del *landhuis* familiar, que nuestros antepasados habían bautizado como La Reina del Oeste; una hacienda de casi trescientas hectáreas de terreno frondoso y escarpado, donde además de las extensas alfombras verdes que conformaban los arbustos del café abundaban los pinos, de gran tamaño, que a menudo acariciaban las nubes. Un lugar de aspecto irreal, coronado por una gran casa de estilo javanés que se asentaba sobre una verde meseta. «El paraíso en la tierra», como mi madre llamaba a aquel lugar.

Los pinos no solo daban sombra a los cafetos, también producían una valiosa resina que los De Groot comercializaban. Claro que la consecuente acidificación del suelo obligaba a utilizar fertilizantes naturales, cosecha tras cosecha. Gracias a los restos de la pulpa de la propia fruta del café, a las hojas de los plataneros y de otras plantas del bosque, que dejábamos fermentar durante varios meses para mezclarlo luego con estiércol animal, nuestros cafés poseían un sabor inconfundible, dada la altísima calidad de nuestro abono y la singularidad del suelo de nuestras tierras. Según la cosecha fuera de la zona norte del *landhuis* o de las tierras del sur, variaban los sabores, que iban desde las bayas de café que tenían notas a té negro, kumquat, flores y hierbas frescas, hasta las que destacaban por las notas dulces a polen, especias, tabaco, pimienta negra y cardamomo. Un mundo de sabores tan rico y complejo como aquel paisaje único, donde la naturaleza salvaje y el hombre se habían dado la mano hacía más de cien años.

La guerra, por desgracia, había roto aquella simbiosis. A simple vista, la coloración de las bayas del café —de un rojo oscuro sin presencia de verde— daba a entender que la cosecha debía haber comenzado ocho o nueve días antes. Tras comentarlo con Bo, le dije a Juro:

—La cosecha está a punto de perderse. Necesitaremos por lo menos sesenta o setenta hombres, de inmediato.

—No sé nada sobre el cultivo del café. Supongo que tu prima sabrá cómo resolver el problema —se desmarcó.

—Ningún nativo trabajará para una holandesa, dadas las circunstancias —le repliqué—. Los nacionalistas indonesios los considerarían traidores a la causa de la independencia. De modo que han de ser las autoridades japonesas las que se impongan. En dos o tres días deberíamos estar recogiendo esas cerezas; de lo contrario, tendremos que buscar otra cosecha. Claro que entonces tendrás que encontrar también a otra persona dispuesta a llevar tus diamantes hasta Europa.

—De acuerdo. Dile a tu prima que mañana tendrá a sus trabajadores.

—¿Y qué hay de mi tía Gerda?

—Llegará mañana.

—Mañana es el futuro, coronel, y ambos sabemos que tal cosa no existe —insistí.

—Mañana, María, ten paciencia. No existe el futuro, pero sí el camino que hemos de recorrer hasta llegar hasta él. El camino lo engloba todo, todo lo comprende, lo da y lo quita todo. Te regalé *El libro del té* precisamente para que lo entendieras, para que vislumbraras que cualquier cambio ha de producirse desde la paciencia; incluso la revolución más virulenta, incluso las transformaciones más significativas.

—Vuelves a hablar como cuando nos conocimos.

—Soy el mismo hombre que conociste; lo que han cambiado son las circunstancias; no solo las mías, también las tuyas. Quizá las tuyas se han modificado más que las mías, porque yo llevo más tiempo transitando por el camino y tú solo has dado los primeros pasos, los más difíciles.

—Así que eres el único jarrón que permanece intacto entre miles de jarrones rotos.

—Bueno, las generaciones venideras tendrán que restaurar muchas cosas; cada jarrón contiene su propio vacío, su propia alma. Pero me temo que el mundo ya no volverá a ser el mismo porque está hecho añicos. Da igual que mires hacia el norte, el sur, el este o el oeste, lo único que se ve por todas partes son almas rotas.

—Y las personas como tú que luchan por conservarse intactas, ¿qué será de ellas? ¿Qué papel jugaréis?

—¿Que qué será de mí? Yo no sobreviviré a esta guerra, María. Soy demasiado imperfecto. Nada de lo que anhelo está ya a mi alcance. Mis sueños se han esfumado para siempre. Ahora dejemos esta conversación si no quieres que tu prima sospeche.

Pero Bo no atendía a nuestra conversación, que transcurría en castellano, sino que miraba con evidente melancolía el paisaje familiar a través de la ventanilla del coche, como si entre su marcha y su regreso hubiera transcurrido una vida entera y no solo unas pocas semanas.

—Mi prima está al corriente de lo que ha habido entre nosotros —le solté de sopetón.

—No deberías haberle dicho nada; nos hace más débiles a todos.

—Simplemente, está en contra de lo nuestro. No concibe que ella haya sido esclavizada y violada de manera sistemática por el coronel Nakamura y que, en cambio, yo me haya entregado a ti por voluntad propia.

—Lo que demuestra que en toda moneda hay una cara y una cruz. Dos caminos diferentes. Y es ahí donde está el problema. ¿Y si Nakamura se presenta aquí y obliga a hablar a tu prima? ¿Cuánto tardaría en contarle lo nuestro? Quedaríamos expuestos.

—Si eso ocurre, si Nakamura pone los pies en esta hacienda, entonces morirá —dije taxativa.

—Ya estamos otra vez con lo mismo. Comprendo tu frustración, tu deseo de tomarte la justicia por tu mano; pero, antes de actuar, uno tiene que evaluar las consecuencias que acarrean sus actos. ¿Has pensado en la suerte que correría tu padre si tú, su hija, asesinaras a un oficial japonés? ¿Acaso has olvidado que está en Tokio?

Juro tenía razón. Mi sed de venganza me había hecho pasar por alto ciertos detalles de gran importancia, como era la situación de mi padre. Ni siquiera había considerado que su posición fuera tan delicada como la mía.

—Si yo no puedo matar a ese miserable, lo hará mi tía Gerda o mi prima.

—Da igual que la mano ejecutora sea la de tu prima o la de tu tía. El resultado para tu padre sería el mismo. Está bien, María, haré todo lo posible para que Nakamura no venga de visita, por el bien de todos.

—Antes admiraba tu condescendencia; ahora la odio —le reproché.

—Nunca me he considerado una persona condescendiente, ni contigo ni con nadie. Solo trato de ver las cosas en su conjunto, no parcialmente. Es lo mismo que desplegar un mapa, donde aparece reflejada la orografía completa de un determinado lugar. Hay que conocer lo general antes de enfrentarte a lo particular.

—Recuerdo una frase de ese libro que me regalaste que me causó desasosiego, y que aún hoy me inquieta: «El vacío es absolutamente poderoso porque puede contenerlo todo». El hall del Hotel Imperial es un ejemplo de lo que esa frase significa. Nunca había visto un espacio donde el vacío tuviera tanto protagonismo, donde la ausencia de elementos bastara para llenarlo. La cuestión es que ahora, cada vez con más frecuencia, tengo la impresión de que el vacío se ha apoderado de todo, de nosotros, del mundo, no solo del hall de ese hotel de Tokio...

—Somos nosotros quienes no sabemos qué hacer con el vacío, cómo gestionarlo, cómo rellenarlo con sentido, con armonía. La parte más importante de un jarrón es precisamente la que está vacía: su oquedad. No solo es la que tiene utilidad, sino la que le da sentido. Lo mismo ocurre cuando construyes una casa, pintas un cuadro, escribes un libro o compones una pieza musical: el vacío es el elemento primordial sobre el que se articula todo lo demás. Curiosamente, quienes no entienden el verdadero significado del vacío acaban vacíos por dentro, valga la paradoja. Y es así como están nuestras sociedades hoy en día: despojadas de valores porque consideran que el vacío se rellena acaparando cosas, creando necesidades que, a la postre, se revelan superfluas y provocan una mayor insatisfacción. Colmar nuestras vidas de objetos materiales no nos llena por dentro, ni de manera individual ni colectiva. Nuestras sociedades están frustradas, como también lo estamos nosotros. La guerra es la consecuencia última de este proceso. Ahora dile a tu prima que mañana tendrá a su madre consigo, y también a los hombres y mujeres que necesita para recolectar la cosecha.

Le trasladé la información a Bo, quien se abrazó de nuevo a mí y rompió en sollozos. Luego, sacando un hilo de voz que ocultaba su rabia, me dijo:

—Pregúntale a tu amigo dónde está el árbol en el que ahorcaron a mi padre.

—Bo, el coronel Hokusai no puede saber tal cosa; llevamos varias semanas viajando desde Japón en barco. Él estaba conmigo cuando os detuvieron —traté de quitarle esa idea de la cabeza.

—Di mejor que tú estabas con él —me espetó con tono arisco.

—Sí, estábamos juntos, pergeñando un plan que nos beneficiara a todos, incluida tu familia.

—Di mejor lo que queda de ella. Los japoneses nos han dejado a merced de los nativos nacionalistas. Era el plan que tenían desde que pusieron sus zarpas sobre Java. Les han ofrecido la independencia, y también nuestras cabezas, claro.

—¿Para qué diablos quieres saber dónde está ese árbol? —quise saber.

—Para talarlo, María, para arrancarlo desde la raíz.

La esposa holandesa

Cuenta la leyenda que los marineros holandeses viajaban desde tiempo inmemorial con almohadas confeccionadas por sus esposas. Una bolsa de tela de Holanda suave y fina, elaborada con fibras naturales, rellena de plumas, a la que se aferraban durante la noche, y cuya función era la de paliar la ausencia del cuerpo amado. A esas almohadas las llamaron «esposas holandesas», y contrastaban con la rudeza del medio. Pronto, la tradición se extendió entre los funcionarios y los colonos que viajaban fuera de la metrópoli. Fue así como se hicieron populares en Java. Tanto que mi madre poseía su propia «esposa holandesa», a la que se aferraba durante las horas de sueño para recordar a mi padre ausente.

A la «esposa holandesa» de mi madre se agarró mi tía Gerda cuando llegó a la hacienda a media mañana del día siguiente.

Traía el pelo rapado, había perdido los kilos que nunca le habían sobrado, su voz se había vuelto ligera como el humo y sus ojos se habían precipitado dentro de las cuencas, como si no quisieran volver a ver lo que el mundo les ofrecía. Era tanta su debilidad, que cuando Bo la abrazó con su fuerza de hija doliente y desesperada pensé que mi tía se rompería en mil pedazos, como uno de los jarrones a los que tanto aludía Juro. En un estado emocional de ausencia, por tanto, ni siquiera se sorprendió o preguntó qué diablos hacía yo en Java o quién era aquel coronel japonés que se había instalado en una de las habitaciones de invitados de su casa.

—¿Se ha terminado la guerra? —preguntó sin dirigirse a nadie en particular.

Todos obviamos la pregunta, preocupados por mejorar de inmediato su lamentable estado, tanto físico como mental.

—¿Y Alexander? ¿Por qué no está aquí? —quiso saber a continuación.

Fue entonces cuando Bo le entregó «la esposa holandesa» que en otra época había usado mi madre, y que venía a refrendar lo que la mente alterada de mi tía se negaba a admitir: que mi tío no volvería porque había sido ahorcado.

—Esta «esposa holandesa» significa que... ¡Mi pobre Alexander! —balbuceó.

Tanto Bo como yo evitamos que se desplomara.

En cuanto llegaron los recolectores, y tras efectuar ciertas consultas, mi tía y mi prima dieron con el árbol de la discordia, un frondoso pino situado a doscientos metros de la casa principal, justo detrás de uno de los secaderos.

Mi tía fue transportada en parihuelas hasta la base de aquella conífera, dada su extrema debilidad. Luego dio orden de talar el árbol en su presencia. Sin embargo, no pudieron extraer la raíz debido a que mi tío Alexander había sido exhumado a escasos metros, y se corría el riesgo de que su cadáver quedara expuesto al arrancarla.

—Dejemos entonces que el cuerpo de Alexander descanse abrazado a los tentáculos de ese árbol —convino mi tía Gerda con su voz de humo.

A cambio, las primeras bayas de café de la cosecha fueron utilizadas para delimitar y adornar su tumba, que se tiñó de rojo cereza.

Cuando todas aquellas acciones terminaron, pocos minutos antes de que anocheciera, mi tía se encerró en su cuarto con la «esposa holandesa» que tantas veces había utilizado mi madre para suplir la ausencia de mi padre: una almohada alargada y mullida, dentro de una bolsa de lino bordada por mi abuela materna, a la que llamábamos Oma Roodkapje —la abuela Caperucita Roja— por su cabello pelirrojo. De hecho, la funda de aquella «esposa holandesa» fue la última tela que mi abuela bordó antes de su muerte. Como decía mi madre, se le paró el corazón mientras bebía una limonada fresca sentada en una hamaca que tenía en la veranda de la casa, y en la que pasaba las tardes hasta que aparecían los insectos nocturnos. Pese a ser una mujer discreta, todo el mundo coincidía en señalar que mi abuela materna era la verdadera «Reina del Oeste».

Esa noche, mientras preparábamos la cena, mi tía me preguntó:

—Y tu madre, ¿está al tanto de la muerte de Alexander?

Para cuando formuló aquella pregunta ya habíamos concluido que la tía Gerda era víctima de un severo desvarío mental, además de su evidente debilidad.

—Sí, tía. Está muy afectada por la muerte de su hermano, como lo estamos todos —le respondí siguiéndole la corriente.

—Tiene que estarlo, tiene que estarlo —se limitó a decir.

Luego, gracias a la buena de Batari —una de las javanesas que llevaba trabajando más de treinta años en la hacienda, la cual había seguido a su ama y se había instalado en las inmediaciones del campo de concentración en el que fue recluida—, supimos que los problemas de desorientación de mi tía tenían su origen en el inclemente sol de la jungla, puesto que por ser la esposa de un espía aliado era obligada a pasar el día a la intemperie, soportando el fuerte calor sobre su cabeza, un día tras otro. Además, Batari nos contó que los responsables de custodiarla eran *gunzoku*, auxiliares taiwaneses y coreanos que trabajaban para los japoneses, y que hacían méritos delante de estos a base de mostrar una extrema crueldad para con los prisioneros; mayor incluso que la que exhibían los *heiho*, los nativos indonesios de ideología nacionalista, cuyo odio hacia los colonos estaba más justificado. Sea como fuere, lo cierto era que nadie ponía freno a la violación de los derechos humanos que sufrían los ciudadanos neerlandeses, que comenzaron a fallecer en gran número por causa de las ejecuciones sumarias, por los malos tratos recibidos o por el hambre, que se fue apoderando de la isla con la virulencia de una plaga.

Que Juro hubiera liberado a mi tía, por tanto, se antojaba un milagro —pese a las reticencias de mi prima Bo—, que pudo obrarse gracias a mí.

No obstante, la tía Gerda tenía arrebatos de lucidez, hasta el punto de que a la mañana siguiente, durante el desayuno, nos dijo a Bo y a mí con el semblante de la sensatez en su rostro:

—No perdamos el tiempo en lamentaciones; matemos al japonés que nos vigila y huyamos a la selva. Nos esconderemos en nuestra plantación del este de Java, en tierra de volcanes. Allí no nos encontrarán.

Me extrañó sobremanera que Bo saliera en defensa de Juro e intentara poner cordura, si es que esa era una opción a esas alturas.

—El coronel Hokusai es quien ha conseguido sacarnos a ambas de nuestros respectivos infiernos; además, se asegurará de que la prima María lleve nuestro café hasta España —argumentó.

—Claro, el café de los Casares. Qué haríamos nosotros sin el café que venden los Casares en España...

—También se va a encargar de que te devuelvan las joyas que te requisaron en su día, ¿verdad, María?

—Sí, claro —me vi obligada a decir.

—¡Vaya! Si nos dejan vender nuestro café en Europa, si

van a devolvernos las joyas que nos confiscaron, ¿por qué colgaron entonces a tu padre de ese maldito árbol?

—Porque papá trabajaba para el gobierno neerlandés en el exilio; mientras que la prima María, tu sobrina, trabaja para Franco, que es aliado de los japoneses, quienes ahora son los dueños de Java.

—Me he perdido, hija. ¿Quién diablos es Franco y por qué María trabaja para él? ¿Es un nuevo importador de café?

En cierto sentido, Franco se había convertido en un eventual comerciante de café cuando se apropió de las seiscientas toneladas que recibió de la dictadura brasileña y las vendió a su propio gobierno, obteniendo una gran fortuna con la operación. Sí, si yo estaba en Java y mi padre en Tokio en parte se debía a esa jugada artera que el caudillo había llevado a cabo.

—Es una larga historia, mamá.

—Entonces cuéntamela en otro momento; estoy cansada, y eso que acabo de levantarme. Vosotras id a controlar la recolección de la cosecha, o el café se echará a perder.

Una cama balinesa

La segunda jornada resultó extenuante pero fructífera, puesto que pudimos recolectar más café del que habíamos previsto en un principio. Bo y yo nos implicamos en el proceso aportando nuestras cuatro manos: separamos el grano del resto del fruto; cribamos las cerezas —las que flotaban eran desechadas— sumergiéndolas en unos tanques de agua preparados para la ocasión; luego las metimos en la máquina despulpadora o *luwak*; dejamos fermentar los granos durante la noche y, de buena madrugada, ayudamos a retirar el mucílago adherido al pergamino del grano; volvimos a lavar y realizamos una segunda selección ya con el sol sobre nuestras cabezas; por último, formamos parte de la cadena humana que se dedicaba a distribuir el fruto en los secaderos. *Giling Basah* —trillado húmedo—, así llamaban los nativos a este método característico de Java para procesar el café.

Como siempre que empezábamos la recolección, Batari

se encargaba de preparar ingentes cantidades de café, que mujeres y hombres bebían cada vez que tenían un descanso, pues habíamos comprobado que no existía una bebida más energizante. Una costumbre contraria a la de otros cultivadores, que mantenían la tradición de no dejar probar el café a los nativos. Incluso disponíamos de varias cafeteras de gran tamaño, que solo se usaban durante la recolección, a las que llamábamos «locomotoras de café» por la gran cantidad de vapor condensado que exhalaban al entrar en ebullición.

Después de que anocheciera, la casa seguía impregnada de aquel aroma de amargo tostado. Cenamos igual que habíamos desayunado, las tres mujeres solas. Al parecer, Juro había decidido interferir en nuestras vidas lo menos posible, como si no quisiera molestar, como si deseara pasar desapercibido.

—Ese japonés que vive en la casa podría ser perfectamente el fantasma de Alexander —dijo mi tía, para luego sumirse en un silencio que era de todo menos natural.

Aguardé a que tanto mi tía —a quien tuvimos que acompañar hasta la cama por encontrarse de nuevo desorientada— como mi prima se retirasen a sus habitaciones para presentarme en el dormitorio de Juro, con el propósito de trasladarle el plan que había pergeñado unos días antes, y que lo involucraba a él como actor principal, puesto que tendría que acompañar a Bo hasta el puerto de Batavia como si ella fuera yo.

Lo encontré con el pelo un tanto desaliñado y los faldones de la camisa por fuera de los pantalones, semitumbado en la vieja cama balinesa que Oma Roodkapje se trajo de la vecina isla de Bali, cuando estuvo allí valorando comprar unas tierras para cultivar café. La madera de apariencia ligera, las altas patas festoneadas y las cuatro columnas labradas que trepaban como enredaderas hasta el vistoso dosel le conferían a Juro el aire de un fumador de opio descuidado. Parecía un «náufrago del humo», como llamaban a los chinos adictos al opio en Batavia, navegando a la deriva en un lujoso jergón.

—Por lo visto las cosas marchan bien —me dijo a modo de saludo.

—¿Quién te lo ha dicho? ¿Batari? —le pregunté.

—No directamente, pero sí su rostro cuando me trae la comida y sus cánticos cuando se traslada de una habitación a otra.

—Batari canta a todas horas, siempre.

—Todos deberíamos seguir su ejemplo. Batari no necesita odiar a nadie para ser feliz. Tampoco necesita muchas cosas para vivir.

Cuando me acerqué, vi que a su lado había un dibujo a lápiz de la cama sobre la que yacía.

—¿Y ese dibujo?

—Me aburría.

—¿Y el papel y el lápiz?

—Estaban en ese escritorio de ahí.

Se refería a un viejo escritorio de madera de teca traído también por Oma Roodkapje desde Bali, donde mi abuela primero y mis tíos más tarde guardaban las hojas de papel holandés verjurado. En aquellas hojas solían escribir las cartas comerciales y también a la familia de la metrópoli.

—Es como si esas cuartillas y ese lápiz te estuvieran esperando. ¿Me lo enseñas?

—Es solo un ejercicio para soltar la mano. Hacía mucho que no dibujaba.

A pesar de su reticencia, aceptó entregarme el dibujo, donde de nuevo vi al hombre sensible que me había cautivado en Tokio. Se trataba de un bosquejo de trazo suelto, pero al mismo tiempo reconocible, donde se apreciaban hasta los más mínimos detalles del lecho.

—Has dibujado la cama sobre la que duermes y no una batalla —observé.

—Llevaba tiempo sin poder dibujar como antes de enrolarme en el ejército. Digamos que este lugar tiene una cosa buena: está aislado de todas partes. Es como si la guerra no hubiera llegado hasta aquí.

—Pero la guerra sí ha llegado hasta aquí. Olvidas la muerte por ahorcamiento de mi tío Alexander.

—Tienes razón. Incluso un lugar tan maravilloso como este está corrompido por la guerra.

—Por no mencionar que la cama sigue siendo una naturaleza muerta... —dejé caer.

—¿Y bien? ¿Acaso importa?

—Me gustaría que me dibujaras —le solté a bocajarro.

Una media sonrisa dejó a la vista sus dientes. Un rictus

que mantuvo durante unos segundos, mientras me escrutaba.

—No sé si sabría, la verdad —se desmarcó.

—¿Acaso has olvidado cómo es mi cuerpo? —le reté.

Dicho lo cual me desnudé delante de él, a los pies de la cama.

—Veo un jarrón roto, que no deja de ser otra naturaleza muerta —me soltó.

Pasé por alto su comentario. Luego me tumbé a su lado y le dije:

—Recuerdo que me hablaste de un arte ancestral que servía para arreglar la cerámica rota.

—Existe tal arte, en efecto, pero implica tener que vivir para siempre con una cicatriz visible.

—Creo que podré vivir marcada. De hecho, pase lo que pase, esta guerra nos marcará para siempre. Ninguno de los dos volveremos a ser los mismos de antes.

Tomé la iniciativa, desabrochándole la camisa y el pantalón, que bajé hasta la altura de sus rodillas, lo que provocó que se estremeciera. Acto seguido, le acaricié el pene hasta que estuvo completamente firme. Por último, me monté encima de él y comencé a cabalgar sobre su cuerpo; primero con lentitud y luego con más ritmo, hasta que terminó por aferrar sus manos a mis caderas con el fin de modular mis movimientos. No tardamos en arder por dentro.

Durante unos minutos solo se escucharon nuestros jadeos desacompasados. Por temor a que nos pudieran oír, hundí mis bragas en su boca y llevé su mano derecha a la mía, que acabé mordiendo.

La falta de aire no hizo sino aumentar la excitación de ambos.

Alcanzamos el clímax juntos, tras lo cual me derrumbé a su lado.

Me dormí contemplando su perfil de montaña.

La niebla se disipó con el amanecer, dejando entrar en la habitación una tenue luz que acabó por posarse sobre el cuerpo de Juro. Pensé que si la guerra era agitación y caos, él en cambio transmitía la inmovilidad de otra época; la misma que todos, en distinto grado, añorábamos.

—Ahora que ha vuelto la calma después de la tempestad, dime qué quieres que haga por ti —me soltó de repente.

Ni siquiera me había dado cuenta de que había abierto los ojos y que él también me observaba.

—¿Cómo sabes que voy a pedirte algo? —le pregunté, al tiempo que atusaba su cabello con el ímpetu de quien acaricia la crin de un semental después de cumplir con su deber de inseminar a la yegua.

—Porque anoche, cuando te entregaste a mí, te vi por dentro, vi tu vacío, y estaba lleno de peticiones —me respondió.

Me sorprendió su comentario.

—¿De veras? ¿Qué más has visto en mi interior?

—¿De verdad quieres saberlo?

—Sí.

—El abismo de nuestros destinos; el de ambos.

Me tomé unos segundos antes de responder.

—Tú también estás lleno de deseos que no manifiestas. Lo dicen tus ojos y tu forma de hacerme el amor. Cuando clavas tu sexo en mi interior me traspasas tu dolor.

—Es cierto. Pero mi sufrimiento pesa tanto como la impedimenta de un soldado camino del frente. Y llevo demasiado tiempo cargando con él. Lo más pesado, claro, es el miedo, la incertidumbre. En cualquier caso, mis deseos no pueden cumplirse, por lo que carece de sentido manifestarlos. Ahora, dime, ¿qué quieres que haga por ti?

—Se trata de Bo. Quiero que la lleves al barco haciéndose pasar por mí. Le prestaré mis gafas de sol, mi pañuelo y mi brazalete de la Kempeitai. Una vez que esté a bordo, te traerás de vuelta esos objetos. Uno o dos días más tarde, cuando vayamos a zarpar, me acompañarás para que sea yo la que embarque.

—Para hacer algo así tendría que sobornar al capitán del barco.

—Requisasteis las joyas de mi tía durante la detención de los De Groot. Sobornaremos al capitán con ellas.

—Comprendo. ¿Y tu tía? ¿Qué hay de ella? ¿Piensas dejarla aquí?

—Todavía no sé cómo ayudarla. Mi prima y yo somos más o menos de la misma edad y nos parecemos mucho, por lo que no habrá problema para que embarque haciéndose pasar por mí. El caso de mi tía es distinto.

—Si se queda aquí, morirá. Ni siquiera puede valerse por sí misma —me advirtió.

—Lo sé.

—Claro que si la embarcas como polizona, me temo que también pueda morir. Las condiciones del barco mercante no serán las mejores.

—Está muy débil, y la cabeza no le funciona bien del todo; por no hablar de sus problemas de movilidad. Sin duda, ahora mismo es mi mayor preocupación —elucubré en voz alta.

—¿Y qué hay de mí?

—¿Acaso quieres venir a Europa con nosotras?

—En absoluto.

—¿Entonces?

—Muy sencillo: no has pensado en mí a la hora de elaborar tu plan.

Su tono de voz desprendió cierto aire de reproche.

—¿A qué te refieres?

—¿Qué le diré al coronel Nakamura cuando tu prima y tú hayáis zarpado y pregunte por Bo? No dudes de que en cuanto esto termine, reclamará que le sea devuelta. Si le digo que se ha escapado contigo, mi posición quedará en entredicho. Tendré graves problemas.

Juro tenía razón, solo me preocupaba el destino de mi familia. Había dado por hecho que él sabría valerse por sí mismo.

—En su momento te dije que Nakamura tenía que quedar fuera de nuestra ecuación. Nakamura debe y merece morir, lo sabes tan bien como yo. Se me ocurre que lo invites a venir y que lo envenenemos.

—¿Envenenarlo? ¿Cómo y con qué?

—Con el veneno del upas-tree.

—¿Qué diablos es eso?

—Un árbol de esta isla que produce un látex que, tratado de determinada manera, da lugar a un potente veneno. De hecho, la palabra *upas* significa «veneno» en javanés. En la hacienda hay un ejemplar de upas. Y Batari, como buena nativa, sabe cocinar el látex para que se convierta en un veneno letal.

—¿Cómo sabes tanto sobre ese veneno?

—Todos los niños de Java conocen las leyendas que se cuentan sobre el upas-tree. Pasé una parte de mi infancia en esta isla. Decían que los upas eran tan tóxicos que sus exhalaciones mataban todo lo que estuviera cerca de su tronco. También se aseguraba que si un pájaro se posaba en sus ramas moría al instante. Los nativos javaneses usaban el látex del upas para envenenar sus flechas. Más recientemente, un médico holandés afirmó que unas trescientas personas de un total de mil seiscientas que vivían en un campamento cerca de un upas habían muerto envenenadas. Por no mencionar las historias que narran cómo los emperadores de Java eliminaban a sus enemigos con el veneno del upas. La verdad es muy distinta; el upas es mortal cuando se manipula la goma que exuda su corteza y se transforma en una suerte de mixtura. Nuestro upas mide unos veintiocho metros, pero los hay que alcanzan los cuarenta.

—Nakamura se está encargando de reunir las joyas que has de llevar a Europa. Es el responsable del Cuartel de la Colección Urgente de Diamantes de Java. Lo solicitó él mismo, después de la conversación que mantuvimos en ese hotel de Bandung. De esa manera cree poder fiscalizarme —dejó caer Juro.

—Si las joyas van a ir escondidas dentro de los sacos de café, lo mejor es que las traiga aquí. Seguro que acepta la invitación, porque tendrá ganas de reencontrarse con Bo.

—O sea, provoco que venga con las piedras preciosas y luego le ofrezco tomar un café de vuestra plantación, que llevará una dosis mortal de ese veneno del que hablas.

—Así es. El plan es perfecto.

—Salvo por el hecho de que su muerte, en esas circunstancias, resultará sospechosa.

No estaba dispuesta a rendirme, por lo que tardé diez segundos en encontrar una solución.

—Nakamura tiene que venir en coche con un chófer, ¿no es así?

—Claro. No hay otra manera de llegar hasta aquí.

—Entonces envenenaremos a Nakamura y al chófer; los trasladaremos en su vehículo hasta las proximidades de Bandung, y allí les dispararemos desde el exterior, a cierta distancia, de manera que parezca que han caído en una emboscada.

Hasta yo estaba sorprendida de mi capacidad para elucubrar un plan de aquel calado, tan frío y calculado.

—¿Una emboscada de quién?

—De los nacionalistas indonesios, de los mestizos, de la comunidad china, de cualquiera. Estamos en guerra y Java es una tierra ocupada.

—Vaya, María, jamás pensé que ese vacío que hay dentro de ti pudiera estar tan lleno de ideas peligrosas. ¿Con qué armas piensas disparar al coche de Nakamura?

También tenía respuesta para aquella pregunta.

—Salvo que mi tío lo confesara cuando fue detenido, los De Groot poseen un pequeño arsenal de armas para defender la hacienda. Está enterrado a pocos pasos del upas. Es el único lugar al que no se acercan los nativos por superstición; como te he contado, temen morir si lo hacen.

Juro me contempló como quien observa a alguien que está a mucha distancia y le resulta difícil distinguir.

—¿Sabes una cosa? Si te dibujara en este instante, no te reconocerías.

Juro tenía razón. Tan solo unas semanas antes yo misma le había reprochado a mi padre que contemplara siquiera la posibilidad de convertirse en un asesino. Ahora las circunstancias eran distintas. Incluso mi voz había empezado a sonar sin titubeos, como la de una mujer madura y resuelta. Estaba claro que la mutación que había experimentado iba mucho más allá que mi sed de venganza. La pregunta era cuándo y por qué había cambiado. Preferí no responderme, como si mis actos, con independencia de su naturaleza, estuvieran guiados por un propósito mayor que trascendía a mi propia persona. Después de todo, era la realidad la que había mutado, la que estaba deformada, de modo que no me había quedado más remedio que adaptarme a ese nuevo escenario.

—Me temo que hace algunas semanas que dejé de reconocerme. La cuestión es que no echo de menos a la otra María. La otra María murió en Tokio, incluso antes. Tal vez lleve germinando algo dentro de mí desde la guerra civil española —reconocí.

Quizá quería convencerme a mí misma, pero daba igual: necesitaba una idea a la que aferrarme con fuerza.

—Sé que puedo resultar pesado, pero quiero que seas consciente de que si las cosas se tuercen, tu padre no saldrá con vida de Tokio. Digamos que el planteamiento de nuestro gobierno era tener a uno de los dos como rehén, de manera que el otro no pudiera echarse atrás. Si cometes un error, él pagará las consecuencias.

—De modo que separándonos me obligabais a no desviarme del camino trazado.

—Más o menos. Piensa que Japón va a depositar en tus manos el bienestar de miles de prisioneros japoneses, la gran mayoría civiles. El mismo Serrano Suñer, vuestro ministro de Asuntos Exteriores, comprendió que era necesario que en la misión tomara parte una familia falangista que, llegado el caso, pudiera separarse en aras de un fin superior.

—¿En aras de un fin superior? Hablas como uno de ellos, como un político. Ahora comprendo por qué Serrano Suñer nos eligió a mi padre y a mí para esta misión, y por qué mi padre quedó excluido de la Operación Café que organizó el propio caudillo. Si nos dejaban sin ingresos, nos tenían a su merced. Así que jugaron con nuestra desesperación desde un principio. Me parece tan retorcido, tan maquiavélico...

—Todo es política, María, política de guerra en este caso. En ese escenario, tú, yo, todos somos peones que hemos de prestar un servicio; peones útiles y al mismo tiempo prescindibles.

—Tontos útiles.

—Puedes llamarlo como quieras.

—No deseo que a mi padre le pase nada, pero tampoco voy a permitir que mi prima siga siendo la esclava sexual de ese cerdo. Tendremos que actuar con suma cautela.

El árbol de upas

Después de desayunar, Juro me hizo llevarlo hasta el upas-tree. Quería comprobar por sí mismo la veracidad —y supongo que también la viabilidad— de lo que tanto le había hablado esa misma mañana mientras permanecíamos en la cama.

Durante el camino, Juro se mostró un tanto cohibido, pues no había imaginado la extensión que ocupaban los cafetales, la difícil orografía de la hacienda y el gran número de coníferas que, cuales colosos, parecían velar el suelo con sus sombras. De hecho, lo que menos llamó su atención fue la contemplación del upas, a pesar de su envergadura. Creo que después de escuchar las historias que le había contado esperaba encontrarse un ejemplar único, majestuoso, de cuya corteza rezumara el veneno a raudales.

—Así que este es el temible upas. A simple vista no parece un árbol más peligroso que el resto. Incluso resulta algo delgaducho. El follaje de hojas elípticas tampoco impresiona —observó Juro, situado a seis o siete metros del tronco.

—Es una morácea; una muy especial. Debajo de su corteza blanquecina y rugosa es donde se esconde un látex viscoso y altamente tóxico. El follaje también contiene veneno. A pesar de su apariencia inocente, no hay que subestimar al upas.

Juro caminó en derredor del árbol, como si quisiera estudiarlo con detenimiento.

—En fin, Nakamura parece más peligroso y letal que este ejemplar de upas. ¿Y las armas de las que me hablaste? ¿Dónde están?

—Sé que están enterradas por aquí. Déjame que piense... Veamos...

Rememoré al tío Alexander enseñándonos dónde estaba el zulo a las tres mujeres de la casa: se colocó al norte del upas, a un metro del tronco, y caminó nueve pasos, justo hasta donde el terreno daba un pequeño salto y comenzaba a ser más abrupto.

Tras reproducir la escena, y pese a que las malas hierbas habían terminado por ocultarlo, no tardé en dar con el lugar exacto.

Le pedí a Juro que me ayudara a excavar, para lo cual empleamos las manos.

Arrancamos primero el follaje y luego hicimos lo propio extrayendo tierra durante diez o quince interminables minutos, hasta que encontramos el pequeño arsenal envuelto en viejos trapos y mantas que el paso del tiempo había raído.

—¡Madre mía! —exclamó Juro sin ocultar su asombro—. ¡Aquí hay dos metralletas Thompson M-1928, dos fusiles Johnson M-1941, una pistola Mauser C-96 y una MP-28 II! ¡Y munición suficiente para soportar varios días de asedio! Está claro que tu tío Alexander sabía lo que se hacía.

—Mi tío no guardaba estas armas por temor a que los japoneses o cualquier otra nación pudiera invadir Indonesia, sino por miedo a los nacionalistas locales. En el fondo, siempre supo que estábamos en Java como invitados, tomando de estas tierras lo que en verdad pertenecía a los nativos.

Cuando entré en mi dormitorio para cambiarme, la voz de Bo resonó desde la silla que había frente al tocador.

—De modo que te vistes como una fulana para fornicar con él —me recriminó.

Dicho lo cual, me arrojó parte de la lencería de la que Leon Blumenthal me había provisto en Shanghái.

—¿Por qué diablos has registrado mi maleta? —le respondí con otra pregunta.

—Porque ayer por la noche te oí gemir como una perra en la habitación de ese cerdo. Imaginé que te había colmado de regalos, y parece ser que no me equivocaba.

—¿Regalos? ¡Esa lencería nada tiene que ver con el coronel Hokusai!

—¡No me tomes por idiota, María! ¡Yo también me he visto obligada a vestir ropa como esta!

—¡Cálmate, Bo!

—¡No quiero calmarme, prima! ¡Oír cómo fornicabas con ese hombre ha sido lo mismo que meter al cerdo de Nakamura de nuevo en mi cama! ¡Ni siquiera imaginas cuánto me ha hecho sufrir ese cabrón! ¿Acaso no te das cuenta de que ese hombre también te utiliza como a una esclava sexual?

—¡Te equivocas, Bo! ¡Fui yo la que provocó el encuentro de anoche! ¡Fui yo la que se coló en su cuarto!

Los ojos de Bo se encendieron por la ira.

—*Je bent een hoer!* —me escupió en neerlandés.

—Me da igual que me llames puta. Ni siquiera he estrenado esa lencería. ¿Ves toda esa pedrería? Son rutilos, Bo. Una piedra con apariencia de diamante. Están cosidos a mi ropa interior con el fin de que, llegado el momento, pueda darles el cambiazo a los japoneses. Sustituiré los diamantes verdaderos por esos rutilos. Nada es lo que parece, prima, nada...

—¿De qué diablos hablas? —me interrumpió.

—Es una larga historia, Bo. Es cierto que siento algo por Juro, pero también lo es que me he comprometido con la comunidad judía de Shanghái para cambiar catorce diamantes de uso industrial por esos rutilos que no sirven para sus propósitos. Ahora, si eres tan amable, introduce una de tus manos en el bolsillo interior de mi maleta.

Bo obedeció, desconcertada, hasta que dio con los carretes fotográficos que me había entregado Molmenti.

—¿Y estos carretes?

—También he de llevarlos a Europa y lograr que se difunda su contenido. Son fotografías que muestran las atrocidades que el ejército nipón está cometiendo en China y otros lugares de Asia. Ni siquiera estoy segura de a quién he de entregárselos. Solo sé que es mi deber hacerlo.

—¿Eres una puñetera agente doble? —me preguntó sin alcanzar a comprender cuál era mi papel en todo aquello.

—No, Bo, solo soy una mujer que hace lo que cree que es lo correcto. Solo me rijo por mi conciencia.

—De modo que metiéndote en la cama con ese japonés te garantizas una mayor capacidad de acción.

—Vuelves a equivocarte. Voy a cambiar esas piedras preciosas para que no lleguen a manos de los nazis. Esos diamantes industriales son una ofrenda del emperador de Japón a Adolf Hitler, quien va a utilizarlos para fabricar armas. En cuanto a las fotografías, debo hacerlas públicas para que el mundo entero sepa cómo obra el ejército nipón: mujeres embarazadas a las que asesinan clavándoles una bayoneta en las entrañas, hombres que son obligados a fornicar con sus esposas previamente decapitadas, personas a las que queman vivas por diversión, y un largo etcétera. Todo está en esos carretes. Me los entregó un corresponsal de guerra italiano que tenía un amante chino, miembro del Partido Comunista, al que los japoneses decapitaron y le amputaron el sexo. Lo de acostarme con Juro, por el contrario, es algo que me concierne en lo personal. Que sea japonés es lo de menos; lo importante es que se trata de un hombre diferente a los demás, especial. De modo que no pretendo aprovecharme de nadie; solo quiero que se haga justicia, si es que eso es posible. Y ya que hablamos de lo que es mejor para cada uno, he encontrado la forma de sacarte de esta isla.

Bo me miraba con ojos de búho.

—¿De veras?

—Una vez que la cosecha de café esté lista para ser enviada a Europa, acompañarás a Juro hasta el mercante que ha de transportarla hasta Lisboa. Lo harás con la cabeza cubierta con el pañuelo que yo suelo usar, con mis gafas de sol y portando el brazalete de la Kempeitai que el coronel Hokusai me procuró en Batavia. En resumen, te harás pasar por mí; y, por descontado, ya no bajarás del barco. Solo le devolverás las gafas, el pañuelo y el brazalete a Juro. Para entonces, habremos sobornado al capitán del barco con las joyas que los japoneses requisaron a tu madre.

—¡Qué diablos, María, claro que eres una puta y una espía! ¡Así que pretendes que me convierta en polizona!

—Así es, Bo. Serás una polizona, y viajaremos juntas hasta Lisboa. Portugal es un país neutral. Podrás quedarte allí hasta que termine la guerra. O viajar a Estados Unidos. O hacer lo que te venga en gana.

—¿Por qué hablas en singular? ¿Qué hay de mi madre? ¿La esconderás dentro de un saco de café, o acaso no hay sitio para ella en ese barco?

—Todavía no he resuelto ese asunto; pero no paro de pensar cómo librarla de los japoneses. Tu madre está extremadamente débil, sin olvidar sus desvaríos mentales. Tú conoces esta isla mejor que nadie. Tal vez a ti se te ocurra algo.

—Quizá tu coronel podría proporcionarle uno de esos brazaletes de la Kempeitai y nombrarla informante. Sería un paripé, pero al menos ni los japoneses ni los nativos se meterían con ella. En ese supuesto, podría quedarse aquí. Batari se encargaría de cuidarla. Si la guerra termina pronto, quién sabe si en unos meses o un año consigamos reunirnos de nuevo.

Sea como fuere, tenía que reconocer que el plan de Bo era tan sencillo que hasta podía resultar efectivo.

—¡Bien pensado, Bo! Sí, Batari podría cuidar de ella.

Sellamos la paz con un abrazo que, entre otras cosas, escondía el temor de ambas a que la guerra se prolongara en el tiempo y que la tía Gerda no sobreviviera, según el plan de Bo. Claro que La Reina del Oeste podía ayudarla a sanar sus heridas; al menos eso era lo que queríamos creer. Por no hablar de Batari y su fortaleza.

—Le propondré tu plan al coronel Hokusai. Ahora déjame que ordene todo este desastre. Ni siquiera Juro conoce la existencia de esa lencería y esos carretes —concluí.

Un corazón de piedra

Pese a que Juro aceptó entregarle uno de esos brazaletes de la Kempeitai a mi tía, una cosa eran las palabras y otra muy distinta los hechos.

Bo no tardó en arrepentirse y se echó atrás. En realidad, ambas comprendimos que dejar sola a mi tía en la hacienda era lo mismo que condenarla a muerte. Nadie sabía cuánto iba a durar la guerra, ni el resultado de la misma. Por lo acontecido hasta el momento, no parecía que Japón fuese a ser derrotado; todo lo contrario, el ejército japonés controlaba desde Manchuria hasta las islas más meridionales de Indonesia.

Entonces le dije a Juro que solicitara un permiso especial para poder llevarme a mi tía por motivos de salud. De no concedérseme, no viajaría a Europa y me quedaría a su cuidado. Yo era consciente de los riesgos que entrañaba para la salud de mi tía realizar una travesía tan larga y en esas circunstancias, pero si tenía que morir, al menos lo haría en compañía de sus seres queridos. No, ni Bo ni yo estábamos dispuestas a abandonarla a su suerte.

Fueron días de espera, tres o cuatro, que se hicieron eternos.

Tiempo suficiente para que Bo, por fin, decidiera abrirme su corazón y compartir conmigo cuánto había sufrido siendo «esclava sexual», más allá de la humillación física, las violaciones sistemáticas, las bofetadas y patadas que recibía.

Llegó a confesarme que su espíritu había muerto para siempre, y que desde que el coronel Nakamura la ultrajó por primera vez solo sobrevivía; y sobrevivir no era vivir: las noches no eran las mismas, los días tampoco, ni los atardeceres ni los amaneceres. A la postre, había desarrollado una suerte de insensibilidad para soportar todo aquello.

—María, mi corazón es una piedra —me dijo. Y tras mirarme desde un lugar desconocido y remoto para mí, añadió—: He dejado de sentirme como una mujer; a veces ni siquiera me siento como un ser humano. Cuando abro los ojos por las mañanas solo deseo estar muerta, pero luego me digo a mí misma que no puedo morir, porque de hacerlo el mundo no tendrá conocimiento de lo que los japoneses están haciendo con miles de mujeres como yo. Si yo muero, por tanto, conmigo muere la verdad, y eso no puedo permitirlo. Sí, María, mientras viva seré una esclava sexual. Es como llevar la marca que deja en la piel una de esas enfermedades horribles como la viruela.

—Te recuperarás, Bo, ya lo verás, y podrás contarle al mundo tu historia, la historia de las «esclavas sexuales».

—«Mujeres de consuelo», así nos llaman los japoneses, y a los burdeles, «centros de solaz» —volvió a explayarse—. Los japoneses son maestros a la hora de blanquear sus actos a través del lenguaje. Claro que la soldadesca carece de refinamiento, por lo que a la hora de la verdad, cuando lo que hay es un hombre abusando de una mujer, se dirige a ella llamándola «retrete público». Pero no toda la culpa la tienen los japoneses, prima. Muchos de estos prostíbulos están regentados por occidentales sin escrúpulos. ¿Recuerdas el aeródromo de Kalijati? Allí han montado un burdel de grandes dimensiones. Al llegar a Indonesia, cada soldado recibe un pequeño texto llamado *Libro de bolsillo de higiene de áreas tropicales*, donde se explica cómo escoger a una prostituta para no enfermar. Las esclavas de Kalijati suelen ser las más desafortunadas; yo, en el fondo, he tenido suerte de haber caído en manos del coronel Nakamura.

—Todo lo que cuentas es atroz, prima, y Nakamura, como te prometí, recibirá su castigo.

Por fin, un correo japonés que conducía una motocicleta vino a traernos el salvoconducto a nombre de la tía Gerda. Ese día tuvo un aire de fiesta, como si de verdad aquel papel redactado en caracteres incomprensibles para nosotras fuera a cambiarnos la vida.

Un inesperado giro del destino

La tía Gerda no volvió a salir de su habitación, y a falta de un diagnóstico médico certero fue Batari, guiada por su experiencia, la que nos puso sobre la pista de lo que podía estar pasando. Al parecer, la tía padecía beriberi, conjunto de enfermedades causadas por la malnutrición y el déficit de vitamina B1, que afectaba al sistema nervioso y a ciertos órganos vitales. De hecho, el nombre *beri*, de origen cingalés, significaba «no puedo», lo que explicaba que el enfermo sufriera una extrema debilidad, ya que sentía las piernas cansadas y pesadas. Los otros síntomas de esta enfermedad también eran compatibles con los que padecía mi pobre tía: dolores generales, pérdida de sensibilidad en manos y pies, parálisis general del cuerpo e insuficiencia cardiaca. Según Batari, durante las semanas que mi tía estuvo expuesta al sol, solo había recibido un cuenco de arroz blanco lavado como alimento. Al parecer, la malnutrición causada por la ingesta de arroz sin cáscara estaba provocando numerosos casos de beriberi en la isla de Java.

Batari dispuso entonces una dieta específica para mi tía a base de pan de grano integral, hígado y huevos. Estos procedían de las pocas gallinas que a duras penas habían sobrevivido en la hacienda, cuando en la época de bonanza se contaban por centenares.

Por desgracia, el dolor torácico, las palpitaciones y los edemas en las extremidades inferiores no tardaron en aparecer. Con la hinchazón de las piernas, la tía Gerda se quejaba de sentir entumecimiento por un lado y, por otro, de tener la sensación de que alguien le estaba clavando alfileres y agujas en ambas extremidades.

—Es el espíritu de Alexander, que me pellizca y me susurra al oído que ha llegado la hora de que me reúna con él —dijo.

En cuanto Batari terminaba de preparar las gigantescas cafeteras para los recolectores, regresaba al dormitorio para atender a su ama. A veces, mientras la tía Gerda permanecía en un estado de duermevela, ella se acuclillaba en un rincón de la estancia, como hubiera hecho una fiel mascota, y desde allí controlaba la respiración o cualquier otro síntoma que le sirviera para evaluar el estado de la enferma.

Siempre me había llamado la atención que los javaneses se sentaran de aquella manera, sobre los talones, sin que las posaderas tocaran el suelo. En esa postura cocinaban, se bañaban, conversaban e incluso descansaban cerrando los ojos. Cuando Bo y yo éramos pequeñas imitábamos a Batari, pero nunca lográbamos aguantar más de cinco o diez minutos. Batari se reía entonces de nosotras, asegurándonos que en cuclillas se activaba toda la musculatura que mantenía la corrección postural de su cuerpo, y que lo que era endiabladamente pernicioso para el organismo era permanecer sentado en una silla horas y horas, tal como hacíamos los occidentales. Por no mencionar que la anatomía del cuerpo humano estaba diseñada para defecar así, pues en esa posición los esfínteres y el suelo pélvico buscaban equilibrar la presión que ejercía el abdomen. Era entonces cuando Bo y yo salíamos corriendo y la dejábamos en aquella postura, en la que, empequeñecida, parecía esconderse dentro de sí misma.

Una tarde, después de comprobar que los primeros granos de café ya se habían secado, Batari nos dijo desde la sombra de su escondite:

—El corazón se le está agrandando.

Comprendimos que nos estaba indicando que su final estaba próximo.

Y así ocurrió, la disnea hizo acto de presencia a las pocas horas, y luego la piel de mi tía se fue volviendo más y más fría, como si hubiera muerto en vida.

Las horas que tardó en fallecer las aprovechó para confesarle a Bo que su padre, mi tío Alexander, nunca había sido el «buen fascista» que aparentaba ser, que su integración en el Movimiento Nacional Socialista en los Países Bajos vino provocado por la necesidad que tenía la inteligencia neerlandesa de controlar a Anton Mussert, figura principal del fascismo en el país. Lo demás, lo de la estación de radio, había venido rodado. Hitler y Mussert se reunieron en Berlín e idearon el secuestro de la reina Guillermina, y muchos de los fascistas neerlandeses se habían trasladado a las Indias Orientales Neerlandesas con el fin de plantar la semilla de su ideología en la colonia y, llegado el momento, proveer de materias primas a Japón, uno de los vértices del Eje; de ahí la importancia de una figura como la de mi tío Alexander.

No fue un discurso limpio y lineal, puesto que la disnea hacía que su voz se trabara, pero con todo y con eso su fondo traslucía emotividad y hasta cierta vehemencia. La tía Gerda, en definitiva, terminó confesando que si bien ella estaba al tanto de las actividades de su marido, ambos habían decidido ocultárselo a Bo por su propia seguridad.

Pronunció tres veces el nombre de mi prima antes de exhalar su último aliento.

Tras adecentar y velar el cadáver durante un par de horas —apoyamos su cabeza sobre la «esposa holandesa» de mi madre—, Anke Bo, que había optado por acuclillarse junto a Batari, se dirigió hasta el dormitorio donde Juro vivía como un fantasma. Seguí sus pasos por temor a que montara una escena. Sin embargo, una vez frente a su puerta, se limitó a decir elevando la voz, pero sin llegar a gritar:

—Sé que está ahí, coronel, y que se pasa los días dibujando. Me lo ha dicho Batari. Espero que escriba en una de esas blancas cuartillas los nombres de sus víctimas holandesas, los nombres de mi madre y mi padre, y también el mío, pues ustedes los japoneses me han convertido en esclava de por vida.

El mismo Juro desaliñado con el que yo me había acostado unas noches antes abrió la puerta de golpe, dejando ver su rostro concernido y demudado. Tras inclinarse ante mi prima, gesto que interpretamos como señal de duelo, se limitó a decir:

—Ordene a su criada que vaya preparando ese veneno del que me habló su prima. El coronel Nakamura vendrá dentro de tres días. De engrasar las armas me encargo yo.

Y la puerta volvió a cerrarse.

Bo y yo intercambiamos una mirada y nos abrazamos con fuerza, como nudos de una maroma, y rompimos a llorar. Grandes y silenciosas lágrimas corrieron por nuestras mejillas, fruta madura que caía del árbol de la ira.

Enterramos a la tía Gerda junto al tío Alexander, y repetimos la operación de cubrir su tumba con cientos de granos de café de un rojo intenso.

Una sensación de vacío nos inundó a mi prima y a mí, al mismo tiempo que nos decíamos que ahora todo estaba en nuestras manos, que todo dependía de nosotras.

Esa noche, cuando los recolectores se hubieron marchado, Juro nos pidió que lo acompañáramos al corazón de los cafetales. A bastante distancia de la casa, sobre una atalaya plana, había organizado un pequeño campo de tiro iluminado por antorchas y con unas dianas que él mismo había dibujado sobre sendas hojas de papel holandés verjurado.

—¿Alguna de las dos ha disparado con un subfusil Thompson? —nos preguntó empleando un inglés con acento norteamericano.

Bo y yo nos miramos sorprendidas.

—No —respondimos al unísono.

Juro tomó entonces una de las armas que descansaban en el suelo, la cargó accionando un mecanismo y disparó una ráfaga al aire, cuyo estruendo rompió el silencio de la noche.

Me sorprendió que el cielo estrellado no se irritara frente a aquella repentina agresión.

—Pesa unos cinco kilos y dispara munición del calibre 45 en modo automático —nos instruyó—. El cargador de tambor tiene capacidad para cincuenta balas, pero su cadencia de disparo es mucho mayor. Eran las armas que empleaban los gángsteres de Chicago. Ahora las utilizan algunos de los mejores ejércitos del mundo. A corta distancia es imposible errar el tiro. Desde luego, el señor De Groot tenía buen gusto para las armas. ¿Quién quiere probar?

—Yo —se ofreció Bo.

—Colóqueselo a la altura de la cadera, apunte a la diana y apriete el gatillo manteniendo el pulso firme.

Cuando Bo tuvo el subfusil en sus manos, dijo:

—Vaya, pesa más de lo que imaginaba.

—Agarre el arma con fuerza. Y ahora: ¡dispare!

El arma vomitó una ráfaga por su cañón y Bo cayó al

suelo sobe sus posaderas. Ni siquiera uno de los disparos rozó las dianas.

—¡Dios! ¡Disparar con esta cosa no es tan sencillo! —se quejó Bo mientras yo la ayudaba a levantarse.

—Le ha faltado tensión a la hora de sostener el arma. Pero se ha caído más por la impresión que por una razón física —observó Juro.

—¡Lo que me ha faltado es tener a Nakamura delante! —se excusó Bo.

—Le aseguro que no habría tenido oportunidad de sobrevivir de estar frente al coronel Nakamura —observó Juro.

—¿Por qué? ¿Quizá porque Nakamura es un oficial japonés como usted y yo una frágil mujer europea? ¿Se trata de eso? ¿Por qué en todas sus conversaciones acaba mencionando la supuesta superioridad de su raza frente a las demás? —se revolvió Bo.

—No hago tal cosa. No siento que mi raza sea superior a ninguna otra. Me refiero a que no habría tenido ni una oportunidad frente a Nakamura por una cuestión de instrucción militar. Digamos que disparar con sentido resulta más difícil de lo que parece a simple vista —se explicó Juro.

—¿Está usted cuestionando mi sentido común, coronel? —preguntó ahora Bo, cada vez más enconada.

¿Qué pretendía?, me pregunté. Cuando la miré, descubrí que su cuerpo estaba tenso y sus facciones constreñidas, como si cargara una pesada piedra en el regazo. Aquella carga, naturalmente, era el dolor por la muerte de su madre.

—¡Por Dios, señorita De Groot! ¡Yo no estoy cuestionando nada! ¡Solo deseo que las cosas salgan como su prima ha planeado, por el bien de todos los aquí presentes! Y si digo «aquí presentes» es para que no interprete que también quiero el bien del coronel Nakamura. ¿Qué más he de hacer para que comprenda de una vez que estoy de su lado?

Antes de que aquel diálogo se llenara de espinas, y de que la piedra imaginaria que Bo cargaba terminase por aplastarla, le arrebaté el arma a Juro, pegué los codos a mis costados con fuerza y, sujetando el pesado subfusil con firmeza y determinación, apreté el gatillo haciendo un barrido con el cañón de derecha a izquierda.

El resultado fue que acerté de pleno en las dos dianas, que quedaron destrozadas. De inmediato me vino una frase de un poeta inglés que mi madre siempre me repetía cuando yo le confesaba estar insegura: «Nadie conoce su propia fuerza mientras no se ve en la necesidad». Y parecía evidente que nos encontrábamos en una situación de necesidad.

Bo y Juro me miraron con tanto asombro como a las dianas, sin saber qué decir.

—Bueno, no creo que haya que complicarse la existencia demasiado. Después de todo, vamos a disparar contra dos cuerpos sin vida —les hice ver, en un intento por zanjar la estúpida discusión que mantenían.

—La señorita María tiene razón —se pronunció Juro.

Bo nos dedicó a ambos una mirada poco amistosa.

—¿Ahora la llama «señorita María»? Prima, solo te voy

a pedir una cosa: esta noche abstente de fornicar con el coronel Hokusai. Por respeto a la memoria de mi madre.

De pronto fui yo la que sintió que Bo había decidido aplastarme con su culpa, con la piedra que cargaba, como si fuera responsable —al menos en parte— de sus desgracias. Por mucho que yo creyera haber obrado de manera correcta para salvarlas a ella y a su madre, mi relación con Juro era merecedora, en su opinión, de escarnio. Juro, no en vano, representaba al país que le había arrebatado todo y humillado para siempre; y yo, al mantener una relación sentimental con un japonés, me había convertido en una extensión de todo aquello. En consecuencia, era imprescindible que yo supiera que cada vez que me metía en la cama con Juro estaba alejándome de ella, traicionándola por ser capaz de estrechar lazos con el enemigo, con aquellos que habían acabado con sus seres queridos y con su forma de vida.

—Acabamos de enterrar a tu madre y de ensayar una ejecución, ¿crees que era necesario ese comentario? —le dije retomando el neerlandés—. Acepto tu rechazo; acepta tú que tanto el coronel Hokusai como yo somos parte de la solución a tus problemas, a nuestros problemas. Voy a servirte al coronel Nakamura en bandeja como te prometí, voy a convertirme en una asesina por ti, de modo que te ruego que, si lo crees conveniente, demuestres tu repulsa hacia mi persona; pero en ningún caso estoy dispuesta a consentir que hagas juicios de valor sustentados sobre el resentimiento.

—De modo que la mosquita muerta se ha convertido en una avispa con aguijón —respondió Bo a mi comentario.

—Eras tú la que te creías mejor porque vivías en medio de la naturaleza y no soportabas mis costumbres de urbanita. A tu rudeza le repateaba mi refinamiento, mis modales cosmopolitas, y no me aceptaste hasta que no acabé vistiéndome como tú y haciendo las cosas que tú indicabas. Nunca mostraste el menor interés por mi mundo, por la vida que había dejado atrás cuando llegué a esta hacienda. Sí, La Reina del Oeste era lo único que aceptabas, como si en realidad estas tierras conformaran el mundo entero. De modo que la mosquita muerta que era yo pensaba que tú no eras más que una crisálida encerrada en su capullo, temerosa de despojarse de él y tener que realizar la obligada metamorfosis. ¿Puedo serte sincera? ¿Estás dispuesta a escuchar algo que no te va a gustar en absoluto?

—¡Habla, habla! ¡Habla de una vez! —exclamó.

—Creo que no realizaste la metamorfosis hasta que apareció el coronel Nakamura. Fue entonces cuando comprendiste, por fin, que había un mundo fuera de estos cafetales; un lugar oscuro, cruel y peligroso.

Bo me atravesó con una mirada donde se asomaban de la mano la incredulidad y el asombro.

—He fornicado con otros hombres, si es a eso a lo que te refieres. Te aseguro que Nakamura no me ha sacado de la crisálida, como tú dices; ese cerdo solo me ha violado cien veces. No, prima, no he permanecido oculta al mundo; he vivido una vida plena fuera de estos cafetales, incluso lejos de Java. Tus insinuaciones, por tanto, son infundadas y provienen del más absoluto desconocimiento —me rebatió.

—¡Por favor, señoritas! No sé una palabra de su lengua, pero el tono de ambas no parece muy amistoso —intervino Juro empleando de nuevo el inglés.

—¡No lo es! —corroboró Bo en la misma lengua—. ¡María está empeñada en que mi relación con el coronel Nakamura nada tiene que ver con la que ustedes mantienen!

—¡No son comparables en ningún caso! —se defendió Juro—. Nuestra relación está basada en el respeto del uno para con el otro, en el mutuo consentimiento. Sin olvidar la atracción física, por descontado.

—Sinceramente, coronel Hokusai, me gustaría que me mantuvieran al margen del melodrama que ambos han orquestado para justificar lo que, desde mi punto de vista, es injustificable. Solo les pido que respeten mi dolor y mi odio, que son tan legítimos como su supuesta relación amorosa.

Regresamos a la hacienda en silencio, dejando varios metros de distancia entre nosotros. Bo iba en cabeza, Juro cerraba la comitiva y yo caminaba entre ellos, en un intento por mantener la equidistancia entre los dos mundos que ambos representaban.

Esa noche las balas del subfusil Thompson se apoderaron de mi sueño y me desperté sobresaltada en un par de ocasiones. Era yo la que disparaba interminables ráfagas de munición que, tras traspasar un muro de oscuridad, más allá de los cafetos, se incrustaban en cuerpos invisibles que proferían lamentos de dolor; voces familiares que yo reconocía a la perfección: el grito ronco de mi tío Alexander, la voz lastimera de mi tía Gerda; la tos espasmódica de mi madre que daba como resultado un vómito de sangre; incluso el eco lejano de mi padre gimoteando igual que la primera noche que pasamos en nuestro apartamento de Ginza.

Una hora antes de que amaneciera, me refugié en la veranda, donde la noche empezaba a sumirse en ese intervalo de sobrecogedor silencio que precede al alba en los lugares donde la naturaleza sigue siendo predominante.

Allí, ovillada como un gato en la vieja hamaca de Oma Roodkapje, estaba Bo, fumando un purito que desprendía un fuerte aroma.

—¿Bo? ¿Qué haces fumando? ¿Desde cuándo fumas? —me dirigí a ella.

—Desde esta noche. He empezado a fumar esta noche. Cuando el otro día regresé a la hacienda, encontré unas cuantas cajetillas de puritos javaneses entre las pertenencias de papá. Pensé guardarlos como recuerdo, pero después de lo de mamá, he decidido fumármelos. Papá siempre decía que fumaba porque le calmaba los nervios. ¿No recuerdas a mi padre fumando en esta misma veranda después de la cena? Lo hacía a oscuras, mientras el purito se encendía y se apagaba y las pavesas volaban semejando las luces de las luciérnagas.

—Lo recuerdo perfectamente. Tu madre no quería que fumara dentro de la casa.

—Así es, porque el Besuki No es un tabaco demasiado aromático. Según mamá, apestaba e impregnaba todo de mal olor. A mí, en cambio, me gustaba porque me bastaba seguir el rastro de ese aroma tan característico para encontrar a papá. Ni siquiera hacía falta que hubiera humo de por medio. Cuando era pequeña, me encantaba acompañar a papá hasta la región de Jember, en Java Oriental, que es donde se produce. Compraba su tabaco en persona, en la misma plantación. A veces lo intercambiaba por unos cuantos sacos de café. Sí, papá disfrutaba con los trueques. Los viajes duraban tres o cuatro días y estaban llenos de aventuras.

—Quiero que me perdones. Sé que lo estás pasando mal y me temo que he sido demasiado insensible —le solté de pronto.

—Lo has sido, desde luego. Pero yo también he de pedirte disculpas, porque el coronel Hokusai no se parece al coronel Nakamura. El problema es que hay cosas que son muy difíciles de reconocer. ¿Quieres fumarte un purito conmigo?

—No he fumado en mi vida.

—Yo tampoco lo había hecho hasta esta noche. Ni siquiera sé tragarme el humo. Prueba. Dale una calada al mío.

Tampoco había bebido en mi vida hasta hacía unas cuantas semanas, así que acepté el cigarrito encendido que Bo me ofreció.

Cuando la boca se me llenó de humo tosí con estruendo, lo que provocó que Bo tosiera a su vez, sin duda movida por el ataque de risa que le dio.

—¡Buah, Bo, fumar es un asco! —me quejé—. Prefiero beber un trago de lo que sea.

—¡Menuda Mata Hari estás tú hecha! ¡Para que los hombres te respeten hay que aprender a fumar y escupirles el humo a la cara con desprecio. Mientras más humo les eches al rostro, más te respetarán.

—¡Tú y tus teorías, Bo!

—Ya te he dicho que he vivido más de lo que crees. ¿Sabes cuántas veces he estado en Singapur antes de que comenzara la guerra? ¡Cinco! Y también conozco Hong Kong, Bangkok y Manila. En el hotel Raffles de Singapur flirteé con un británico al que le gustaba que las mujeres le echaran el humo a la cara. Era tan guapo como pusilánime. Porque ese es el segundo capítulo del manual: la gran mayoría de los miembros de ese sexo son temerosos y encogidos, aunque quieren aparentar lo contrario. El resto, como Nakamura, son unos egoístas depravados. En fin, concluyamos que los hombres están sobrevalorados...

—Hablando de hombres sobrevalorados, ¿conoces a un joven francés llamado Alphonse Mercurol? —le pregunté.

Bo me miró con indisimulada sorpresa.

—¿De dónde diablos has sacado tú ese nombre? ¿Conoces a Alphonse? —respondió a mi pregunta con otra.

—Lo conocí en Hanói. Digamos que tuvimos un breve encuentro; me estuvo hablando de ti justo antes de asesinar a un comerciante japonés en la mesa que compartíamos, durante la cena.

—¡Vaya! Tuve un *affaire* con él. Vino a Java para aprender, quería cultivar café en Indochina. Era un hombre vehemente y apasionado. Le gustaba coquetear con las damas tanto como con el comunismo. Decía que Francia lo había convertido en un paria. Era demasiado guapo para que lo tomara en serio.

—Así que no mentías cuando dijiste que te habías acostado con otros hombres.

—Desde luego; pero no con Alphonse. Le paré los pies cuando ya creía que todo estaba hecho. Ni he sido una crisálida ni soy una mariposa, te lo aseguro. La única razón por la que me he prostituido es porque el coronel Nakamura me ha obligado a hacerlo. Yo quiero tener libertad para acostarme con quien desee, sin que medie la obligación, el asco y la vergüenza. Es algo a lo que toda mujer tiene derecho, ¿no crees? Ser dueña de mi cuerpo, es lo único que anhelo.

Las palabras de Bo me recordaron a las de Victoria Löwenstein, cuando reivindicó nuestro derecho a ser dueñas de nuestro cuerpo y, por ende, también de nuestro destino.

—En España eso no es posible. Franco no nos deja siquiera abrir una cuenta corriente —me pronuncié.

En esas andábamos cuando Batari hizo acto de presencia.

—¿Les preparo café, señoritas?

—Tú también has madrugado, Batari —dijo Bo.

—Vengo del upas, señorita Bo. He preferido acercarme antes de que llegaran los recolectores. Hay que desconfiar de todo el mundo. Ya me entiende.

—¿Qué sería de nosotras sin tu sentido común y tu sentido de la anticipación, Batari? Dentro de pocos días tendré que irme, al menos hasta que termine la guerra. Quizá ya no tenga oportunidad de regresar nunca, eso dependerá del resultado de esta maldita contienda. En cualquier caso, a partir de ahora tendrás que ocuparte tú sola de la hacienda. Pronto serás La Reina del Oeste, Batari; muy muy pronto.

—No contemplo otro escenario que no sea el presente más inmediato, señorita Bo. Ahora, si me lo permite, voy a preparar café. En menos de una hora empezarán a llegar los trabajadores —se desmarcó.

Oír hablar a Batari de esa manera me llevó a la conclusión de que ella y Juro tenían formas de pensar similares, pese a pertenecer a dos mundos distantes y opuestos. Ambos parecían personas prácticas y abnegadas al mismo tiempo, como si les importaran los demás de verdad; pero más allá de esa primera impresión los dos escondían un profundo estoicismo, una compleja capacidad para mantenerse firmes frente a la adversidad valiéndose de la virtud y la razón. Atributos que yo siempre había vinculado a personas moralmente superiores. Lo curioso era que Juro había cometido crímenes a sangre fría en pos de esa supuesta superioridad, y que Batari estaba a punto de seguir sus pasos empleando el veneno del upas como arma para desembarazarnos del coronel Nakamura.

De nuevo me pregunté por qué aquellos hechos, los pasados —los crímenes cometidos por Juro— y los que estaban por acontecer —la muerte programada del militar japonés—, no me provocaban sensación alguna de rechazo. Ni siquiera despertaban en mí el más mínimo remordimiento; todo lo contrario.

Wayang kulit
Teatro de sombras

La casa se convirtió en el escenario de un teatro de sombras, donde a cada cual le correspondía representar un papel. Una puesta en escena que Batari organizó tras arrogarse el papel de maestra de ceremonias, con el propósito de aligerar la carga de nuestras conciencias frente a los acontecimientos que habrían de sucederse.

El papel del coronel Nakamura era, naturalmente, el de un *danawa*, el ogro, la marioneta más temible y de mayor tamaño dentro de la escenografía del teatro de sombras javanés, a la que habíamos que derrotar y abatir.

Batari encendió incensarios por toda la casa —velas y varillas hechas por ella misma a base de harina de madera, resina de incienso, corteza de canela, cáscara de naranja y corteza de otros árboles locales—, dispuso recipientes con flores y comida en calidad de ofrenda para los espíritus, ya que *wayang kulit* no era solo un mero espectáculo de entretenimiento, sino un ritual en toda regla.

Entretanto, como si de otra liturgia se tratara, Juro desmontó y limpió cada pieza de las armas que íbamos a emplear para disparar contra el coronel Nakamura y su chófer. Pese a que el plan pasaba por atentar contra dos cuerpos sin vida, daba la impresión de que quería purificarlas de alguna manera sacándoles lustre, aunque yo no tenía muy claro si lo hacía por nosotras, por las víctimas o por todos.

Los gestos ceremoniales tanto de Batari como de Juro, en cualquier caso, dieron paso a la prosaica realidad en cuanto Nakamura puso sus pies en la hacienda a última hora de la tarde.

Lo hizo con estruendo y altanería, como el animal que huella un nuevo territorio y quiere marcarlo para hacerlo suyo. Incluso manoseó con incontenida lascivia a Bo en cuanto la tuvo a su alcance, a la vez que se quejaba en japonés ante Juro por el —en su opinión— desagradable sahumerio montado por Batari.

Juro no tuvo más remedio que reconducir la situación recordándole a Nakamura que las órdenes de ambos pasaban por organizar el envío de joyas cuanto antes en el carguero portugués, dada la necesidad de ayuda que precisaban los civiles japoneses prisioneros en Estados Unidos y otros países de Sudamérica.

En lo que a mí concernía, tuve que contenerme, pues me embargó el deseo de descerrajarle un tiro a bocajarro, ahora que disponíamos de armas y hasta había disparado una de ellas con éxito.

Cuando terminé de calmar a Bo, porque se derrumbó en lo emocional y lo mejor era que se refugiara en su dormitorio para no tener que enfrentarse a su depredador, di orden a Batari para que sirviera el café a los dos militares que se habían reunido en el antiguo despacho de mi tío Alexander.

Había llegado la hora de poner punto final a aquella situación. Incluso me quedé a presenciar cómo la sirvienta de mi tía se enfundaba un doble guante de látex en cada mano y extendía dentro de una de las tazas una fina película de veneno, una sustancia rica en glucósido antiarina, una ponzoña que afectaba a las funciones cardiacas, el estómago, los intestinos y el sistema nervioso.

Batari parecía una diestra orfebre masajeando con meticulosidad el interior de la taza, como si la estuviera reconstruyendo siguiendo ese ancestral arte japonés que servía para volver a unir los trozos de porcelana rota del que tanto me había hablado Juro como metáfora de nuestra relación.

Lo primero que hizo fue ofrecerle una taza de café al chófer de Nakamura, quien se distraía en el interior del automóvil sintonizando la radio. Desde la veranda, vi que este, un joven enjuto de piel cetrina, le hacía una señal de agradecimiento antes de beber a pequeños sorbos, como lo hubiera hecho un pajarillo desconfiado que termina por mostrarse solícito.

Luego, una vez que hubo regresado a la casa, Batari entró en el despacho de mi tío llevando el servicio de café en una bandeja.

Tardó apenas dos minutos en salir.

—¿Ya? —le pregunté.

—El coronel Nakamura no bebe café. Me ha pedido un té —me respondió.

Un escalofrío me recorrió el cuerpo.

—¿Y ahora qué diablos hacemos?

—Darle lo que ha pedido, naturalmente. Había previsto que algo así pudiera ocurrir. También tengo varias tazas de té impregnadas con el veneno del upas. Incluso dejé agua en la marmita para que hirviera, por si el asunto tomaba estos derroteros.

Como casi siempre, Batari se había adelantado a los acontecimientos.

—¿No habrá sospechado?

—¿Por qué habría de hacerlo? Ambos están mirando y recontando joyas. Incluso he identificado las de la señora Gerda, su tía.

Mientras Batari organizaba el servicio de té, yo aproveché para ver cómo se encontraba Bo.

—Soy María. ¿Puedo entrar? —dije tras golpear la puerta de su habitación con suavidad.

—Sí, pasa.

La encontré con la espalda apoyada en el cabecero de su cama y las piernas recogidas sobre el tronco.

—El coronel Nakamura no toma café. Quiere un té. Pero Batari ya lo tenía previsto —informé a Bo.

—Así que sigue vivo.

—Confía en Batari. Es una mujer inteligente e inquebrantable, con recursos.

—Acabo de vomitar; es la consecuencia de que ese cerdo me haya vuelto a tocar. ¡Quiero que se muera ya! ¡Lo quiero muerto, muerto, muerto! ¡Ya!

—Hay que darle tiempo al veneno para que haga su efecto, Bo. Controla tus nervios, te lo ruego. Vuelvo con Batari. No salgas.

En ese momento, Bo me mostró una de las pistolas del arsenal de su padre, que había escondido debajo del colchón de su cama.

—Bo, dame esa pistola —le pedí—. No compliquemos más las cosas.

—No, no pienso dártela. Es muy sencillo: si el coronel Nakamura abre esa puerta, le vaciaré el cargador en la cabeza.

—Está bien. Yo me encargaré de que no lo haga. No conviene que dejemos rastro de un crimen en la casa, comprometería nuestro plan de huida. Así que no hagas nada que pueda ponernos en peligro. Prométemelo.

—Te lo prometo —accedió a regañadientes.

Cuando regresé de nuevo a la cocina, Batari ya había arrancado a andar por el pasillo en dirección al despacho portando la bandeja con el servicio de té. Caminaba sin hacer ruido, como si levitara.

Volví a apostarme en la habitación de al lado, una pequeña estancia que mi tío utilizaba y había decorado como bar. Había tal número de botellas de whisky, coñac y licores dentro de sus correspondientes vitrinas que la luz se tornasolaba al incidir sobre los distintos cristales. El servicio, con Batari a la cabeza, llamaba a ese cuarto «la habitación de la luz de miel».

Esta vez tardó tres o cuatro minutos en abandonar el despacho.

—¿Por qué has tardado tanto? —le susurré cuando pasó a mi lado.

—Porque el coronel Nakamura quería que le sirviera el té al modo japonés, cambiando el agua de taza.

—Pero tú ya lo habías previsto, por eso habías impregnado con veneno varias tazas de té, ¿no es así?

—Así es, señorita María. Mi hermana trabajó con un matrimonio de comerciantes japoneses antes de la guerra, por lo que conozco sus costumbres y entiendo algo su idioma. Al coronel Nakamura le ha satisfecho mi trabajo, tanto que me ha pedido que me incorpore a su servicio. Me ha dicho también que la mayoría de las javanesas somos unas patanas, y que es casi imposible encontrar a una sirvienta con cierta delicadeza y sensibilidad entre las nativas. He asentido y he esperado a que diera su conformidad tras probar la bebida.

—¡Entonces ya está! —exclamé, esta vez sin contener el volumen de mi voz.

Batari cubrió mi boca con su mano. Luego me susurró:

—No creo que le queden más de cinco o seis minutos de vida.

En ese instante, el claxon del coche del Nakamura empezó a sonar con estruendo, de forma continuada.

Corrimos al exterior.

Desde la veranda comprobamos que la cabeza del chófer se había desplomado sobre la bocina, lo que significaba que el veneno del upas había surtido efecto.

Al darnos la vuelta, vimos a Nakamura caminar raudo por el pasillo que discurría en paralelo al mirador, a trompicones, tropezando con el mobiliario que encontraba a su paso, con evidentes signos de faltarle la respiración. Parecía claro que el ruido del claxon le había alarmado y hecho desconfiar. Al pasar a nuestro lado, nos espetó una breve frase en japonés que ni Batari ni yo entendimos ni supimos interpretar.

Se desplomó en la gravilla, a escasos cuatro metros de la escalera que daba acceso a la casa.

Batari y yo nos acercamos a él, sabedoras de que estaba viviendo sus últimos momentos.

Entonces aparecieron Bo y Juro. Mi prima encañonaba al coronel Hokusai, a quien había sacado del despacho a punta de pistola y obligado a seguir los pasos de Nakamura.

—¿Qué diablos haces, Bo? ¿Por qué apuntas con un arma al coronel Hokusai? —le pregunté con un tono que evidenciaba mi malestar.

—Solo quiero que le dé un mensaje a ese cerdo —me respondió.

Nakamura, ajeno a lo que pasaba a su alrededor, trataba

de liberarse de una soga invisible que le apretaba el cuello cada vez con más fuerza. Sus ojos saltones se habían llenado de sangre, y el rostro, enrojecido, daba muestras claras de abotargamiento.

—Dígale que voy a dispararle en la polla para que muera castrado —dijo Bo en inglés.

Juro obedeció, y tradujo al japonés las palabras de mi prima.

Los ojos de Nakamura se abrieron de par en par tras realizar un esfuerzo sobrehumano, quiso hablar pero solo logró emitir un estertor sibilante.

A continuación, Bo dirigió el cañón de la pistola sobre los genitales de su agresor y, cumpliendo su amenaza, efectuó un disparo a quemarropa. Por último, apuntando al torso, le descerrajó otros tres disparos, hasta que el arma quedó colgando de su mano lánguida.

Desconozco si lo uno fue consecuencia de lo otro pero, tras ser acribillado, Nakamura comenzó a vomitar una espuma blanquecina al tiempo que su pecho y su entrepierna se llenaban de abundante sangre.

—¿Se ha vuelto loca? ¡Ahora tendremos que cambiar nuestro plan! —le espetó Juro a Bo.

—«La revancha es un acto de pasión; la venganza, de justicia. Las heridas son vengadas; los crímenes son vindicados» —recitó Bo con un tono de voz neutro, casi impersonal.

—¿Qué diablos le pasa? ¿Pretende justificar lo que acaba de hacer con una cita bíblica? —le recriminó Juro.

—Es una frase de Samuel Johnson, un poeta inglés por el que tanto mi tío Alexander como mi madre sentían predilección —intervine.

—¡Vaya! El problema es que envenenar al coronel Nakamura parecía suficiente para vindicar su crimen, ¿no les parece? —replicó Juro.

—Me temo que no, coronel Hokusai. He pensado mucho en su plan durante estas últimas horas, y estaba mal diseñado —contestó Bo.

—¿Mal diseñado?

—Sí, hay algo que no encaja. Si disparamos dentro de una o dos horas contra dos cuerpos que han muerto envenenados, la sangre no fluirá como es debido. El *livor mortis*, es decir, cuando la sangre se acumula en la parte inferior del cuerpo, comienza poco después de la muerte. De modo que para cuando finjamos disparar contra los cuerpos dentro de ese coche solo lograríamos que supuraran sangre. Si los japoneses encuentran dos cuerpos acribillados dentro de un coche sin apenas haber sangrado pensarán que algo no cuadra. ¿De dónde venían los militares asesinados?, se preguntarán. De La Reina del Oeste, se responderán. Con lo que mañana por la mañana los tendríamos husmeando por aquí.

—Mañana tendremos a la Kempeitai husmeando por aquí, sangren o no los cuerpos de Nakamura y su chófer. No le quepa duda.

—Pero lo harán pensando que han sido acribillados en la carretera, dada la evidencia de la sangre. Vendrán a preguntar qué hacían aquí, usted les contará que vinieron a entregar las joyas que han de ser embarcadas rumbo a Europa ocultas en los sacos de café de esta plantación, y la policía secreta llegará a la conclusión de que el coronel Nakamura y su chófer cayeron en una emboscada de regreso a Bandung.

—¿Cómo diablos sabes tú tanto sobre el comportamiento de la sangre? —le pregunté a Bo.

—Ya te dije que he vivido más de lo que te imaginas. Hace muchos años que dejé de ser la crisálida que tú creías. Hice unos cursos de enfermería en Bandung, durante un par de años. Justo después de que regresaras a España en el verano de 1937. Habíamos pasado muchos meses juntas, conviviendo todos los días, y tú te marchabas a un país en guerra. Me sentí sola, y me pareció que lo más oportuno era ayudar en la medida de mis posibilidades. He prestado auxilio a decenas de niñas a las que les mutilaron los genitales por motivos religiosos; algunas murieron en mis brazos por la falta de higiene y la mala praxis. Sé perfectamente cómo responde un cuerpo sin vida.

—La señorita Bo tienen razón. En un rato la sangre de esos dos hombres se espesará. Deberían dispararle también al chófer —corroboró Batari.

—Deme la pistola, señorita De Groot —le pidió Juro.

—¿Para qué?

—Para enmendar mi error; para dispararle al chófer antes de que sea demasiado tarde. Ya lo ha oído, si nos demoramos en exceso su sangre se coagulará. He de reconocer que había pasado por alto ese detalle. Batari, ¿sería tan amable de traerme el subfusil que hay debajo de la cama de mi dormitorio?

—Por supuesto.

Bo le entregó la pistola a Juro, y este se dirigió hasta el vehículo de Nakamura. Tras extraer el cuerpo del chófer y tumbarlo sobre la gravilla, a un metro de donde yacía su superior, le disparó hasta vaciar el cargador.

Antes de que el eco de los disparos hubiera desaparecido del todo, Juro pidió la colaboración de las dos, que habíamos entrelazado nuestras manos. Entre los tres volvimos a sentar al chófer en su puesto y a colocar al coronel Nakamura en el asiento derecho trasero.

Por alguna extraña razón, relacioné la escena de aquellos crímenes con el asesinato del señor Murakami en Hanói. ¿Acaso lo que acabábamos de hacer no era comparable con lo que hizo Alphonse Mercurol?, me pregunté.

—Aquí tiene lo que me ha pedido —dijo Batari, con el subfusil Thompson en la mano.

—¿Para qué quieres el Thompson, Juro? —le pregunté.

—Apártense, señoras —nos solicitó.

Avanzó hasta situarse a la altura del ángulo delantero derecho del vehículo y apretó el gatillo barriendo el flanco de la carrocería. Acto seguido cambió de lado y repitió la operación. Desde el zaguán de la casa, que era donde nos habíamos refugiado, apreciamos cómo los cuerpos sin vida de Nakamura y su chófer bailaban al ser alcanzados por la munición.

Aquella danza de la muerte era, sin duda, el final del *wayang kulit*.

Una bandada de gorriones de Java nos sobrevoló huyendo del estruendo.

—Ahora, si son tan amables, recojan hasta el último casquillo, sin mezclar los del lado derecho con los del izquierdo. Dejaremos que los cuerpos sangren durante un rato, que el coche se impregne.

—¿Y las ventanillas? No ha estallado ningún cristal —observó Bo.

—Todavía hay que llevar el vehículo hasta las afueras de Bandung. No puedo conducir si el coche está lleno de cristales. Más tarde me encargaré de ellos y de los neumáticos. Por favor, entréguenme los casquillos que hayan recogido, los necesito para recrear el escenario del supuesto atentado en el lugar que elijamos.

Obedecimos.

Juro guardó los casquillos en sus bolsillos, según fueran del lado derecho o del izquierdo.

—Batari, le ruego que limpie cualquier resto de sangre que haya en la gravilla. Los demás empezaremos a empaquetar las joyas y a meterlas en sus correspondientes sacos.

—Yo iré con Batari a por los primeros sacos de café cuando terminemos de limpiar la sangre del suelo —se ofreció Bo.

—Con respecto a las joyas, vamos a distribuirlas en pequeños sacos de arpillera, para que se confundan con los propios sacos de café. Una vez que las hayamos introducido, marcaremos los sacos por fuera para que puedas reconocerlos. He pensado que en cada saco vayan ciento cincuenta gramos de piedras preciosas, más o menos, así reduciremos alguna posible pérdida —expuso Juro mientras caminábamos de vuelta a la casa.

—«Las cadenas del hábito son generalmente demasiado débiles para que las sintamos, hasta que son demasiado fuertes para que podamos romperlas» —le dije.

—Por descontado, se trata de otra frase de ese poeta inglés —supuso Juro.

—Así es. Digamos que empieza a darme miedo que el hecho de asesinar a una persona ni siquiera me conmueva; como si se hubiera convertido en un hábito que ya ha arraigado en mi pensamiento y en mi forma de relacionarme con los demás, con el mundo.

—Es necesario que destierres esa clase de ideas, María; por eso es conveniente que pienses que la muerte de Nakamura va a salvar otras vidas, no solo la de tu prima. Asia está repleta de esclavas sexuales como Bo.

—¿Y qué hay del chófer? No tendría más de veinticinco años.

—También su muerte puede salvar a la esclava sexual que le estaría esperando en ese hotel de Bandung, y en otro que habrá en Batavia.

—Me temo que tu argumento es poco convincente.

—Lo es porque no está acompañado de una frase ingeniosa o ampulosa de un poeta inglés. Pero ese joven era un eslabón en la cadena del coronel Nakamura. De una forma u otra, nuestros destinos están siempre ligados al de otras personas. En tiempos de guerra, esos vínculos son aún más fuertes.

—Supongo que tienes razón. Pero olvidas que fui yo quien propuso asesinarlo.

—Si la muerte de ese joven te abrasa por dentro significa que la cadena de la que habla ese poeta inglés no te tiene atada del todo. A los militares nos exigen obediencia debida, cumplir siempre con lo que se nos ordena, que casi nunca tiene que ver con la justicia o la moral. Sin esa fe en los mandos superiores, los ejércitos serían cuerpos sin cabeza, tullidos vulnerables. De modo que lo que parece cruel para la sociedad civil, no lo es para el estamento militar. Dicho esto, resulta evidente que cada cual puede llevar a cabo sus actos de distintas maneras, pero al final del camino solo hay una puerta para alcanzar la supervivencia. No, María, no eres una asesina despiadada y sanguinaria. Batari y tu prima tampoco. En cambio, el coronel Nakamura sí lo era; yo lo soy también a mi manera. Pero tú no.

—Yo no estoy tan segura. Estaba convencida de que hacía lo correcto. Hablaba de quitarle la vida a Nakamura y no sentía remordimientos; pero lo de ese joven lo cambia todo. Lo he sacrificado como si se tratara de un peón en una partida de ajedrez. He dicho «quitarle la vida», ¿verdad? Ahora soy yo la que se refugia detrás de un eufemismo. Necesito un trago.

—La guerra tiene mucho de partida de ajedrez, en efecto. Para ganar hay que sacrificar piezas. Forma parte de la estrategia, resulta inevitable. No deberías beber. Todavía tenemos mucho trabajo por delante.

—Necesito beber algo fuerte —insistí.

—No, lo que necesitas es enturbiar tu conciencia.

—¿Acaso el resultado no es el mismo?

—¿Recuerdas que en el hotel de Hanói te dije que había asesinado a sangre fría a cinco personas?

—Lo recuerdo, a tres hombres y dos mujeres.

—Así es. Pero no te conté toda la verdad. Uno de esos hombres era en realidad un niño de cinco años. Iban a experimentar con su madre y con él, así que, después de hablar con la mujer, esta me pidió que acabara con la vida de los dos. Casi me lo suplicó. Y eso fue lo que hice. Le disparé por la espalda a un niño de cinco años que estaba agarrado a la mano de su madre. Iban a inocularles un agente biológico para ver cómo reaccionaban sus cuerpos, para luego dejarles morir, sin evitarles el menor sufrimiento, por lo que *stricto sensu* les proporcioné una muerte más digna; pero por mucho que me repita esa cantinela, cuando me miro las manos las veo manchadas de sangre. Da igual que me las lave mil veces. He bebido sake y whisky sin límite; dejé de dibujar durante mucho tiempo, el «mundo flotante» se convirtió en un sueño que cada noche era devorado por la pesadilla del Escuadrón 731. Y aunque arrastre esa pesada carga, créeme, trato de paliar mis errores haciendo el bien. Sé que eliminando a Nakamura y a su chófer hemos salvado las vidas de muchas personas. Eso es lo que importa, María. Solo piensa en todos aquellos a los que vamos a salvar.

Después de escuchar aquella confesión, me dirigí al bar de mi tío, tomé una botella de Bols y bebí un largo trago. El sabor del enebro mezclado con alcohol se apoderó de mi paladar primero y luego me quemó por dentro, pero en ningún caso me insufló el «coraje holandés» que desde tiempo inmemorial se le suponía a esa bebida.

—Tengo dudas, Juro. Temo que seamos iguales que los tipos como Nakamura —le planteé.

—No, María, no somos iguales que esos monstruos.

—¿Aunque matemos como ellos?

—No matamos como ellos. Olvida esa idea, sácala de tu cabeza. Ahora centrémonos en nuestros próximos pasos. ¿Cuánto pesa uno de esos sacos de café?

—Por motivos técnicos, los sacos que se exportan pesan setenta kilos. Sesenta y nueve de café y un kilo más del propio saco.

—¿Y a cuántos sacos ascenderá la producción? —me preguntó a continuación.

—A un lote como mínimo; o sea, doscientos cincuenta sacos. Si hacemos bien las cosas, puede que mucho más.

—Entre lo requisado en Shanghái y lo que ha traído el coronel Nakamura, estamos hablando de dos kilos de piedras preciosas, más o menos. Eso supone que meteremos joyas en trece sacos, y le daremos un trato especial a los diamantes industriales de Leon Blumenthal.

—Comprendo. ¿Y a quién he de entregarle las joyas cuando desembarque en Lisboa? —quise saber.

—Alguien de la Falange Exterior se pondrá en contacto contigo. Una vez que hayas realizado la entrega, puedes disponer del café como creas conveniente. Es el pago que tanto tu padre como tú recibiréis por vuestros servicios. En los tiempos que corren en Europa, más de diecisiete mil kilos de café es un gran tesoro. Si consigues cargar más mercancía, mejor que mejor. Ganaréis una fortuna.

Juro tenía razón. El diez por ciento del producto interior bruto de la economía española lo generaba el estraperlo. Pese a que los pequeños estraperlistas eran sancionados con frecuencia, los grandes, en cambio, se estaban haciendo inmensamente ricos gracias a que, entre otras cosas, podían comprar voluntades. Por ejemplo, de los hermanos Muñoz Ramonet, de Barcelona, se decía: «En el cielo manda Dios y en la tierra los Muñoz». De modo que si apurábamos los plazos, en vez de doscientos cincuenta sacos quizá podríamos ensacar hasta cuatrocientos. En ese supuesto, con más de veintisiete mil quinientos kilos de café para mover en el mercado negro, mi posición sería inmejorable. Si lográbamos venderlo a unas quince pesetas en el mercado negro, precio completamente realista dadas las circunstancias, podríamos embolsarnos más de cuatrocientas mil pesetas.

—Sin duda. Pero me temo que voy a necesitar un almacén donde guardar todo ese café —observé.

—Lo tendrás, por descontado. De eso ya se ha encargado nuestro hombre de la Falange Exterior.

La tos renqueante de la camioneta que empleaban en la hacienda para mover los sacos de café de un lugar a otro interrumpió nuestra conversación.

A través de la ventana vi que Bo iba al volante y Batari en el asiento del acompañante. Habían regado y limpiado con profusión la meseta de grava que daba paso a la entrada de la vivienda, y ya no había rastro de sangre en el suelo. Pese a la aparente endeblez de ambas, estaba segura de que regresarían con una remesa de sacos cargados de café.

—Comencemos a seleccionar las joyas que irán en los lotes, siguiendo el ejemplo de los paquetitos que Murakami elaboró en Shanghái con papel de seda. En un rato, tu prima y Batari estarán de vuelta.

—Le diré a Batari que apañe trece o catorce bolsas con la arpillera de un saco, de esa manera los lotes irán más seguros —propuse.

—De acuerdo. Tendremos que señalar los sacos de algún modo, para que puedas reconocerlos.

Llegaron los treinta primeros sacos llenos de café y otra media docena más de los que mi tía solía usar para fabricar cojines y pufs. Batari desprendió las puntadas de un saco vacío y lo cortó con una gruesa tijera, para luego coser catorce pequeñas bolsas de arpillera, en cada una de las cuales introdujimos lotes de unos ciento cincuenta gramos, que pesamos en la balanza de la cocina. Por último, Bo marcó el logo de los De Groot con pintura amarilla, con lo que quedó resuelta la identificación de los sacos que escondían las joyas.

—Al saco donde van los diamantes industriales de Blumenthal póngale una segunda señal —pidió Juro.

Bo pintó sobre ese saco dos granos de café que simulaban unos anteojos.

Cuando el proceso estuvo encarrilado, Juro le pidió a Bo que le buscara un pantalón, una camisa y un par de guantes de su padre.

—No es usted un japonés bajo, coronel Hokusai, pero mi padre medía un metro y ochenta y seis centímetros. Su ropa le quedará grande —dijo Bo.

—No pretendo lucir la ropa de su padre, señorita De Groot. Necesito ponerme algo encima para no manchar la mía de sangre.

—Comprendo. Entonces creo que lo más indicado es uno de sus monos de trabajo.

—Perfecto. Otra cosa: la he visto manejar esa camioneta con destreza. Yo conduciré el coche del coronel Nakamura y usted me seguirá con las luces apagadas. ¿Tiene un mapa de la carretera que une la hacienda con Bandung?

—Por supuesto. Vuelvo en un par de minutos.

Una vez que Bo regresó con el mapa, Juro lo estudió con detenimiento.

—El supuesto atentado tendrá lugar en esta curva de la carretera —dijo—. Usted parará el motor de su camioneta en esta otra, unos trescientos metros antes. Cuando yo haya terminado, me reuniré con usted y regresaremos juntos.

—Si vas a ser tú quien dispare de nuevo contra el coche, ¿para qué nos llevaste la otra noche a ese campo de tiro improvisado? —intervine.

—Digamos que, llegados a este punto, me siento responsable de los actos cometidos por el miserable de Nakamura. A lo que hay que añadir mi experiencia militar. Tal vez la otra noche pretendía demostrarles algo, aunque no sé muy bien qué. Les pido disculpas. Lo de las prácticas de tiro fue un error.

—Como el que ha cometido hoy no teniendo en cuenta la coagulación de la sangre —le recordó Bo.

—Así es, señorita De Groot, como el que he cometido hoy.

—Le traeré uno de los monos de trabajo de mi padre y unos guantes. Iré detrás de usted con la camioneta.

—¿Y qué pasará mañana cuando descubran los cuerpos de Nakamura y su chófer? —le pregunté a Juro.

—Mañana seguiremos llenando sacos de café como si nada, y lo seguiremos haciendo incluso cuando la Kempeitai venga a hacer preguntas. Les diré que Nakamura vino a entregarme las joyas, se reunió conmigo, charlamos sobre cómo distribuir la mercancía y, a última hora de la noche, regresó en su coche a Bandung. La Kempeitai descartará el móvil del robo y centrará su atención en los grupos terroristas que operan en la isla.

—¿Y si registran la casa y encuentran restos del veneno? —volví a preguntar.

—Está claro que Batari sabe lo que tiene que hacer. Lo

único importante es comportarse con naturalidad, como si la muerte del coronel Nakamura no tuviera que ver con nosotros.

Una vez que Juro se hubo enfundado en el mono de mi tío Alexander, cuyas mangas y perneras tuvo que doblar, Bo lo ayudó a mover el cuerpo del chófer hasta el asiento del acompañante.

—Necesitará una toalla para limpiar los restos de sangre que queden en el asiento del acompañante una vez que ponga al chófer al volante —sugirió Bo.

—No hace falta, señorita De Groot. Dejaré el cuerpo del chófer caído sobre el asiento, así la sangre no desentonará; todo lo contrario. En cualquier caso, convendría limpiarles la boca. La espuma blanca en la comisura de los labios resulta de lo más sospechosa.

Batari limpió el rostro de ambos cadáveres, sin alterar sus posturas un centímetro.

—¿Y qué me dices de la rodada de la berlina de Nakamura? —pregunté ahora, como si me viera en la obligación de poner a prueba los detalles de aquel temerario plan una y otra vez.

—El coronel Nakamura ha venido a traerme las joyas hasta aquí, por lo que es normal que la rodada de su vehículo sea visible sobre la gravilla. Con lo que debemos tener cuidado es con no borrar parte de ella con los neumáticos de la camioneta, porque entonces sí podrían sospechar que detrás del coche de Nakamura circulaba otro vehículo.

—Bien pensado, coronel Hokusai. Tal vez lo mejor sea

que yo salga en primer lugar; de esa forma será la rodada del vehículo de Nakamura la que pise la mía. Le esperaré donde comienza la carretera asfaltada. Luego, de regreso, entraremos en la hacienda por otro camino que hay un poco más alejado y complicado. En todo caso serán los coches de la policía militar los que pisen las huellas de los neumáticos del automóvil de Nakamura.

No sé bien si danzo a tu alrededor
o compartimos un mismo centro

Me coloqué en cuclillas junto a Batari, en un rincón de la veranda desde la que se oía el ruido de la noche y se veía una constelación de estrellas que parecían titilar tenuemente en el firmamento. Sabía que no sería capaz de aguantar más de diez o quince minutos en aquella postura, pero al mismo tiempo necesitaba sentirme incómoda, pues lograba que me mantuviera en alerta. Cada segundo que transcurría no hacía sino aumentar mi desasosiego, la incertidumbre por el resultado de aquella peligrosa operación que nos implicaba a todos por igual. Incluso la vida de mi padre, retenido en Tokio hasta que yo cumpliera con mi misión, corría peligro si las cosas no salían como habíamos planeado.

Al cabo, con un incesante hormigueo subiendo por mis piernas, empecé a tener la sensación de que era la noche la que me observaba y no al revés. Una oscuridad impenetrable que funcionaba como un espejo: si la mirabas, veías tu reflejo en ella, te contemplabas desamparada frente al inabarcable muro de negrura; era como observar tu interior, las zonas sombrías y ocultas de tu espíritu, sin la protección de ese escudo que es el cuerpo. Incluso me dio la impresión de que aquella oscuridad avanzaba con lentitud hacia mí.

Acabé sumida en un estado de desasosiego que me llevó a la agitación, por lo que tuve que abandonar aquella posición sedente y contemplativa.

Comencé entonces a recorrer la veranda de un lado a otro y, viendo que el regreso de Bo y de Juro se demoraba más de lo que me hubiera gustado, decidí entrar en la casa para echarme al coleto un trago de la ginebra holandesa de mi tío.

—Voy a beber un vaso de Bols —le dije a Batari.

—¿Quiere que prepare café, señorita María? —se ofreció.

Su blanca dentadura relució en aquel ambiente como un chispazo de luz.

—Quiero que regresen ya —le respondí.

—La ginebra no hará que vuelvan más rápido, pero sus efectos provocarán que sus sentidos y su conciencia se alteren, lo que será aún más perjudicial para su estado de ánimo; el café, en cambio, le dará vigor y le hará pensar las cosas con más templanza —expuso Batari.

—Siempre me he preguntado cómo consigues mantenerte imperturbable, con independencia de cuál sea la situación —observé.

—Desde pequeña me enseñaron a mantener la mente en equilibrio, lo que significa que no rechazo ni añado nada a cada circunstancia. Si yo fuera un soldado, tendría la capacidad de no asustarme antes de la lucha, pero también de no ser demasiado aguerrida o sanguinaria durante la misma. Solo mostrándote imperturbable puedes dominar tus propios instintos y, en consecuencia, los distintos escenarios.

—¡Me gustaría tanto ser como tú, Batari! —exclamé.

—El problema, señorita María, es que en su mundo la imperturbabilidad se parece a un tronco flotando en un río de aguas bravas. Nunca he conocido a un occidental capaz de mostrarse estoico ante la adversidad; ninguno de ustedes se deja llevar por la corriente, puesto que es ella la que tiene el control; todos bracean a la desesperada cuando son zarandeados por el agua; todos quieren nadar a contracorriente. ¿Y qué consiguen? Ahogarse en la desesperación.

—¿Y si ha ocurrido algo? ¿Y si nada ha salido como teníamos previsto? —planteé.

—No está en nuestra mano cambiar el destino de la señorita Bo y del coronel Hokusai; lo que tenga que ser, será. De manera que solo podemos esperar, de ahí que no merezca la pena perder la compostura —me respondió.

—De acuerdo, Batari, prepara ese café —me plegué.

Cuando la luz de la camioneta de Bo barrió la veranda, mi corazón se aceleró. En el contraluz a que dio lugar la escena vislumbré las figuras de ambos dentro del vehículo. Parecían tranquilos, de una pieza.

Pese a todo, tardaron en bajarse un par de interminables minutos, como si, una vez completada la misión, se hubieran quedado vacíos por dentro y les costara retomar la actividad.

—¿Y bien? ¿Qué tal ha ido todo? —les pregunté en inglés en cuanto comenzaron a caminar hacia mí.

—Todo ha salido según lo previsto —me respondió Juro.

—Es curioso, pero la segunda muerte del coronel Nakamura me ha dejado tan insatisfecha como la primera —dijo Bo.

—Si matara a Nakamura cien veces sentiría lo mismo: insatisfacción. La venganza sirve para taponar la herida, pero no detiene la hemorragia, sobre todo si es interna —replicó Juro.

—Entrégueme el mono de mi padre —solicitó Bo—. Voy a quemarlo.

Juro obedeció.

—¿Alguien quiere un café recién hecho? —nos ofreció Batari.

Todos nos hicimos con una taza de café caliente y bebimos en silencio, a tragos espaciados y cortos, como si el primero en acabar tuviera la obligación de leer los posos de su taza y predecir nuestro incierto futuro. Al final, fue Juro quien tomó la palabra.

—Acabemos el café y prosigamos llenando y cargando sacos en la camioneta —propuso.

—Permítame que antes queme el mono de mi padre —dijo Bo.

Batari y yo terminamos de coser y de rellenar los sacos de arpillera marcados por mi prima, mientras Juro trasladaba los fardos hasta la camioneta de uno en uno. No tardó en romper a sudar con profusión, como si realizase el «trabajo de Sísifo», condenado a empujar la misma piedra una y otra vez.

A eso de la una y media de la madrugada habíamos llenado y cargado setenta y cinco sacos.

—Ahora vayamos a descansar. Continuaremos a las seis de la mañana —ordenó.

Conduje a Juro hasta mi baño y, tras dejar caer mi vestido y abrir el grifo del agua, le pedí que frotara mi cuerpo, que me limpiara por fuera y, en la medida de lo posible, también por dentro. Yo era consciente de que se trataba de una quimera, pero la sucesión de acontecimientos acaecidos desde que el coronel Nakamura y su chófer se presentaron en la hacienda había provocado que me sintiera sucia. Todas mis restricciones morales se habían ido al traste y eso, en mi opinión, precisaba de alguna clase de reparación.

—Deberíamos dormir un poco. Conviene que mañana estemos frescos a la hora de recibir a la Kempeitai —me dijo mientras mantenía la distancia con mi cuerpo desnudo.

—¿Y si nos detienen? Tal vez sea la última noche que pasemos juntos —le sugerí.

—No nos detendrán. Te lo he repetido mil veces. Tú eres intocable; yo soy intocable. La Kempeitai tendrá que conformarse con nuestro testimonio, aunque sea falso. Digamos que tu viaje a Europa está incluso por encima de la vida del coronel Nakamura.

Estaba claro que sus argumentos eran convincentes, por lo que de nuevo tuve que ser yo la que tomara la iniciativa. Lo agarré del brazo y lo arrastré bajo el agua.

Juro no dijo nada, ni siquiera mientras le arrancaba la ropa empapada como si fuera una segunda piel. Se dejó hacer con actitud tranquila, quizá con un aire de burla, contemplando cada uno de mis torpes movimientos.

Cuando estuvimos desnudos, nos abrazamos bajo la ducha, y así permanecimos hasta que el depósito de agua quedó vacío.

—Fíjate, parecemos dos esculturas brillantes y traslúcidas —dije.

—Yo solo veo dos cuerpos cansados.

—Quédate a dormir conmigo —le rogué.

—Me gustaría, pero no creo que sea buena idea.

—¿Por qué no es buena idea?

—Porque es una mala idea.

—No me trates como si fuera una niña pequeña y caprichosa.

—Entonces no me hagas preguntas de niña pequeña y caprichosa.

—Solo pretendo que durmamos abrazados. Tengo miedo, sobre todo de mí.

—Tener miedo es un mecanismo de supervivencia y de defensa, así que me preocuparía si no lo sintieras.

—¿Y qué hay de eso de que solo existe el presente, el aquí y el ahora?

—Digamos que el presente abarca las cuatro o cinco horas que restan hasta que amanezca. No podemos dormir juntos, María, porque si lo hacemos nos entregaremos el uno al otro.

—Entregarnos el uno al otro suena bastante bien —reconocí.

—Ya sé que suena bastante bien, pero los calígrafos y los pintores japoneses solemos decir que si tu espíritu está bien, el pincel con el que trabajas te seguirá; pero si, por el contrario, algo no funciona en tu interior, da igual que poseas el mejor pincel del mundo. Me siento inquieto. Estoy preocupado, y necesito tener la mente despejada para mañana.

De nuevo la filosofía de Juro frenaba en seco una de mis iniciativas, poniendo de manifiesto el muro que existía entre su mundo y el mío.

—De acuerdo, sécate y vete a dormir a tu cuarto. Ya no te necesito. Jamás volveré a necesitarte. Después de todo, en tres o cuatro días regresaré a Europa y no volveremos a vernos.

—Así es. Pero antes tenemos que sortear algunos obstáculos. No podemos bajar la guardia hasta que la Kempeitai dé por buena nuestra versión de los hechos, hasta que ese barco portugués zarpe del puerto de Batavia. Solo te pido que mantengas la entereza unas cuantas horas más.

Una caricia aislada de su mano en mi rostro fue todo el consuelo que obtuve.

—En realidad hace tiempo que te marchaste, que tu idea de vivir el presente era solo un espejismo, ¿verdad? —le planteé cuando ya me había dado la espalda.

—María, piensa lo que quieras. Ahora solo me importa que tú y tu prima salgáis de esta isla cuanto antes, que sobreviváis.

—A veces sobrevivir no es suficiente para sentirte viva —le solté la frase que le había escuchado a Bo.

En cuanto me dormí, fue el coronel Nakamura quien me abrazó por la espalda. Pese a que no veía su rostro, reconocí su aliento cuando acarició mi nuca, al tiempo que sus manos regordetas masajeaban y presionaban mi cintura. Lo peor de todo era que, aunque quería zafarme de él, permanecía paralizada. No podía moverme ni darme la vuelta para defenderme, ni tampoco gritar. Así las cosas, tras arrancarme la ropa interior, Nakamura se bajó los pantalones y condujo su glande hasta mi ano. Fue entonces cuando sus brazos y su sexo se convirtieron en los tentáculos de un cefalópodo que buscaba cualesquiera de mis orificios para penetrarme. «¿Recuerdas esa estampa del maestro Hokusai? ¡Mi deseo se hace realidad al fin! ¡Ya eres mía y te tengo en mi poder! ¡Voy a succionar tu vientre con mi ventosa! ¡Y recorreré tu interior humedecido por las cálidas aguas de la lujuria! ¡Sí, sí, qué lindo coño! ¡Chupar y chupar hasta saciarme, eso es lo que haré! ¡El placer te hará gemir y hervir como un cuenco de agua en ebullición!», exclamó. En ese instante me percaté de que un ser diminuto, una suerte de reducción del chófer del coronel Nakamura, se aferraba a mis senos y trataba de mordisquear uno de mis pezones. En realidad, tanto sus brazos como sus piernas se habían convertido también en tentáculos y sus labios en un afilado pico. «¡Cuando papi termine, comenzaré yo! ¡Voy a chupar tu clítoris con mis ventosas! ¡Oh, sí, papi y yo haremos que mueras de placer!», se pronunció el pulpo pequeño.

Más tarde todo se tornó viscoso y confuso, como si la pesadilla me hubiera atrapado también entre sus tentáculos. Ni siquiera sé cuánto tardé en recuperar mi yo consciente, pero para cuando pude incorporarme en la cama me faltaba el aliento.

Eran las seis menos cuarto de la mañana, y el alba ya había comenzado a roer la noche.

No habíamos terminado de apurar el primer café cuando llegaron dos berlinas de la Kempeitai con ocho japoneses en su interior.

Daban muestras de una actividad efervescente, que no era otra cosa que el reflejo del profundo desconcierto que les había causado el atentado sufrido por el coronel Nakamura y su chófer.

Dada la situación de control impuesto en gran parte de la isla de Java, para los militares japoneses resultaba incomprensible que algo así hubiera sucedido. Los holandeses estaban encerrados en campos de internamiento, los mestizos habían sido entregados a los nacionalistas indonesios, y estos consideraban a los japoneses sus libertadores, por lo que la única opción que quedaba era que los responsables fueran los chinos, siempre díscolos.

De hecho, el propio coronel Hokusai expuso ante sus colegas la idea de que pudiera tratarse de un grupo armado instigado por el Kuomintang de Chiang Kai-shek, quien llevaba tiempo alentando a los chinos de Borneo para que constituyeran una república independiente. Tampoco podía descartarse que detrás de aquellos atentados estuvieran los comunistas, quienes se habían extendido como la metástasis de un cáncer por aquellos territorios del sudeste asiático que los japoneses habían tomado a la fuerza. De hecho, dadas las circunstancias, cabía establecer ciertos vínculos entre el atentado sufrido por Nakamura y el asesinato del joyero Murakami en Hanói, lo que ponía de relieve el interés de los comunistas por desbaratar la misión que el gobierno japonés me había encomendado. Al final, esa teoría fue la que prevaleció.

—La Kempeitai teme que el asesinato de Murakami y las muertes de Nakamura y su chófer puedan estar relacionadas —nos informó Juro.

—¿Y eso qué significa? —pregunté.

—Que dispondremos de protección especial hasta que el barco haya zarpado. Los nacionalistas indonesios, a los que hemos prometido la independencia cuando acabe la guerra, se han ensañado con la comunidad china. Muchos de sus miembros han sido linchados y sus comercios quemados. De modo que los chinos se han convertido en los «culpables perfectos», sobre todo si tenemos en cuenta que luchan encarnizadamente contra nosotros tanto en China como en el norte de Indochina.

—Una mentira más no importa, ¿no es así? —dejó caer Bo.

—Tampoco la verdad importa. La cuestión es que la «conspiración china» nos conviene a todos, a la Kempeitai y a nosotros.

—¿En qué consiste esa protección especial? —pregunté de nuevo.

—Van a dejar a cuatro hombres armados en la hacienda. Nos protegerán y nos escoltarán hasta el puerto de Batavia, para garantizar que nadie robe las joyas. Al mismo tiempo, servirán de estímulo para los recolectores. Ustedes dos han de marcharse cuanto antes.

Que Juro empleara el plural implicaba que Bo tendría que suplantarme delante de las narices de aquellos guardias.

—¿Y qué dirá la Kempeitai cuando descubra que Bo ha embarcado a hurtadillas?

—No dirá nada. El único que tenía interés en la señorita De Groot era el coronel Nakamura. Solo a él le importaba su destino. Así que nadie en la isla la echará de menos. Ahora ella es mi responsabilidad; de la misma manera que yo estoy bajo la protección de la Kempeitai local. Seguiremos con nuestro plan.

La presencia de nuestros escoltas nipones provocó, tal y como había previsto Juro, que los recolectores pusieran más empeño en su trabajo, hasta el punto de que, una vez terminada la recolección, ensacamos cuatrocientos veinte sacos, que sumaban 28.980 kilos de café de Java. Mucho más de lo que yo había previsto. A eso había que añadir los cerca de dos kilos en piedras preciosas distribuidos en trece de los sacos, más otro lote que incluía los catorce diamantes industriales de Leon Blumenthal.

Una vez que gran parte de la mercancía estuvo cargada, me embargó una extraña sensación de mudanza definitiva, como si en mi fuero interno supiera que jamás regresaría a La Reina del Oeste, fuera cual fuese el resultado de mi misión y de la guerra.

Cuando Bo se despidió de mí llevando la cabeza cubierta con mi pañuelo, además de mis gafas de sol y mi brazalete de la Kempeitai, tuve la impresión de estar diciéndole adiós a mi sosia, una persona tan parecida a mí como yo misma.

—Ahora yo soy tú y tú serás yo, como antaño —me dijo, haciendo referencia a la cantidad de veces que nos habíamos hecho pasar la una por la otra entre los nativos, cuando éramos adolescentes; un juego que de pronto cobraba un sentido completamente diferente, donde la inocencia de entonces había sido reemplazada por un peligro real.

—Nos vemos en dos o tres días —le dije.

—Bueno, si decides quedarte con el coronel Hokusai, yo me encargaré de que las piedras preciosas no caigan en manos de esos falangistas españoles para los que trabajas.

—Si las circunstancias me brindaran poder elegir, escogería que el coronel Hokusai viajara con nosotras hasta Portugal; pero no es el caso. Además, si esas piedras preciosas no llegan a su destino, la vida de mi padre correría serio peligro. Digamos que se ha quedado en Tokio como rehén.

—Pobre tío Jacinto... No me imagino cómo tienen que estar sufriendo sus viejas ideas cristianas frente a las severas y crueles costumbres niponas. Pero, en el fondo, todos padecemos el mismo mal; cada uno de nosotros lucha para sobrevivir por encima incluso de las peores circunstancias. El coronel Nakamura está muerto, pero al mismo tiempo vive dentro de mí, como si sus actos hubieran colonizado los míos, mi forma de pensar, de actuar. ¿Recuerdas ese adagio que siempre repetía mi madre? Era de un poeta libanés que vivía en Estados Unidos. Gibrán Jalil Gibrán, se llama. Su libro debe de andar por ahí, en alguna estantería de esta casa. Decía: «¿Quién puede separarse sin pena de su dolor y de su soledad?». Es evidente que nadie. Nadie puede, prima.

Las palabras de Bo me llevaron de nuevo a la pequeña cabaña de Aiko, que tanto su dueña como Juro llamaban «la casa del gusto refinado»; un lugar donde, tras una ceremonia del té cargada de simbolismo, el encuentro con la belleza, el contacto con la naturaleza y la simpleza de los pequeños actos nos enseñaban que la desolación y la pobreza eran la mayor riqueza, por ser ambas las más extendidas entre los seres humanos. ¿Acaso no podía asegurarse que vivíamos en una perpetua contradicción, en la que el hombre verdadero tenía que atemperar su propio brillo para armonizarse con la oscuridad de los demás? La casa del gusto refinado no era más que una quimera, un sueño, una fachada, un decorado que daba paso a un mundo prosaico, áspero y descarnado.

Sí, había una guerra en marcha, abierta y visible; pero existía otra que afectaba por igual a la conciencia de toda la especie humana y donde solo había perdedores.

Cálido como el jade

Los dos días y medio que transcurrieron desde que el primer cargamento partió hacia Batavia, llevándose a Juro y a Bo, los pasé pegada todo el día a Batari, ayudándola donde era menester, allí donde pudiera ocupar mi tiempo y mi cabeza.

Batari siempre tenía algo que hacer, incluso cuando descansaba, puesto que los ratos de asueto los dedicaba a meditar. También llegué a dudar de que durmiera, al menos tal y como lo hacíamos los demás. No cerraba los ojos del todo, y de su boca brotaban extrañas palabras en javanés, que mascullaba tal que un mantra.

—¿Puedo pedirte algo para cuando me haya marchado? —le pregunté.

—Puede pedirme lo que quiera, señorita María.

—Me gustaría que se ocupara de atender al coronel Hokusai.

—¿Acaso cree que el coronel tiene intención de permanecer en esta hacienda cuando ustedes dos hayan zarpado?

—Supongo que no, pero voy a tratar de convencerlo. Es la única manera que se me ocurre para que tanto tú como la hacienda estéis protegidas.

—Si me permite decirle una cosa, el coronel Hokusai es demasiado bueno para ser japonés.

—¿Y ser bueno es malo?

—No, salvo que seas un oficial de la Kempeitai. Me temo que el coronel Hokusai es muy vulnerable; su forma de pensar es propia de alguien que practica el *kebatinan*. Incluso podría ser javanés en vez de japonés.

Batari se refería a la filosofía local javanesa que ella misma practicaba, una tradición mística o modelo ético que carecía de escrituras como la Biblia o el Corán, y que tampoco tenía profetas. El *kebatinan* servía, entre otras cosas, para meditar, para alcanzar el camino de la verdad, y la influencia que ejercía en muchas de las costumbres y los festivales locales era más que notoria.

En mi opinión, Batari no iba desencaminada, ya que el término *kebatinan* podía traducirse como «la ciencia de lo interior», cuyas similitudes con el camino del té que reivindicaba Juro eran evidentes; ambos, en definitiva, daban prioridad a la búsqueda de la armonía interior, una clase de ética que chocaba de manera frontal con las consecuencias de la guerra en la que nos hallábamos inmersos. Aunque eso no significaba que no tuvieran el coraje suficiente para actuar y tomar decisiones drásticas que afectaban a terceros.

—No creo que ni el coronel Hokusai ni tú seáis débiles; él no tiene reparos a la hora de disparar y tú cuentas con el manejo del veneno del upas... —dije.

—Yo no he dicho que el coronel o yo misma seamos débiles; lo que afirmo es que somos vulnerables y, en consecuencia, frágiles frente a un mundo en descomposición. Cultivar la paz interior cuando no hay paz exterior carece de sentido, pues nada se da sin armonía. No, en las actuales circunstancias, por desgracia, no hay lugar para el alivio espiritual y emocional. Todos vivimos presos en la cárcel de la violencia, y por ahora no hay manera de escapar de ella.

—Al menos este lugar está apartado, lo que os permitirá tener cierta libertad de pensamiento y de movimiento. Recuerdo cuando te dabas caminatas desde un atardecer hasta el siguiente, y también tus ayunos. La tía Gerda te admiraba.

—Y yo la admiraba a ella. Un día quiso venir conmigo de caminata. Le decepcionó saber que caminaríamos veinticuatro horas en completo silencio. «Lo que yo quiero es conocerte mejor», me dijo. «El silencio es más valioso que cualquier palabra; en el silencio se manifiesta la gran presencia del ser», le respondí yo. «Nunca he permanecido callada durante un día entero», me replicó. Pese a que nunca caminamos juntas, su tía siempre me respetó y confió en mí.

—¿Y qué me dices del tío Alexander?

—También me respetaba y confiaba en mí. De hecho,

fue él quien contestó a su tía: «El silencio induce a callar para dejar que nuestro propio ser nos hable, querida», le dijo. Yo era la única persona junto con su tía que sabía dónde tenía escondida la estación de radio.

—Supongo que era en esa estación de radio donde de verdad se mostraba tal cual era.

—Así es. Su tío siempre fue consciente del peligro que corría.

—¿Qué será de todos nosotros, de ti, de Bo, del coronel Hokusai, de mí? —le pregunté como si en su mano estuviera saberlo.

—Cuando una persona escucha lo que el silencio le dice, lo primero que descubre es que las palabras que suele emplear son solo consecuencia de otras palabras, como una cadena que va esclavizándote y conformando un discurso que nos aleja de la realidad. Nuestros actos están construidos sobre ese velo tejido que es el lenguaje, de ahí que el futuro de cada cual esté determinado por su capacidad para medir sus palabras —me respondió.

—No sé si te entiendo.

—No hace falta. Solo practique la disciplina del silencio; entonces lo demás vendrá rodado. Guardar silencio, reflexionar, ayuda a no tomar decisiones precipitadas.

La mañana de la eterna despedida

Tener conciencia de que aquella era la última noche que pasaríamos juntos, que pocas horas más tarde nos separarían océanos, mares y continentes, me había vuelto taciturna, incluso cuando recibía sus besos y sus caricias. Otro tanto le ocurría a Juro, como si entre nuestros cuerpos mediara un muro de tinieblas. Podíamos tocarnos, pero no nos reconocíamos, como si lo hiciéramos a ciegas, por lo que no había verdadera pasión en ninguno de los dos.

—Supongo que es así como acaricia y besa la tristeza —dejé caer.

—En nuestro idioma tenemos una expresión que encaja con nuestro estado de ánimo: *mono no aware* —comenzó con tono pausado—. Alude a la transitoriedad de las cosas, a su brevedad, a la finitud de lo que por sí es finito, lo que nos conduce a una tristeza melancólica. Si una persona no se disolviera, si no desapareciera como humo, las cosas perderían su poder de conmovernos. Este principio también puede aplicarse al amor, a las relaciones de pareja. Lo más relevante de la realidad es la impermanencia, por eso el sentimiento de ver cómo las cosas cambian resulta agridulce. Digamos que hemos disfrutado del espectáculo de la floración del cerezo, y ahora que las flores han empezado a caer nos toca asumir la evanescencia de su belleza. Plenitud y final, es lo que hemos vivido; también es todo a lo que podíamos aspirar.

Me percaté de que aquellas palabras habían alterado la apariencia de Juro, como si su rostro se hubiera vuelto más adusto. Incluso su perfil de montaña había cambiado para volverse más rígido, llenándose de nubes que no me permitían reconocerlo. De inmediato, me invadió la sensación de que había comenzado a despedirse poniendo cierta distancia emocional entre ambos.

—Siempre te tendré en mi recuerdo. Nunca olvidaré lo que hemos vivido durante estos meses —reconocí sin poder evitar la pesadumbre que me embargaba.

—Eso también forma parte del *mono no aware*, que es ante todo un sentimiento puramente humano. Los japoneses decimos que la tristeza es un traje ajado, y por lo tanto no ha de lucirse en la calle, en público.

Estaba claro que la metáfora del traje raído aludía a su cambio de actitud, a su deseo de no expresar sus verdaderos sentimientos delante de mí, puesto que podía aumentar el daño de ambos. Sin embargo, yo no pensaba como él, yo podía intentar comprender su punto de vista. Pero a la postre seguía siendo una mujer occidental con una forma de pensar a la europea, así que le dije:

—Relatos, recuerdos, melancolía..., cuando lo que yo quiero es que tus besos y tus caricias disipen las tinieblas de tus palabras. Nos hemos mantenido en pie todo este tiempo gracias al presente, y ahora nos hablamos y nos acariciamos como si ya no estuviéramos el uno frente al otro. Mañana me habré disuelto como el humo del que hablas, pero hoy, esta noche, deberíamos dar rienda suelta a nuestros deseos...

Juro me respondió con una mirada que no reconocí, como si otro hombre con un carácter completamente distinto se hubiera apoderado de él. Esa mirada gélida y distante, escrutadora, dio paso a otra retahíla de palabras desconcertantes.

—De acuerdo. Tratemos de disfrutar los momentos que nos quedan juntos. Pero hagámoslo de una manera diferente. ¿De verdad quieres complacerme? ¿Qué te parece si te pones esa ropa interior que llevas en tu maleta?

El corazón me dio un vuelco y la cabeza otro, como si hubiera comenzado a girar sobre mí misma como una peonza sin control. Incluso sentí cierto vértigo.

—¿Te has atrevido a registrar mi maleta?

¿Qué diablos estaba pasando? ¿Por qué había hecho semejante cosa?

—Era mi obligación —me respondió.

—¿Era tu obligación? ¿Cuándo lo hiciste?

—La noche que Mercurol asesinó al señor Murakami, mientras dormías —reconoció.

Definitivamente, el corazón dejó de latirme, estrangulado por la decepción.

—¿Por qué me lo has ocultado todo este tiempo? —me interesé.

—Porque consideré que era lo que tenía que hacer.

—¿Espiarme y seguir acostándote conmigo?

—No se trata de eso, María.

—No entiendo qué pretendes.

—Si hubiera denunciado que llevas otros catorce diamantes industriales cosidos a las enaguas, te habría costado la vida.

Esta vez fui sacudida por una sensación de bochorno que encendió mis mejillas, como si me avergonzara el hecho de saber que mis secretos no eran tales.

—Son piedras falsas, nada más, adornos de mi ropa interior —traté de excusarme.

—Querida, me temo que has pecado de ingenua. ¿Acaso crees que no sé que esa ropa interior y esas piedras te las ha proporcionado Leon Blumenthal? Llevas cosidos catorce diamantes industriales, que se suman a los otros catorce que nos entregó el judío de Shanghái.

En este punto ya había dejado de reconocer a Juro. Era él el que se había disuelto, el que se había evaporado como una vaharada de humo. Tampoco me hizo gracia saber que Blumenthal me había utilizado, lo que terminó por enfurecerme.

—Apártate de mí. No me toques. Tú y ese judío me habéis engañado. Me has estado mintiendo todo este tiempo. Ambos os habéis aprovechado de mí.

—Todo lo contrario; te he estado protegiendo desde el día en que te conocí. Una de mis especialidades es la gemología. En realidad, el señor Murakami era mi ayudante. Dada la dificultad de nuestra misión, él era mi escudo protector. Así lo determinaron nuestros superiores. El verdadero objetivo de Mercurol en Hanói era yo, pero ni siquiera lo sabía. Creía que Murakami era quien portaba las piedras preciosas. Él solo las analizaba bajo mi supervisión, me ayudaba con el instrumental, cubría mis espaldas...

—De modo que utilizaste como señuelo a Murakami.

—Cumplíamos órdenes. Él debía atraer la atención de los posibles enemigos que intentaran sabotear nuestra misión.

—Así que el bueno de Murakami estaba dispuesto a sacrificarse.

—En Japón, el sacrificio está considerado como un bien social. Lo individual está siempre supeditado a las necesidades colectivas.

—Comprendo. Sin embargo, me aseguraste que nada sabías de piedras preciosas cuando me referí precisamente a los diamantes industriales de Leon Blumenthal delante del señor Murakami.

—No podía revelar mi doble papel. Tenía que presentarme como tu protector, pero nunca descubrir mi identidad como joyero. El asesinato del señor Murakami demostró que nuestra táctica fue la correcta.

—¿Mi protector? Desde luego has hecho bien tu trabajo. Lo malo es que yo no he pretendido jugar ningún papel. He obedecido, he intentado comprenderte, conocerte, y me he entregado a ti. Ahora siento que te has aprovechado de mí todo este tiempo —le reproché.

—En absoluto. Consentí que Blumenthal te surtiera de esos catorce diamantes industriales, y ahora voy a permitir que los lleves a Europa, pero puesto que vamos a separarnos tenía que advertirte: no son piedras falsas como te han hecho creer. En cuanto a eso que dices de que no has jugado un papel, no es del todo cierto. Me ocultaste tu reunión con Blumenthal, y no me hablaste de los diamantes que iban cosidos en tu ropa interior, de tu intención de cambiarlos por los auténticos; tampoco mencionaste la existencia de esos carretes fotográficos que llevas en la maleta. No sé qué contienen, pero apostaría a que te los ha proporcionado nuestro «amigo» Molmenti. Estoy seguro de que si has obviado mencionar estos asuntos es porque también querías protegerme.

¿Era eso cierto? ¿Había callado para proteger a Juro? Quizá tuviera razón. Como decía un famoso adagio: «El corazón tiene razones que la razón no entiende».

—Vaya, está claro que no tengo secretos para ti porque así lo has decidido. Llegados a este punto, ¿qué significa que los diamantes de mi ropa interior sean verdaderos?

—Que la idea de Blumenthal era trasladar hasta Europa un total de veintiocho diamantes industriales, no solo los catorce que nos entregó. Su propósito es claro porque serán de gran utilidad para la industria armamentística de los aliados; siempre y cuando las piedras acaben donde el judío de Shanghái quiere, por supuesto.

—Según tú, ¿en manos de quién pretende Leon Blumenthal que acaben todos esos diamantes industriales? —pregunté a continuación.

—Todo pasa por un nombre: Duarte Monteiro.

—¿Quién diablos es Duarte Monteiro?

—El capitán del barco que va a trasladaros hasta Lisboa a tu prima y a ti.

—¿Acaso quieres que los diamantes acaben en manos de ese capitán portugués?

—Duarte Monteiro trabaja para nosotros, pertenece a una red que hemos creado para distribuir nuestra ayuda en el extranjero, una organización que se llama To, palabra que en mi idioma significa «puerta». La cuestión es que estoy casi seguro de que se trata de un agente doble.

—¿Como Alphonse Mercurol?

—Sí, como Mercurol.

—¿Entonces?

—Solo deseo que el grueso del envío sea distribuido y sirva de ayuda a mis compatriotas. Lo que pase con los diamantes industriales no me importa.

Había algo de contradictorio en el relato de Juro, como si deseara una cosa y su contraria.

—¿No serás tú también un agente doble? ¿Trabajas para los aliados como hacía mi tío Alexander? —le pregunté, desconcertada por el derrotero que había tomado nuestra conversación.

—Nada más lejos de la realidad. Soy japonés, y llevo a mi patria en el fondo de mi ser. Pero eso no quita para que sea consciente de que esos diamantes industriales en manos de Hitler dotarían a la industria de guerra alemana de un gran poder, lo que alargaría el conflicto. No soporto esta guerra, así que haré todo lo que esté en mi mano para detenerla.

—Si Hitler pierde la guerra, Japón correrá la misma suerte —le hice ver.

—Lo sé. Es algo que me atormenta, pero mi conciencia me dice que actúe como lo estoy haciendo. Tal vez si Japón resulta derrotado las cosas vuelvan a ser como antes, o por lo menos parecidas. Añoro el camino del té, la belleza de las cosas sencillas, la armonía, la pureza y el orden que hay detrás de los ciclos naturales; para desgracia de nuestra cultura y nuestro pueblo, el hombre moderno se ha empeñado en destruir ese legado milenario a toda costa. La vida es ya de por sí difícil y está llena de sufrimiento, ¿qué sentido tiene entonces complicar más nuestra existencia con una guerra devastadora? ¿Por qué no contentarnos con disfrutar de lo efímero, que a la postre lo es todo? Todo está condenado a la disolución, ¿qué sentido tiene entonces adelantar ese proceso? La guerra es un suicidio colectivo, y carece de orden porque no es natural. Es la naturaleza la que ha de marcar los tiempos. Es ella la que ha de mandar sobre nosotros.

No tenía ánimo para entrar a debatir disquisiciones filosóficas sobre su forma de entender el mundo, pese a que había acabado afectándome de una manera directa. Me limité a indagar en lo más evidente y superficial: en su identidad, que ahora se me antojaba equívoca.

—Si eres gemólogo, ¿qué hay entonces de la pintura? He visto uno de tus dibujos.

—Soy las dos cosas, pintor y joyero. Ambas profesiones las heredé de mis antepasados. La historia de Hokusai ya la conoces. Pero también tuve un abuelo joyero, que fue quien me inculcó el amor por esa profesión. En Japón, antes de que se abriera al mundo, teníamos joyas muy diferentes a las vuestras, muy particulares. Aquí no había diamantes u otras piedras preciosas, pero no carecíamos de tradición por nuestra cultura, por nuestra forma de vestir. Así que mi abuelo jugaba con ciertas aleaciones de metales con las que elaboraba alfileres, botones, peines, palillos para el cabello y unos pasadores llamados *kanzashi*. Yo me inicié torneando una aleación de oro y bronce conocida como *irokane*. Comencé a elaborar objetos ornamentales, que adornaba con figuras de insectos y de pequeños animales muy populares, ya que se creía que traían suerte a los soldados durante la batalla. A veces eran simples botones; de hecho, fabriqué varios cientos. Mi habilidad era grande, hasta el punto de que fui enviado a España para adentrarme en el mundo de la gemología. Más o menos, eso es todo —se explayó.

—Más o menos eso no es nada. Y no lo es porque ahora resulta que no eres quien decías ser. No te reconozco, Juro —le repliqué.

—Yo podría decir lo mismo de ti. Y sin embargo, nunca he dudado de tus sentimientos.

—Ya no sé lo que siento, más allá del deseo físico.

Tampoco estaba segura de aquella afirmación, pero me embargaba la sensación de que habíamos entrado en un callejón sin salida.

—Te dije que rompo todo lo que toco, más tarde o más temprano.

Parecía claro que había llegado la hora de los reproches, de desandar el camino que habíamos emprendido juntos.

—Sí, sin duda, el jarrón está roto y ya no tenemos tiempo para arreglarlo. Ni siquiera me parece que fuera lo más oportuno. No, no tendría ningún sentido.

—Lo sé. Soy consciente. No obstante, quiero que sepas que, pase lo pase, aunque te encuentres en el otro extremo del mundo, tus pasos serán nuestros pasos.

—Por desgracia, ese lema de mi madre se ha convertido en una frase vacía. No hay pasos que dar porque no existe el camino por donde transitar —concluí.

Cuando unas horas más tarde nos despedimos a los pies de la escalera del carguero, nos estrechamos las manos con la frialdad de dos desconocidos, lo que no evitó que repitiera aquella frase que se había convertido en el mantra de nuestra relación:

—Recuérdalo siempre: tus pasos serán nuestros pasos; mi pasos serán también nuestros pasos.

—Aquí se separan nuestros caminos para siempre, coronel Hokusai —me limité a decir, imprimiéndole cierta frialdad impostada a mis palabras.

No me cabía la menor duda de que tanto Juro como yo éramos dos jarrones rotos que ningún arte ancestral podía recomponer.

Ascendí por la pasarela que conducía al corazón del mercante muerta de miedo, como si me dirigiera al patíbulo, como si me hubieran condenado a ser arrojada por la borda a las profundidades del mar por el que estaba a punto de navegar.

TERCERA PARTE

Horizonte

Los vómitos y los mareos de los primeros días, que yo atribuí a un mar arriscado, pues las olas eran del tamaño de acantilados, dieron paso a otra clase de preocupaciones porque no cesaron cuando el océano Índico se convirtió en una balsa suave a la altura de las islas Maldivas. Tampoco me bajaba la regla. En realidad, llevaba un par de meses sin menstruar, pero decidí achacar la falta a la situación de estrés.

—*Je bent zwanger* —me dijo Bo.

Que mi prima insinuara que podía estar embarazada me provocó un nuevo vómito, más prolongado y desagradable que los que padecía con recurrencia.

—¿Y si todo es cosa del mar? —sugerí, negándome a aceptar aquella posibilidad.

—Yo navego por el mismo mar que tú y hace días que no vomito. Ni siquiera hay olas, prima.

Bo tenía razón. El mar estaba en calma; la tripulación,

con Duarte Monteiro al frente, también parecía estarlo. Incluso mi prima había estrechado lazos con el capitán, un portugués de piel cetrina y cabello negro y oleoso como el petróleo, cuyo carácter cambiante parecía adaptarse a las condiciones del clima.

Pese a que en un principio fingió no importarle mi presencia en su buque, ya fuera tratándome con escuetos saludos o no dirigiéndome la palabra cuando compartíamos espacio, al décimo día tocó a la puerta de mi camarote, justo antes de la hora de la cena:

—Podremos atravesar el canal de Suez —me informó.

—Desconozco lo que eso significa, capitán —me pronuncié.

—Significa que no habrá que rodear el continente africano, lo que acortará nuestro viaje un tiempo considerable.

Sin duda eran buenas noticias, pues la posibilidad de estar embarazada crecía con el paso de los días, al igual que mis molestias. Empezaba a sentir la necesidad de huir de mí misma, pero prefería hacerlo sobre tierra firme. Por decirlo de una manera gráfica: el mar no me permitía huir de mí misma; todo lo contrario, me encadenaba a mis demonios.

En cuanto a mis sentimientos, las cosas no iban mejor. Añoraba a Juro, lamentaba no poder compartir con él la incertidumbre que me acechaba; pero al mismo tiempo me seguía doliendo su frialdad, la indiferencia que había mostrado para conmigo en las horas previas a nuestra despedida. Había una frase de mi madre que podía aplicarse a nuestro abrupto final: «Que el fin de fiesta no sea nunca peor que la fiesta en sí misma». En mi opinión, las últimas revelaciones por parte de ambos habían aguado la fiesta, arruinado su final y emborronado los recuerdos, que ahora naufragaban en mi interior como yo lo hacía en mitad de aquel océano interminable.

—Supongo que el coronel Hokusai le ha hablado de mí. De modo que creo que ya ha llegado la hora de que pongamos las cartas sobre la mesa.

La palabras del capitán Monteiro me sacaron de mi ensimismamiento.

Le dediqué una mirada de asombro, mezclada con cierta desconfianza, pues, entre otras cosas, Juro había insinuado que aquel hombre podía ser un agente doble.

—Las cartas sobre la mesa —repetí su última frase—. Le escucho.

—Soy miembro de la red To, la organización que se encarga de hacer llegar ayuda material a los japoneses que están presos en ciertos países del Caribe y América, tanto del Sur como del Norte. Aunque usted lo desconozca, también pertenece a esa organización secreta. Eso significa que hemos de trabajar juntos.

—¿Qué plan tiene? —le pregunté, con el propósito de que fuera él quien mostrara sus cartas.

—Será suficiente con que obedezca mis órdenes.

—¿Acaso va a darme motivos para desobedecer? —pregunté retorciendo sus palabras con el fin de llevarlo al límite.

—Eso dependerá de su forma de pensar, del modo en

que vaya a enfocar el asunto de la entrega de las piedras preciosas que llevamos como cargamento.

—Capitán Monteiro, me temo que ha tomado la ruta del cabo de Buena Esperanza y no la del canal de Suez. Vaya al grano, se lo ruego.

—De acuerdo, señorita Casares. Verá, voy a contarle un caso práctico en el que intervino la red To. Se conoce como el caso de las «perlas de Mikimoto». El coronel Hokusai envió dos bolsas de perlas extraordinarias de la variedad Akoya a Buenos Aires, para que uno de nuestros agentes las llevara desde allí hasta Nueva Orleans, donde las tenía que recibir el embajador de España en Estados Unidos, quien a su vez se encargaría de su venta. El dinero obtenido en dicha transacción habría de servir para pagar a los agentes de la red To que operan en América del Norte. Sin embargo, las perlas nunca llegaron a su destino. Cuando el gobierno japonés le preguntó al embajador español en Washington acerca de lo ocurrido, este respondió: «Investigue con tacto las razones por las que Argentina no ha enviado un telegrama de felicitación al emperador por su cumpleaños». O sea, estaba diciendo que las perlas nunca salieron de Buenos Aires, que alguien se las había quedado. Mi intención es hacer lo mismo con los diamantes industriales de Leon Blumenthal, los que van dentro de un saco de café y los que lleva cosidos en su ropa íntima. Llegarán a Lisboa, pero nunca serán entregados a los nazis.

—Ha de saber que el coronel Hokusai sospecha de sus intenciones —le advertí.

—Da igual lo que el coronel Hokusai piense de mí. Sé quién es Hokusai, conozco su pasado.

Esa afirmación me desconcertó.

—Olvida que la responsable de la entrega de esos diamantes soy yo, no el coronel Hokusai. Soy consciente de que esos veintiocho diamantes industriales serían de gran ayuda para la industria armamentística de los nazis, y no me opongo a que se los quede; sin embargo, los otros lotes están destinados a lo que usted y yo sabemos, por lo que le ruego que me permita cumplir con mi misión, al menos en parte. Entre otras cosas porque la vida de mi padre está en juego.

Monteiro me escrutó con sus ojos oscuros antes de esbozar un rictus de complacencia.

—Lamento no haberme expresado bien —dijo—. Mi intención es seguir colaborando con la red To, de modo que no tengo intención alguna de impedir que cumpla con su trabajo. De hecho, tengo en mi poder la réplica de los catorce diamantes que Leon Blumenthal mandó coser en su ropa interior. Cuando los nazis reclamen la falsedad de las piedras a los japoneses, todo el mundo coincidirá en el mismo nombre: Leon Blumenthal, el judío de Shanghái.

Dicho lo cual, el capitán Monteiro dejó a la vista otras catorce piedras idénticas a las que Nube Perfumada había cosido en mi ropa interior.

—No entiendo nada —reconocí.

—Lo que tiene delante son rutilos con lustre diamantino, de idéntica talla a los diamantes verdaderos que lleva cosidos en su ropa interior.

—De modo que al final sí había catorce réplicas.

—Así es. Son estas.

—Muy ingenioso. ¿Puedo preguntarle a quién va a entregarle los veintiocho diamantes industriales?

—Me temo que no puedo responder a eso. No obstante, para que se quede más tranquila, su prima Bo se ha ofrecido a ayudarme.

El efecto de las palabras del capitán me provocó una leve arcada, que a duras penas pude contener para que no se convirtiera en vómito.

—Preferiría que mi prima se mantuviera al margen. Saber que Bo va a implicarse no me deja más tranquila; al contrario, me preocupa sobremanera.

—Bo odia a los nazis y a los japoneses, y piensa adscribirse a la resistencia holandesa en cuanto desembarquemos en Lisboa. Me temo que su decisión es tan firme como su determinación.

Era evidente que mi prima había obviado hablar conmigo sobre sus planes una vez que pisáramos suelo europeo. Después de todo, la situación de los Países Bajos no era la de España; por no mencionar que a ella no le afectaba el compromiso que mi padre y yo habíamos adquirido con el gobierno de Franco. Bo lo había perdido todo, por lo que podía permitirse el lujo de luchar por su libertad y la de su pueblo.

No podía negar que, en cierto modo, la envidiaba; no

en lo relativo a su orfandad, pero sí en todo lo demás, incluido el hecho de que no viviera con la incertidumbre de estar embarazada, como era mi caso.

—Soy consciente de su impulsividad y su determinación. Hablaré con ella para que reconsidere su participación en este delicado asunto.

Duarte Monteiro se limitó a responderme con una sonrisa cargada de ironía.

—No tengo intención de intervenir en sus asuntos de familia. Me basta con que tenga presente que yo me haré cargo de los veintiocho diamantes industriales de Leon Blumenthal y que usted entregará estas catorce réplicas.

En Malé, capital del archipiélago de las Maldivas, donde atracamos para repostar, pudo verme por fin un médico. Se trataba de un cingalés que, tras inyectarle mi orina a un sapo macho, esperar hasta que el batracio hizo sus necesidades y comprobar la muestra resultante en un microscopio, me dijo con arrogancia:

—En efecto, detecto hormonas masculinas en la orina del animal. Está usted encinta de entre dos y tres meses. Si lo desea, puedo practicarle un aborto.

La propuesta de que abortara me perturbó más si cabe que la confirmación de mi embarazo.

—¿Quiere que aborte? —le pregunté desconcertada.

—Yo no quiero nada, señorita, pero es posible que sufra un aborto espontáneo dada la naturaleza y las condiciones de su travesía. El aborto no es legal en Maldivas, por lo que arriesgo mucho ofreciéndole mi ayuda —expuso.

Me sentía confundida, aturdida, pese a que hacía días que sospechaba estar en estado de buena esperanza. Pero ¿qué tenía de bueno y esperanzador mi embarazo? *Sensu stricto*, el hijo que esperaba carecería de padre, nacería mestizo y encima no había sido buscado por ninguno de sus progenitores. Al menos, esa era la manera de pensar que me había sido inculcada. ¿Qué diría mi padre cuando le comunicara que estaba esperando un hijo del coronel Hokusai? ¿Qué dirían nuestras autoridades políticas, practicantes de un catolicismo radical? ¿Cómo podría salir a pasear por las calles con una criatura de rasgos y color diferentes al mío? Claro que en el otro lado de la balanza estaba el hecho de que yo había aprendido a rechazar los prejuicios, cuyo catecismo es la ignorancia. No, mi embarazo no podía estar sujeto a los vaivenes de las convenciones sociales. Como me había dicho Juro al poco de conocernos, los buenos pensamientos, como los buenos sentimientos, poseían una fragancia que los hacía únicos y reconocibles. Cuando me soltó aquella frase no entendí su verdadero significado; ahora, en cambio, veía con claridad que el término «fragancia» aludía a la paz que cada conciencia ha de buscar y encontrar para tomar las decisiones correctas.

Sin duda, lo que me ofrecía aquel médico cingalés era una opción a considerar; el camino más fácil.

Sin embargo, pese al incierto futuro que nos esperaba, decidí seguir adelante con el embarazo. Después de todo, yo me había entregado a Juro sabedora de los riesgos que tomaba al mantener relaciones sexuales sin protección alguna. Por no mencionar que aquel embrión o lo que estuviera creciendo en mi interior era lo único que, paradójicamente, le había conseguido arrancar a mi amante.

Lo que Juro me había regalado no era una joya o un recuerdo que contemplar, ni siquiera uno de sus preciados dibujos, sino una vida que era la fusión de las nuestras, de la suya y la mía, el eslabón de la cadena que nos uniría para siempre. Lo que germinaba dentro de mí era, por tanto, la victoria de la vida frente a la muerte; la convulsión frente al estertor de un mundo agonizante. Sí, en cierta manera, mi embarazo tenía algo de milagroso, y contradecía la tendencia de un mundo en guerra, empeñado en destruirlo todo, incluso a sí mismo.

No tardé en inhalar la fragancia de mi pensamiento.

Algo tuvo que cambiar en la expresión de mi rostro como consecuencia de semejante reflexión, ya que el médico cingalés me dijo:

—Procure tomar alimentos frescos, evite coger peso y repose todo lo que le sea posible. ¿Hay alguien en ese barco que pueda echarle una mano?

—Mi prima. Una prima hermana viaja conmigo.

—Pues entonces que sea su prima la que se ocupe de las tareas más duras. Cuídese, señorita, y buena suerte.

Camino del mercante, llegué a la conclusión de que el ser que ya vivía en mi interior era el aglutinante que los japoneses empleaban para recomponer los jarrones rotos.

¡Tantas veces la metáfora de aquel arte ancestral nos había servido para definir el estado de nuestra relación en cada momento! Aquella criatura estaba destinada a unirnos a Juro y a mí para siempre. Era, simplemente, polvo de oro con el que cubrir las cicatrices de la loza.

«Tus pasos son nuestros pasos», le hablé por primera vez mientras acariciaba mi tripa.

En la ciudad blanca

La claridad de Lisboa era al mismo tiempo suave y excesiva, un damero de luces y sombras que cambiaba de continuo por los cúmulos que movía el viento atlántico a su antojo.

Desde el estuario del río Tajo, la ciudad atraía al navegante con su hechizo, que incluso antes de poner pie en tierra semejaba una invitación a la nostalgia. Si el perfil de Juro recordaba al de una montaña, el de Lisboa se antojaba pretérito, desbordante de melancolía. En realidad, conforme más cerca nos encontrábamos de la dársena, mayor era la sensación de que también la ciudad navegaba sobre el río, que se asomaba a su orilla como una bella dama abismada en la contemplación de su reflejo. Sí, había algo de irreal y de etéreo en la atmósfera de Lisboa, cuyo puerto estaba atestado de cargueros, transatlánticos, buques mercantes, barcos de pesca y hasta algún que otro clíper de tres mástiles, que escupían y recogían a cientos de refugiados todos los días en un incesante ir y venir.

El aspecto sereno y bien perfilado de la ciudad escondía en sus entrañas a miles de hombres y mujeres que atestaban sus calles en busca de hospedaje temporal o un pasaje para saltar al otro lado del Atlántico. Alemanes, franceses, británicos, españoles, italianos, húngaros, polacos, todos lograban convivir pese a sus diferencias, pese a ser enemigos los unos de los otros, gracias en parte a la templanza y la discreción de los anfitriones, los portugueses, quienes no interferían en los asuntos «extranjeros» siempre y cuando estos no perjudicaran su estatus de país neutral y la buena marcha del comercio.

Cuando ya estaban amarrando nuestro buque y faltaban pocos minutos para el desembarco, Duarte Monteiro nos dijo a mi prima y a mí:

—Bienvenidas a «Neutralia». Lisboa finge ser feliz y neutral, pero no es ni una cosa ni la otra. Todos pugnan por apropiársela, y todos ocultan intereses inconfesables. Aquí no hay cañones o tanques, la artillería es disparada desde las ondas de las emisoras, desde las redacciones de los periódicos o las agencias de noticias. La luz del día se transforma en bruma por la noche.

Pese a que corría el chascarrillo de que Hitler podía conquistar Portugal con una simple llamada de teléfono, dado el tamaño del país y su escasa población, Lisboa era un lugar necesario incluso para el Führer. En realidad, podía asegurarse que Lisboa era un lugar necesario para todo el mundo. Tanto es así que no tardé en descubrir que también lo era para mí.

Cuando cumplí mi segundo día en la ciudad, me enteré de que la Falange Española, tal y como la concebía y la vivió mi padre, había sido fagocitada por Franco en su totalidad. Como consecuencia, se reprodujeron luchas entre las distintas familias falangistas, que fueron relegadas por políticos de talante más conservador. Ni siquiera el cuñado del caudillo, Serrano Suñer, se libró de ser purgado, por lo que el entramado de organizaciones de la llamada Falange Exterior enseguida se vino abajo como un castillo de naipes. Y el nuevo ministro de Asuntos Exteriores, el conde de Jordana, cambió el rumbo de su política con respecto a Japón, cuyas posibilidades de salir victorioso en la guerra eran cada vez más remotas. De esa manera, la amistad embarazosa con los nipones fue virando hasta convertirse en una tensión latente.

También el régimen portugués, con Oliveira Salazar a la cabeza, decidió tomar distancia con respecto a España, por lo que pudiera ocurrir. El plan era ponerse a salvo de los rescoldos de la hoguera española, y trasladar al mundo el mensaje de que «Portugal era el país más feliz de Europa»; atrás quedaban los ocho mil «viriatos», soldados portugueses que habían tomado parte en la guerra civil española; o la utilización del país vecino como retaguardia y punto de suministro del ejército franquista.

En el fondo, tanto el régimen portugués como el español compartían dos objetivos: el anticomunismo y la reconstrucción económica.

La Falange Exterior, por tanto, recibió la orden de abs-

tenerse de entrar en negociaciones que entrañaran concesiones «en el orden político, financiero o comercial». Eso
significaba que mi misión había quedado en entredicho.

No voy a negar que para mí fue un duro golpe, durísi-
mo, por todo lo que había, lo que habíamos, sacrificado.

En Lisboa supe, pues, que jamás volvería a ver a mi padre, de quien no tuve más noticias. Sí me llegaron muchos
rumores, demasiados —que se había suicidado con el arma
que le entregó Eduardo Herrera de la Rosa, que había sido
abatido por la policía japonesa después de ser intercepta-
do en la calle portando un arma...—, que no hicieron sino
sembrar la semilla de la incertidumbre. Pero después de vivir la guerra en primera persona, tras pasar por Tokio,
Shanghái, Hanói, la isla de Java y navegar por medio mundo
hasta alcanzar el puerto de Lisboa, no albergaba ninguna
esperanza. Y si alguna vez tuve la tentación de tenerla, se
diluyó cuando los norteamericanos bombardearon la ciudad de Tokio causando más de cien mil muertos. «La ciudad
de madera», como la llamaba Eduardo Herrera de la Rosa,
fue convertida en cenizas.

Pero antes de llegar a este final de desesperanza hay
otro capítulo más, el último, el que me convirtió en una
exiliada a la fuerza, pues jamás pude —ni tampoco quise—
volver a España.

Último acto

Supongo que la relación sentimental que unió a Duarte Monteiro con mi prima Bo fue de gran ayuda para superar los inconvenientes del cambio de rumbo que adoptó el régimen franquista, cada vez más consciente de que, en el supuesto de terminar la guerra con la derrota de los países que conformaban el Eje, España acabaría siendo una isla —un paria— a la deriva en Europa.

No me sentó nada bien saber que la entrega de las joyas que tantas vidas y sacrificios había costado no era tan importante como nos habían hecho creer, que los japoneses estaban cada día más disgustados con la actuación de las autoridades españolas y que ese sentimiento era recíproco, por lo que todo terminó llevando a ambas partes a la desconfianza mutua.

Pero yo tenía ahora a alguien por quien luchar, por lo que no me rendí.

Como bien me indicó Duarte Monteiro, en las semanas

que duró nuestra travesía desde Batavia hasta Lisboa la red To se había convertido en un club de ladrones de guante blanco.

En realidad, todo había comenzado poco después del ataque japonés a Pearl Harbor, cuando los diplomáticos españoles tomaron posesión del edificio de la embajada japonesa en Washington, donde los nipones habían dejado quinientos mil dólares en billetes escondidos detrás de las paredes. Mucho dinero sin vigilancia en manos de unos pocos hombres también sin control.

Lo que me encontré en Lisboa indicaba que el interés de los alemanes por aquellos diamantes industriales era relativo; lo que de verdad buscaban era wolframio, vital para el blindaje de sus carros de combate y para la fabricación de las cabezas de los proyectiles, ya que aumentaba la capacidad de penetración de estos.

Desconozco dónde terminaron las joyas de la discordia. Me limité a entregárselas a un miembro de la organización To que militaba también en la Falange Exterior, un hombre de pelo y zapatos lustrosos que se hacía llamar Ucelay. Ni siquiera había alquilado un almacén donde depositar el cargamento de café, tal y como Juro me aseguró que ocurriría, por una razón de «seguridad».

—No podemos llamar la atención de las autoridades portuguesas, y menos de los cientos de espías que pululan por esta ciudad. Del café tendrá que encargarse usted sola —dijo lavándose las manos.

Ucelay era de trato tan antipático y áspero que me satisfizo no tener que volver a encontrarme con él. Naturalmente, me hubiera encantado ver su cara y la de sus superiores cuando descubrieran que los catorces diamantes industriales entregados por Leon Blumenthal en Shanghái eran simples rutilos sin valor alguno para la industria armamentística nazi.

Pero, como ya he dicho, mi preocupación principal habitaba dentro de mí, crecía en mis entrañas, por lo que —por mediación de Duarte Monteiro— logré hacerme con una lonja en las afueras del puerto de Lisboa.

Desde ese depósito, Bo organizó un viaje a Reino Unido y se llevó consigo tanto los veintiocho diamantes industriales de Leon Blumenthal como los carretes fotográficos que Gianni Molmenti me había entregado. Gracias a los contactos de Duarte Monteiro con la red To obtuvimos un visado a su nombre, algo por lo que miles de refugiados habrían dado un riñón sin pensárselo dos veces.

Pero así era como funcionaba Lisboa, una encrucijada necesaria para todo el mundo. En cierta manera, Lisboa y su costa tenían algo de Shanghái, por decirlo así, ya que cada cosa tenía su lugar. Me refiero a que de todos era sabido que en el hotel Atlántico de Estoril, por ejemplo, se daban cita los espías alemanes; mientras que los aliados lo hacían en el hotel Palacio, conocido también como «el hotel de los murmullos». Sí, un nombre que habría encajado a la perfección en un lugar como Shanghái.

Tanto Duarte como yo supimos que Bo había culminado su misión con éxito cuando las principales agencias de prensa del llamado «mundo libre» comenzaron a difundir las escenas de guerra más atroces jamás vistas.

Las portadas de los periódicos recogieron una imagen en la que un oficial japonés de bajo rango aparecía decapitando a un hombre chino al que habían introducido en la boca sus órganos sexuales. La instantánea captaba el momento exacto en que la catana entraba en contacto con la nuca de la víctima, que además tenía las manos embridadas a la espalda.

Se trataba de Chan, el novio comunista de Gianni Molmenti.

Me acordé de él, y me sentí profundamente orgullosa de haberme prestado como «mula» para que el mundo entero tuviera una imagen gráfica de lo que los japoneses estaban haciendo en Corea, China, Indochina, la península de Siam, en las Indias Orientales Neerlandesas y en todos aquellos territorios donde imponían su dominio.

Aquellas ignominiosas imágenes, en definitiva, no hicieron sino insuflarme valor para dar mi siguiente paso, que consistió en surtir del mejor café a los mochileros y las mochileras que operaban en la frontera portuguesa.

Me convertí en la reina del estraperlo de café.

La mismísima Peggy Guggenheim, una de las mujeres más ricas del planeta, de la que se decía que se bañaba desnuda junto a Max Ernst en las playas de Cascais, se convirtió en mi clienta, lo que provocó que mi fama aumentara y el precio de mi café también.

Fue así como conocí a personajes singulares, espías,

agentes dobles o triples, con sobrenombres tan particulares como Artist, Triciclo, Garbo, etcétera. Incluso las prostitutas del barrio de Cais do Sodré, cercano al puerto, sacaban información de las entradas y salidas de los barcos alemanes para vendérsela a los espías aliados, que en muchos casos pagaban esa información con mi café.

Gracias a los pingües beneficios que obtuve, pude dedicar parte de los mismos a sufragar a aquellas organizaciones que luchaban contra el totalitarismo de Franco.

Pasé un año bastante apacible en Lisboa. Allí nació mi hijo Jacinto. Ambos nos alimentábamos de la luz y la vitalidad de la ciudad, hasta que nos vimos obligados a abandonarla cuando mi presencia en la capital portuguesa se volvió incómoda para las autoridades locales.

Una mañana, recibí una nota que decía:

Es hora de que se vaya de Lisboa. La única diferencia entre Salazar y Franco son los aliados que cada uno ha elegido, pero ambos son la misma cosa. Nuestro pueblo necesita zapatos, no su café, y el dictador lo sabe. Un amigo.

Supuse que la advertencia provenía de alguno de mis clientes de la PIDE portuguesa, quienes se encargaban a su vez de seguir los pasos de mis clientes alemanes, franceses o ingleses. En cualquier caso, tomé por legítima aquella nota y decidí que era el momento de reunirme con mi prima Bo.

Intercambié mis últimos kilos de café por unas instantáneas de la ciudad del fotógrafo Horácio Novais, quien era mi cliente.

—Nadie como usted es capaz de captar la atmósfera crepuscular de una ciudad tan hermosa como esta, estimado Horácio —le dije.

—Lisboa siempre ha sido una ciudad crepuscular, desde tiempos inmemoriales. La cuestión es que su aura se ha extendido por todo el planeta. La falta de certidumbre y de seguridad lo vuelve todo brumoso, como hace la luz de una farola cuando se refleja en el negro pavimento. Una ciudad no es más que un contraste, lo mismo que una fotografía.

Las ruinas de Londres y los brazos de mi prima Bo nos acogieron a mí y a mi hijo.

En la capital inglesa viví el desenlace de la guerra y los posteriores juicios llevados a cabo en Tokio contra los principales criminales de guerra japoneses, en agosto de 1946.

Con estupor y profunda pena, supe que el coronel de la Kempeitai Juro Hokusai había sido acusado de cometer crímenes contra la humanidad en las dependencias del Escuadrón 731, donde había asesinado a cinco personas a sangre fría, incluido un niño de cinco años. Para sorpresa de jueces y letrados, también se inculpó de los crímenes del coronel Nakamura y su chófer en la isla de Java, a quienes aseguró haber ametrallado a sangre fría.

De alguna manera, entendí la postura de Juro, a quien todo había terminado por espantar, empezando por su propio comportamiento. La guerra, con sus obligaciones marciales, había arrasado su mundo, su vida, su filosofía.

Me pregunté si su actitud hubiera cambiado en algo de haber sabido que era padre de un hijo. Aunque creía conocer la respuesta.

Juro estaba cansado de ser un impostor, y de haber sido vendido, una y otra vez, al mejor pagador. De modo que necesitaba desaparecer, salir del foco, emprender ese camino que los seres humanos hemos de transitar solos.

Dos preguntas surgidas de las páginas del libro que en su día me regaló para que pudiera entenderlo mejor me asaltaron de inmediato: «¿Por qué a los hombres y las mujeres les gusta tanto hacer promoción de ellos mismos? ¿No deriva este instinto de los tiempos de la esclavitud?». Sin duda. Juro se había cansado de ser un esclavo, de la misma manera que Bo se había hartado de ser la esclava holandesa. Juro buscaba la expiación como única forma de alcanzar la paz y, quizá, tal vez, la salvación.

No obstante, yo no podía quedarme cruzada de brazos, por lo que solicité a las autoridades británicas un salvoconducto para viajar a Tokio. En la medida de mis posibilidades, quería interceder por él, además de comunicarle el nacimiento de nuestro hijo. Incluso pensé que podía declarar en su favor, desmentir que hubiera ejecutado al coronel Nakamura y su chófer.

La excusa que puse ante las autoridades fue la de ir a buscar a mi padre, cuyo paradero desconocía.

Lo cierto era que me preocupaba la situación de mi padre, el hecho de que se hubiera convertido en una víctima más de aquella guerra a la que Estados Unidos había puesto el colofón arrojando dos bombas atómicas sobre las ciudades de Hiroshima y Nagasaki. Un final de fiesta que nadie se esperaba, ni siquiera los propios norteamericanos.

Añoraba los desencuentros con él, que no eran otra cosa —ahora lo veía— que su forma de esconder su fragilidad emocional. Desde que su relación con mi madre se rompió, mi padre había vivido tratando de demostrarse a sí mismo —y también a los demás— lo que en realidad no era, fingiendo una fortaleza impostada, más física que verdadera. Incluso su supuesta solidez ideológica no era más que el clavo ardiendo al que se había visto obligado a asirse. Tras la muerte de mi madre, solo me tenía a mí.

A tenor de los últimos acontecimientos, del nuevo rumbo que había adoptado la política exterior de Franco, en la que la Falange Exterior había perdido todo su protagonismo, no tenía dudas de que, como había insinuado Juro en alguna ocasión, nuestro viaje a Japón y mi posterior misión fueron planeados de antemano, y que nuestra función —la de mi padre y la mía— era la de ejercer de peones dispuestos sobre el tablero para ser sacrificados.

Nuestro futuro, nuestro destino, en definitiva, no le importaba a nadie; de ahí que la desaparición de mi padre me resultara aún más dolorosa. Lo imaginaba perdido, estupefacto al ver cómo caían las bombas sobre Tokio, andanada tras andanada, tal vez vistiendo su camisa azul de la

Falange Española como amuleto para salir con bien de aquel trance.

También lo imaginaba pensando en mí, en si mi final se parecería al suyo.

No me quedó más remedio que encomendarme a la esperanza e incorporarla a mi viaje como compañera.

Dejé al pequeño Jacinto al cuidado de Bo, a la que llamaba tía y adoraba por considerarla «intrépida».

Como Londres, Tokio había sido reducida a escombros. Los días 9 y 10 de marzo de 1945, la Fuerza Aérea de los Estados Unidos llevó a cabo el bombardeo no nuclear más mortífero de la historia. La primera descarga tuvo lugar durante la noche, cuando sus habitantes dormían. Cien mil tokiotas perecieron entre esos días y los sucesivos, y otro millón tuvo que huir de la ciudad. La mayoría de las bombas eran además incendiarias, ya que, como declaró un militar norteamericano, querían «ver las cenizas bailar».

Los japoneses, por tanto, rendidos y sometidos, se habían convertido en mendigos de los estadounidenses, quienes gobernaban el país.

Nuestro apartamento de Ginza no era más que un solar. Nadie recordaba a mi padre, nadie sabía de él. Tampoco en la embajada, donde el personal diplomático había cambiado. Eduardo Herrera de la Rosa también formaba ya parte de la historia. Solo conseguí una información que decía que tal vez mi padre había sido represaliado antes de los bombardeos de Tokio, cuando España y Japón se enfrentaron por la conducta de los militares nipones en Filipinas.

De todas las opciones, esta fue la que me pareció más digna, al menos teniendo en cuenta los ideales de mi padre. Imaginarlo aplastado y reducido a cenizas por una bomba incendiaria se me antojaba una muerte demasiado cruel, incomprensible para un hombre como él, que ni siquiera apreciaba la ciudad donde se había visto atrapado.

Mi último intento por dar con su paradero fue visitar el Santuario Yasukuni, donde, según me indicaron, estaban elaborando listados de las víctimas de aquellos días. Sin embargo, lo que encontré fue un recuento —que no paraba de crecer— de los soldados japoneses caídos en el frente. El registro tenía por título *Libro de las Ánimas*, lo que me recordó el gusto de Juro por los eufemismos.

En realidad, todas las preguntas que formulaba eran respondidas con un eufemismo, con una evasiva, como si entre la guerra y el presente se hubiera levantado una densa neblina que no permitía contemplar ningún aspecto del pasado más reciente.

De la guerra, por tanto, solo quedaban las consecuencias.

Y el destino de mi padre se convirtió en un enigma que terminó por causarme un dolor inmenso que, aún hoy, permanece vivo.

Nada hay más desasosegante que no conocer el paradero de un ser querido.

En cualquier caso, aquella cerrazón informativa afectaba a todos los órdenes de la vida, que las autoridades estadounidenses habían dividido en compartimentos estancos, de modo que cada estamento de la población quedara aislada y, en consecuencia, neutralizada. El propósito era impedir cualquier levantamiento social que comprometiera la presencia norteamericana en tierras japonesas. Por ejemplo, la mayoría de los tokiotas nada sabían de lo acontecido en Hiroshima o Nagasaki, y las palabras «átomo» o «radiactividad» ni siquiera podían mencionarse en la radio o escribirse en los periódicos.

No pude, por tanto, acercarme a Juro. Ni siquiera su abogado defensor aceptó reunirse conmigo. Se limitó a mandarme un mensaje que decía: «Todo está visto para sentencia. Japón ha de cerrar este doloroso capítulo de su historia. También mi cliente».

Decidí viajar entonces hasta la prefectura de Yamanashi, a las afueras de la ciudad de Fujikawaguchiko, para encontrarme con Aiko, por si ella pudiera darme información sobre Juro, o interceder ante su hermano con la noticia de que era padre de un hijo que vivía en Londres.

Pese a que el día se presentaba nublado, el paisaje me permitió disfrutar de nuevo de la visión del monte Fuji. Recordé las palabras de Juro cuando me contó que su antepasado Hokusai había pintado más de cien veces la montaña, alcanzando un grado de maestría que el propio pintor, considerado por los demás como un genio, tenía por insuficiente.

«Tal vez el problema radique en eso, en el hecho de que la vida resulte insuficiente», me dije a mí misma.

Encontré La Mansión del Ciruelo abandonada, como si nadie viviera allí desde hacía años; y tal vez fuera así. Tuve el atrevimiento de caminar hasta la pequeña casa del té flanqueada por los ciruelos. Estos habían sido desnudados por el invierno, y la cabaña, devorada por el abandono, presentaba un aspecto triste. No quedaba ni una brizna de las ceremonias que Aiko llevaba a cabo en su interior. Incluso traté de rescatar de mi memoria la amarga fragancia de la pasta de té verde que tanto impacto me había causado, pero solo logré recuperar un vago destello. Sin duda, en aquella cabaña había pasado uno de los momentos más plenos de mi vida. En el interior de aquel lugar, al que tuve que entrar con las piernas dobladas, toqué la felicidad con la punta de los dedos. Una sensación que tenía que ver con la serenidad y la transitoriedad, como si ambas cosas formaran parte de lo mismo. Una suerte de eclipse que lo oscureció y lo iluminó todo en el mismo acto.

De nuevo frente a los ciruelos, me vinieron a la memoria las palabras de Juro cuando transitamos juntos por aquel camino:

—La flor del ciruelo predice la primavera, pero no la trae consigo... Pero su actitud, su deseo de quedarse contemplando la belleza de estas flores, encaja a la perfección con la filosofía que se esconde tras el camino del té. Se trata de disfrutar de cada momento como un preciado bien, ya que no volverá a repetirse.

La ausencia de Juro se convirtió entonces en una herida profunda por la que no dejaba de desangrarme; lo añoraba tanto como a mi padre.

Cuando volvía a estar ante la postal viva que mostraba el monte Fuji, sentí un fuerte dolor en el pecho, como si la melancolía y los recuerdos del pasado se empeñaran en apretar mi corazón hasta llevarme al desfallecimiento.

La cabaña, el camino de ciruelos, la silueta de la montaña, el frío silencio, parecido a un carámbano de hielo en precario equilibrio, me condujo a poblar mis recuerdos con mis antepasados, con todo aquello que había perdido desde que comenzó la guerra civil española. En menos de una década, todo se había vuelto del revés. El mundo entero había mudado de piel tal que una serpiente. Recordé a mis padres, felices y compenetrados, como siempre pensé que era su relación; rescaté también la imagen de los De Groot, sentados a la mesa esperando que Batari les sirviera un platillo holandés; imaginé a Juro dentro de mí, haciéndome el amor, mientras yo besaba sus párpados y lo aprisionaba con mis piernas para que no pudiera salir de mi interior.

«Soy tu refugio, ¿te das cuenta? Si no sales de mí no tendrás que enfrentarte nunca más a la vida, porque yo seré tu vida», le susurraba al tiempo que me aferraba con fuerza a su cuerpo.

«También eres mi vida cuando estoy fuera de ti, lejos de ti», me respondía.

Una ráfaga de aire gélido me devolvió a la realidad.

Introduje mis manos en los bolsillos de mi abrigo y rasqué en ellos con rabia. Solo anhelaba encontrar un pedazo de futuro y, en consecuencia, de esperanza.

Pero, como Juro había predicho siempre, no hallé nada. Solo el invierno existía.

El coronel Hokusai, mi querido Juro, padre de mi hijo Jacinto, fue condenado a morir en la horca. La ejecución se llevó a cabo en la prisión de Sugamo, en Ikebukuro, el 23 de diciembre de 1948.

Después de aquel golpe, una nueva guerra se libró en Indonesia, una pugna que enfrentaba al pasado con el futuro. Ni Bo ni yo teníamos nada que reivindicar en aquella contienda.

—Vivamos el presente, querida. Tus pasos serán nuestros pasos; mis pasos serán nuestros pasos —le dije.

Mi hijo Jacinto pinta tumbado en una alfombra, a los pies del escritorio que utilizo para despachar mis asuntos. No le gusta separarse de mí, como haría una mascota agradecida. Sin embargo, cuando lo observo sin que se dé cuenta, me sigue asombrando su perfil de montaña, y que su mano corra rauda por el papel, lanzando trazos que a mí, en lo más profundo de mi ser, me recuerdan al monte Fuji. Incluso vislumbro que esboza el camino interior del que habla ese pequeño libro que un día me regalaron y que cambió mi vida para siempre.

Nota del autor

Muchos de los hechos aquí narrados, así como algunos de los personajes, son reales.

Tras el bombardeo de Pearl Harbor por parte de la Armada Imperial Japonesa, el 7 de diciembre de 1941, Estados Unidos declaró la guerra a Japón.

Con ambos países en conflicto, Japón solicitó a España, por su condición de país no beligerante, que se hiciera cargo de la representación diplomática de los ciudadanos nipones en Estados Unidos y otros países de América del Sur e islas del Caribe.

El problema surgió a la hora de dotar de medios económicos a los diplomáticos españoles sobre los que recayó la labor de representar a los ciudadanos japoneses retenidos en los países mencionados. Para superar este obstáculo, se crearon fórmulas y organizaciones dedicadas a la captación de fondos.

Los desencuentros entre políticos españoles y japoneses

no tardaron en producirse, entre otras cosas porque el régimen de Franco tenía que cuidar sus relaciones con los países aliados, enemigos de los japoneses. Las distintas corrientes dentro del propio régimen —que fue decantándose hacia el pragmatismo en detrimento de las posturas más radicales defendidas sobre todo por la Falange Española y su rama Exterior— también fueron decisivas en el devenir de las relaciones hispano-japonesas.

En una España sumida en la escasez de la posguerra, con un floreciente mercado de estraperlo, sorprende que el propio Franco, en su condición de jefe del Estado, le vendiera a su propio gobierno el regalo de seiscientas toneladas de café que el dictador brasileño Getúlio Vargas le hizo como gesto de solidaridad. Solo en aquella operación, Franco se embolsó una cantidad que superaba los siete millones de pesetas.

Muchos de los personajes que transitan por esta novela, por tanto, existieron y su comportamiento fue parecido al que reflejan estas páginas. Otros, en cambio, son fruto de la imaginación del autor, si bien han sido adaptados a las circunstancias de la época.

En cuanto a las ciudades y los lugares que aparecen en esta novela, son tan reales como la existencia de un gueto judío en Shanghái o un Jai Alai frontón, donde numerosos pelotaris vascos hicieron fortuna. Otro tanto ocurre con las descripciones de Tokio, Hanói o Batavia, ciudades todas que tuvieron un papel decisivo en el transcurso de la Segunda Guerra Mundial en el área de Asia-Pacífico.

Por último, deseo expresar mi reconocimiento y gratitud a Aurelio Marcos y Bartual, cuyo *Tratado de Joyería* me ha servido para dotar de contenido a algunos capítulos de esta obra.